só faltou
o título

reginaldo pujol filho

só faltou o título

1ª edição

EDITORA RECORD
RIO DE JANEIRO • SÃO PAULO
2015

CIP-BRASIL. CATALOGAÇÃO NA FONTE
SINDICATO NACIONAL DOS EDITORES DE LIVROS, RJ

P981s

Pujol Filho, Reginaldo
  Só faltou o título / Reginaldo Pujol Filho. – 1ª ed. – Rio de Janeiro: Record, 2015.

  ISBN 978-85-01-10566-0

  1. Romance brasileiro. I. Título.

15-23483

CDD: 869.93
CDU: 821.134.3(81)-3

Copyright © Reginaldo Pujol Filho, 2015

Todos os direitos reservados. Proibida a reprodução, armazenamento ou transmissão de partes deste livro, através de quaisquer meios, sem prévia autorização por escrito.

Texto revisado segundo o novo Acordo Ortográfico da Língua Portuguesa.

Direitos exclusivos desta edição reservados pela
EDITORA RECORD LTDA.
Rua Argentina, 171 – Rio de Janeiro, RJ – 20921-380 – Tel.: 2585-2000.

Impresso no Brasil

ISBN 978-85-01-10566-0

Seja um leitor preferencial Record.
Cadastre-se e receba informações sobre nossos lançamentos e nossas promoções.

Atendimento e venda direta ao leitor:
mdireto@record.com.br ou (21) 2585-2002.

Para a Jajá,
que me diz para ter mais raiva,
e eu tenho mais amor.

*Os personagens e os fatos desta obra
são reais apenas no universo da ficção.*

(Como pode ser lido na folha de créditos de
romances da Companhia das Letras)

EPÍLOGO, 13 DE NOVEMBRO DE 2013

Que sou um homem doente; que sou um homem mau; que sou um homem vil, absolutamente desprezível; tenho serem estes os pensamentos da mediocridade geral a meu respeito neste exato instante e também há três meses, e daqui para frente será do mesmo modo. Contudo, sei: não sou doente; tampouco mau, vil, e quiçá um dia todos estes ordinários comumente considerados como seres humanos venham a saber minha verdadeira condição. Ou não. Não é de se desprezar a hipótese de que mesmo que lhes fosse contado, mesmo que lhes fosse mostrado com fantoches ou em um filme hollywoodiano baseado em fatos reais, ainda assim, não compreenderiam quem **eu** sou. O que sou. Sou, no máximo, um personagem. Um autor,

mas nem sempre fui assim,

UMA MEMÓRIA, 27 DE NOVEMBRO DE 2002

Tu deves pensar ao menos quatro vezes quando receberes o convite de uma namorada para que passeis, tu e ela, a dividir a mesma fatura de aluguel. É evidente que a fatura de aluguel, a conta de luz e a de telefone serão o de menos, são a ponta de um iceberg, e tu, como homem, sabes disso, sabes que o assunto apenas tangencia o financeiro. Todavia, como homem, não pensas sobre isso, não medes as consequências, dás o braço a torcer e perdes semanas folheando classificados, sujando os dedos de tinta, crendo que, por este tortuoso caminho, alcançarás uma despesa mais racional com moradia ao fim de todo mês, uma despesa emocional mais racional ao fim de todo dia sem discussões, quem dorme onde, por que não ficas aqui hoje, tu me amas, e não percebes que todo relacionamento é uma cobra mordendo o próprio rabo, sais de uma crise para entrar em outra, os bons momentos, o sexo eventual, algum silêncio, são as placas tectônicas acomodando-se para o próximo tremor. Tenho total clareza desta verdade, contudo, ai de mim, quando chegou a minha vez, evidente, não pensei nada disso, não julguei o que há por trás de um convite para Dividir contas e juntar escovas de dente, como ela sorriu naquele dia, e em consequência e porque ela é louca, afinal mulher, agora Babi está lá em cima no apartamento, provavelmente discutindo com meu cheiro, com meu aparelho de barbear, com minha meia suja, com qualquer rastro meu sobre o qual ela possa derramar a avalanche fervente de culpa por perder mais uma vez o feto que ela já chamava de filho no segundo mês de gestação, como se eu pudesse ter alguma responsabilidade a este respeito, ora, não embuti meu esperma no teu óvulo, minha cara? Não tive relações contigo em horários marcados, animado sei lá por que memórias recônditas em busca de uma ereção redentora para tuas culpas?

Porém sou um inútil,

é o que tu dizes, não é, Babi, que a culpa é minha, que não temos estabilidade financeira, que eu deveria ter tomado antes a tua decisão de nos unirmos, quando eras mais jovem, que poderíamos consultar um especialista acaso tivéssemos mais dinheiro, ou um plano de saúde particular, como se uma terceira opinião sobre a falência física da tua vocação materna fosse mudar alguma coisa. Não, não, nenhuma das utilidades que tu desejas que eu apresente ao mundo, como se eu fosse um desses eletrodomésticos de cozinha que se avaliam pelo número de funções, nada mudaria o fato de que me sento novamente nessa birosca onde foi desenvolvida a inédita tecnologia para fritar o ar, ou para a produção do óleo gasoso, seja lá como for, sei que, antes dos cinquenta, detectarão que tenho mais colesterol nos pulmões do que no sangue, respirando este ar fétido, repulsivo ao extremo, de toda sorte mais salutar do que a atmosfera de casa nesses tempos de licença-saúde da Babi. Aqui, ao menos, os palhaços e bestas que formam este circo de horrores discutem entre si, não sou bode expiatório de ninguém, eles lançam-se perdigotos uns aos outros no seu jogo mongoloide de línguas moles, e, por incrível que pareça, a balbúrdia deste Tinoco's Bar, que bem poderia ser o Tinhoso's Bar, é o mais perto de paz que tenho neste mês de novembro do ano da graça de 2002. E, por Nietzsche, como preciso de alguma paz, a poupança acumulada com a venda para o Sérgio da minha parte na revenda do pai parece que vai terminar antes de eu dar cabo da escrita de meu novo romance, ah, Babi, por que tu não quiseste simplesmente dividir um apartamento comigo, por que este plano vil de ir acercando-se, sinuosa, para realizar teus desejos de maternidade? Dentro de poucos meses terei que voltar ao indigno mercado de revisões, mais uma tese sobre a presença da religião em Clarice Lispector, sobre o direito penal e Kafka, mais um romance esquálido inspirado — se ainda houvesse algo de inspiração — nas experiências de apartamento de um jovem autor, mais dias, horas, lendo desperdícios de tinta, papel e tempo; ou terei de me sujeitar a pedir algum emprestado para o Sérgio, apesar do sorriso vencedor dele, magnata de São Sepé, parabéns, mano, és um sucesso, contudo posso suportar o sorriso dele, talvez até visitá-lo na sua casa de dois andares, com dois carros na garagem, oh, que sucesso sob medida, mais exato que a tua cozinha Todeschini, hein, mano, porém talvez eu suporte isto para ganhar um fôlego, o tempo de *Demônio contemporâneo* ser aceito por uma editora; e será. Preciso admitir: está mais maduro, é o terceiro que envio às grandes casas editoriais, creio que agora será inquestionável o valor de minha escrita e; não, não que meus dois primeiros manuscritos sejam maus, ou que fosse necessária uma espécie de evolução em minha literatura, ora, pelo contrário, dentro do painel humano que venho construindo, sem dúvida estes meus escritos anteriores provocam interesse, imagino que assim que *Demônio contemporâneo*, será mesmo esse o título?, for lançado, estes outros dois virão a reboque, não é impossível, parece-me lógico até, e,

entretanto, urge concentrar-me,

acender um bom Hilton, sorver um longo gole de conhaque, perceber a combustão de minhas entranhas e escrever à mão aqui, rodeado da pior espécie, e depois datilografar à noite, quando Babi, espero, dormirá com seus calmantes, porém preciso encontrar um desenlace necessário para este capítulo. Já faz dois dias que não consigo resolver esta questão. Ele perde tudo no cassino, e? Se ao menos desligassem o televisor neste antro, por que esta mania estúpida de ligar o televisor até em bar, a todo e qualquer instante, vivemos, não, não vivemos, eu fora, eles vivem em uma espécie de lobotomia vinte e quatro horas, todos os ignóbeis vidrados como cachorros olhando frango assado, porém com uma diferença: o cachorro tem mais ambição: dê uma brecha ao vira-lata e ele parte para a ação, gruda os dentes na carne a que assistia, rasga a pele, devora; os hominídeos pós-modernos, não: dê uma brecha, desligue a TV, apague a fogueira contemporânea e é o horror, o horror, o horror, terão que pensar e eles têm medo da escuridão dos seus pensamentos, e, ah, eu não, enfrento meus pensamentos, minhas trevas, como os grandes, como Fiódor, e talvez por isso, por não praticar esta literatura pudim de leite e acomodada de mercado, por investir na recriação do que aqui está, por moldar homens do barro, do pó e das vísceras da humanidade, eu encare mais duros obstáculos para penetrar o mundo editorial. Questão de tempo. Ainda entorto esta faca a murros. Então: Frederico perdeu tudo no cassino e, mas que inferno, estes bêbados ominosos parecem agora um exército temível de Babis aos gritos, já não logro mais ignorar suas vozes pastosas e excitadas e, É comigo? Não posso crer: a corja está puxando assunto, era só o que me faltava, por Nietzsche, acaso confundem-me com alguém do seu naipe, tentam ser simpáticos comigo, seriam simpaticíssimos, adoráveis, se optassem pelo silêncio e não por perguntar como estão indagando-me se moro aqui por perto, ah, veja, que perspicazes, repararam que eu tenho frequentado a espelunca, é o que eles me informam. Meus caros, não é de se espantar que tenham reparado, certamente destoo disto tudo aqui, nem que seja pela capacidade de fazer silêncio, todavia, meus caros, Sim, moro no prédio aqui de cima, por incrível que pareça somos espécies de vizinhos, uma vez que este Tinoco's deve pagar condomínio ao meu prédio na condição de sobreloja, e é claro que não digo tudo isso para a plateia de cinco manguaços, apenas que sim, mudei-me já há um ano ou mais para o prédio, etc., e volto-me para meu caderno de notas, ouvindo a indigente continuação da conversa, se levei todo esse tempo para descobrir o salão de festas do meu edifício, e a umidade relativa do ar certamente sobe com os perdigotos que se chocam em meio às risadas indecentes que mostram todas as cáries, próteses e vazios dos sorrisos deles, como se houvessem feito uma excelente piada, e, para a média medíocre, deve ter sido mesmo; limpo o rosto com um guardanapo quiçá mais sujo que minha face, já que há tanto tempo exposto aos ares daqui, e gasto as últimas reservas de simpatia do ano para erguer minhas sobrancelhas e proferir um amigável, pero no mucho, Pois é. Com ponto final, não com reticências como adoram os maus escritores nacionais e outros tantos internacionais. Mas os sujeitos, era de se esperar, não têm o menor domínio da gramática, muito menos a social, espalham-se, prosseguem, como se houvesse um dois-pontos inverossímil depois da minha fala, sugerindo continuação. Um deles, o Do-boné-da-Goodyear-e-bigode, vem dizer que o Elvis — como se houvesse, meu caríssimo presidente honorário dos alcoólicos anônimos, a mínima condição de eu suspeitar quem seja o dito Elvis — andou dizendo que achava que eu era policial, e não devo ter contido meu espanto, e meu espanto evidenciado para eles é apagar fogueira com querosene; o Do-boné-da-Goodyear-e-bigode excita--se — e tenho calafrios ao pensar neste gordo suado excitado — e prossegue, que o tal Elvis, muito perspicaz, teria considerado que eu estou sempre "na minha", "pianinho", assim como "de bico nos outros"— oh, que poesia urbana —, que fazendo anotações pareço um dos-homem, meio disfarçado, porque aqui circulam uns maus elementos, pergunta-me se estou ciente disto, e eu faço que não, e ele insiste, que deve concordar com o famoso Elvis, meu jeitão quieto, ele seria incapaz de dizer taciturno ou dissimulado, pobre populacho criado a vocabulário de novela e futebol no rádio, que eu bem que levava jeito de polícia mesmo, e a curiosidade que vejo espocar nos olhos dos pinguços é a mesma que tento disfarçar nos meus, após tomar a consciência de ter-lhes dito que,

Eu, da polícia? Não, muito pelo contrário,

eles observam meu silêncio e, assim como estou fazendo, é cristalino que também se indagam: o que quer dizer este muito pelo contrário proferido por mim, o sujeito misterioso, de olhar oblíquo, que toma notas silenciosas em um caderno, entre longos goles de conhaque ou cerveja morna e espessas baforadas de Hilton? Pergunto-me o mesmo e não me contenho, tal aranha zelosa e matreira, estendo o fio do silêncio à máxima tensão e arremato o nó com uma pergunta, desvio o assunto, se eles moram há muito tempo na região, e eles respondem confusamente e ainda mais rapidamente, todos juntos, crianças comendo apressadamente, engolindo sem mastigar para chegar logo à sobremesa, contudo um dos manguaços não resiste; eles não resistem: são alcoólatras e provavelmente fuxicólatras; primeiro um, depois os outros, perguntam-me, mas então o que faço, se me mudei a trabalho, e digo que sim, que em certa medida, que podemos dizer que sim, mas então, qual o meu trabalho? Imbecis, camundongos da vida alheia, desesperados por uma migalha de vida no buraco negro das suas, não é? Por que não vão ler um livro, bestas? Sorvo um gole do meu conhaque e da ansiedade deles, baforo demoradamente meu Hilton que já vai pela metade, olho para meu caderno, a página em branco, olho para eles, mentes em branco, e narro que, no momento, estou em transição profissional, desde que cheguei de Rondônia — e isto me soa bem para meu livro, uma fuga para Rondônia, terreno inexplorado na ficção nacional; e parece-lhes bom, talvez nem sequer saibam o que é Rondônia: a julgar por suas expressões ridículas de burrice pornográfica, perguntam a si mesmos se Rondônia é país, estado, planeta ou namorada —, que procuro novos rumos para deixar o que se passou em Rondônia em Rondônia. A frase faz efeito e a macacada só falta dar pulinhos e urrar, querem mais bananas, agitam-se nas cadeiras, bebem cervejas, ah, humanidade, como acreditar em deus ao te mirar? Anoto a frase sobre Rondônia, sobre deus também, o gesto, demorando-se, exaspera-os em dobro, e eis que um se desta-ca, pergunta O que aconteceu em Rondônia? Um milhão de dólares para o borracho à minha esquerda, este com o palito de dentes na boca e cara de encostado-no-INSS. Pergunta aparentemente óbvia, como sói ocorrer em cenários desta baixa estirpe, contudo providencial e bem contextualizada, o que aconteceu em Rondônia, o que há para deixar no passado de Frederico em Rondônia, como ele chegou lá, preciso pensar, encontrar na história já escrita os indícios, os gatilhos do que virá, e eis que respondo ao Clube Irmão Cachaceiro que se trata de uma boa questão. Todavia, para explicar Rondônia, precisaríamos regressar ao Paraguai, o que nos levaria a uma longa, longuíssima história. Era o que eles queriam.

O tempo voa quando estamos em
companhia de seres tão iluminados:

passa das vinte e duas horas, confiro no relógio, e sei que minha inutilidade e insensibilidade serão cantadas em prosa e verso por Babi, poodle desesperado no seu cio mental desentendido com as regras do próprio corpo, imagino-a rondando a porta, por que não até arranhando a madeira com as unhas, garras que ela gostaria que me fizessem sangrar, como ela sangrou quase-bebês algumas vezes. Já estou há cinco horas nesse picadeiro de horrores, os holofotes e a plateia crescente direcionam-se cada vez mais para mim. Aquele que deve ser o Tinoco em pessoa observa-me, quem sabe, imaginando contratar-me como atração semanal para movimentar sua espelunca. Nunca fui ao Paraguai, nunca entrei em um cassino sem o auxílio das câmeras do cinema ou dos livros de Fiódor, nunca me imaginei no interior de Rondônia, contudo sei que quem já percorreu tais veredas — mesmo que somente na ficção a qual narro para meus leitores-ouvintes — jamais se preocupará com ponteiro de relógio ou companheiras reclamonas em casa, faço uma pausa em minha narração, respiro forte, dou uma derradeira tragada de ouvir a cinza estalar em brasa, alheio a meus leitores ouvintes, solto a fumaça criando uma barreira entre mim e os hominídeos e então, Estou preocupado com vocês, certamente terão problemas em casa com as patroas, digo a eles, touché, certeiro, mais uma demão no verniz do personagem que pus aqui, sentado a narrar suas jornadas e ouço, oh, que Ter casa é sempre problema; Tenho dois, minha sogra tá lá; Quanto mais eu rezo, mais problema me aparece, o gargalhante coro da mediocridade humana se desentende em maus chistes e ditados estuprados pela ignorância de quem os profere. Fito os oito ou nove sentados aqui à minha frente, o outro apoiado no balcão junto ao provável Tinoco, serão os vapores alcoólicos ou a fata-morgana de óleo reutilizado o que me faz ver esses sujeitos disformes, cada um à sua maneira, ganharem contornos semelhantes? Seja a pança patológica ou o rosto cadavericamente chupado, não importa que difiram tanto quando descritos, porque vistos todos são o quadro mais bem acabado do que é doença e miséria, porém, devo dar o braço a torcer: são leitores deveras atentos; sinto-me um cientista em um laboratório, injetando-lhes ficção, fazendo a mente dessas ratazanas purulentas vibrar de imaginação, meus imbecis, voltem para suas casas e abram *Crime e castigo* agora que estão no embalo, entretanto, vitória minha, por Nietzsche, nem a polícia de choque os moverá daqui, meus ratos bêbados estão viciados no que lhes conto, imaginam o faroeste da fronteira do Paraguai, perguntaram para mim, como se verdadeiros leitores, Tá, a tua esposa, que fim levou?, e eu respondi-lhes com um lacônico Pois é, provocando risinhos nervosos, olhares trocados, possivelmente para fugir do meu. Com uma série de frases muito bem colocadas, algumas rememoradas ipsis litteris, contei-lhes quatro capítulos de *Demônio contemporâneo*, histórias encadeadas sobre como eu, em vez do meu personagem Frederico, saído de São Sepé — e não de São Joaquim —, após desentendimentos com a igreja local — por ter destruído o celibato de uma freira, filha de homem poderoso, apenas para testar a sua fé —, fui dar na fronteira do Brasil com o Paraguai, onde fiz de tudo um pouco pelo prazer antropológico de esmiuçar a vida humana, mas também me associei a um crupiê para fazermos fortuna, sem saber que este crupiê gostava de diversificar negócios e pusera-me na mesa com outro sócio seu, talvez mais antigo, talvez com mais munição, o qual, numa noite de incrível sorte e olhares dissimulados, só não me tirou as calças porque elas nada valiam. Fiquei devendo no cassino, meu ex-sócio ficou-me devendo a vida e minha esposa, intuí, tramava com seu pai, gerente do cassino, para que eu pagasse a dívida com o que me sobrara, fosse de dinheiro ou de vida,

E em tudo, tudo, os meus
borrachos acreditaram,

isto sim é literatura, criar mundos, e ainda mais, oh, que júbilo isso me traz, compraram igualmente o que improvisei aqui, mentindo--lhes descaradamente, criando na hora, sobre fugir para Rondônia, viver entre índios e perceber a maldade humana onde esperava a pureza, tomo notas de modo febril de cada detalhe enquanto narro este novo capítulo, desato os nós de meu livro, sinto que a noite será longa, necessitarei pôr em ordem estes pensamentos, ai de mim se Babi estiver acordada. Por isso, empolgo-me, peço ao Tinoco mais uma de suas cervejas mornas, evidentemente subtraindo a parte referente à temperatura, já antecipo o sabor do Epocler amargando minha bílis, assim que eu chegar em casa, despertando-me para a lide notívaga e ouço aquele careca de camisa, talvez funcionário público, talvez empregado de um escritório contábil, careca e comum, chegou mais tarde, vindo de algum emprego, e fez questão de salientar isso largando com força sobre a mesa uma ridícula pasta de nylon, abrindo o botão mais alto da camisa e bufando que Hoje preciso de umas, é esse o sujeito o qual escuto dizer-me que o convite do pajé não está bem contado, ora, ora, sorvo longamente minha cerveja como se fosse um prazeroso gole e aproveito o ínterim para rever os fatos e preparar-me para um duelo com o seu Aristotelezinho aí, senhor do bem contar, não é mesmo? Ah, Fiódor já disse que talvez o homem normal deva ser estúpido; redarguiria a ele que sim, porém não há nada mais execrável do que um subnormal estúpido pela própria natureza tentando não sê-lo, por isso retomo a palavra, dirijo primeiro o olhar ao meu Antonio Candido, meu bom imbecil, naturalíssimo estúpido, a tensão é evidente no ar, mais espessa que a gordura dos pastéis e coxinhas misturada com o cecê desse povaréu, e didaticamente digo-lhe,

Meu caro,

e, mas o que é isso? Acabo de descobrir que este laboratório de ficção que pensei ter ganhado de mão beijada não me será gratuito; não há boca livre no universo; eles começaram a rir e a digladiar asneiras no exato instante em que eu disse "Meu caro" e aquele, o Do-boné--da-Goodyear-e-bigode, incontinenti, atravessou-se em minha frase e em meu raciocínio cuspindo sua perspicaz intervenção, que Ninguém é caro aqui não, nós é tudo um e noventa e nove, doutor — ele chamou-me doutor? — é só pagar uma cervejinha que esse aí tá comprado. Eles persistem na discussão de seus preços nessa bolsa de valores irrisórios, que, entretanto, sairá cara, sim, para minha paciência. Porém, parece-me, terá algum valor para minha literatura. Aproveito a barafunda, a festa na jaula, e tomo algumas notas, já, já esclareço a questão do pajé aos meus muito caríssimos, inflacionados, ouvintes.

MAIS UMA MEMÓRIA, 4 DE MARÇO DE 2003

Não sou um homem mau, impulsivo, de atitudes febris, e aí reside a sorte deles, caso contrário era melhor inspirarem-se nas paranoias provocadas pelos atentados em Nova York e começarem a usar talheres de plástico em jantarzinhos de amigos, eles seguem conversando, Babi sorri para a sua colega de trabalho, para o esposo dela, como se estivesse realmente diante de algo digno de qualquer reação corpórea que não fosse um espasmo no esôfago, uma ânsia de vomitar toda esta pizza e o vinhozinho chileno que Babi insistiu em ofertar aos amigos, Ed, a gente precisa sair, isto está sufocante, vamos, eu mereço, faz isso por mim. Babi, minha querida, nem mil Romeus e Julietas seriam maior declaração de amor do que estar aqui no apartamento da Fulana e do Beltrano; embora eu não te ame e nem te peça o mesmo, exijo que entendas este convescotezinho pequeno-burguês em que me enfiaste como amor, é o mais próximo que um ser humano consciente pode chegar em matéria de provas de companheirismo, porque, enquanto tu ris e vejo que já te embebedas e eles também, eu mantenho-me lúcido e crente de que se eu vomitasse agora sobre a mesa, os doces anfitriões não reparariam, estão fazendo o mesmo, ou pior, desde que aqui aportamos para o programinha de casais, por Nietzsche, como é que eles conseguem estar há tanto tempo falando, ou melhor, debatendo acerca de um programa televisivo que nem sequer um roteiro possui, ora, então a Fulana aí tem certeza de que não sei quem vai para o paredão? Por que não vão todos vocês para o paredão?, contem comigo para os disparos. Melhor socar um naco de pizza fria na boca, assim não sou obrigado a dizer nada, se eu já assisti?, indaga-me o simplório Beltrano e, ora, meu bom estúpido, claro que não, abençoada pizza borrachenta cimentando minha mandíbula, apenas abano a cabeça em resposta e, como assim, nunca assisti, quer saber o Beltrano, obrigado, Babi, isso, explica-me para os teus amigos, expõe todos os teus preconceitos, descreve-me como se tu criasses um iguana exótico em casa, que, sim, adora ficar em silêncio lendo à noite, não, não me entedio não, é que sofro de uma doença raríssima nestes trópicos amaldiçoados: tenho ideias no meu cérebro e elas multiplicam-se, e mais um bocado de pizza fria na boca, vocês não devem imaginar a ocupação que dá ter ideias na cabeça, contudo, isso Babi não dirá, perfeito, concordas com ele que esta edição está imperdível, sim, senhores, meus caríssimos, deve ser a obra-prima da banalidade, e mesmo que não fosse, mesmo que fosse um programete com doze baratas tontas numa caixa de sapato e vocês possuíssem o direito de votar em quem sai da caixa, em quem tomará uma chinelada, torcer pela barata branca, tão carismática, tenho certeza de que vocês estariam batendo palminhas agora, focas amestradas, é inacreditável como vocês gostam de torcer, torcer pelo mocinho da novela, torcer pelo Oscar de filme estrangeiro, torcer pelo tenista maconheiro e cabeludo, depois da alta dose da droga ofertada a vocês pela Copa no ano que se passou, se não houvesse mais uma pilha de atrações como essa para vocês debaterem, e debaterem, e debaterem, que fôlego, meus caros, é possível que estivessem todos sentados em cadeiras de praia apostando qual carro arrancaria antes na sinaleira para terem alguma emoção real, por Nietzsche, não conseguem manter suas mentes quietas e; o que eu faço? Oh, não, por favor, continuem a sua mesa-redonda a respeito do grande tema nacional, eu, o que faço? Olho obliquamente para o Beltrano que, sim, deseja saber no que eu trabalho, bom, eu, e Babi se adianta, ela diz que eu sou um freelancer, que bonito, hein, Babi, então é isso que sou, a Fulana e o Beltrano arqueiam suas sobrancelhas, sua perspicácia certamente os fez pensar que uma profissão de ascendência anglo-saxã inequivocamente é algo de se orgulhar, e não uns bicos sacais para pagar as contas e; Frila em qual área? Explico para o Beltrano e a Fulana que trabalho com revisões para editoras e também pessoas físicas, entretanto me dedico igualmente à escrita, preparava-me para lhes contar acerca de meu *Demônio contemporâneo*, enviado para editoras do centro do país, com chances evidentes de publicação, e minha tradutora simultânea acaba de dizer que este é meu hobby? É isto, então, Babi? O que é mais ultrajante, lanço-lhe um olhar forte de reprovação, para que ela perceba que desejo saber o que é mais ultrajante, apodar minha literatura de hobby ou esta profusão de anglicismos orbitando ao redor da minha personalidade? Acaso não posso ter um passatempo, não? Vejam, tento dizer, contudo é melhor beber um gole do vinhozinho chileno, aumentar a acidez da minha bílis, por Nietzsche, um cigarro, um Hiltonzinho, seus mentecaptos, não veem que o mundo cresceu em volta de rodas de tabaco, agora vocês tupiniquins querem civilizar-se cerceando-me este direito cultural?, preciso ardentemente de um Hilton porque Babi está decidida a me apresentar à sociedade, sou um debutante, explica a eles que passo horas a escrever, como se não houvesse outra coisa a fazer no mundo e, pronto, eis o Beltrano, encarando-me com seu olhar de asno curioso e, mas como é a construção frasal deste meu bom Olavo Bilac? Olha, pra te dizer bem a verdade, Edmundo, oh, imagino que vás me dizer a verdade: nunca passaste do ensino primário, é isso? Não, ele diz-me que admira muito as pessoas que escrevem, ele não possui toda a concentração necessária, Deve ser difícil pra burro, né? Sim, Beltrano, para ti é dificílimo, para a Fulana também, opto por proferir um lacônico Pois é, e espero que seja o suficiente, e é, ele só ansiava por meia palavra minha para ter tempo de retomar o fôlego e encher de ar o balão que carrega na caixa craniana, o qual deve estar a ponto de murchar de tanto que fala este ignóbil, pronto, inflaste a bexiga, já falas para a Fulana que Não é mesmo amor, é de se admirar quem tem esta capacidade, redação foi o mais difícil para mim no vestibular; ahá, palmas para o Beltrano: ele refere redação de vestibular e me admira, Babi sorri, a Fulana diz que seu grande terror no vestibular foi química, que espetáculo mundano, é isso que chamam de evolução, agora provavelmente Babi revelará a sua espantosa matéria arqui-inimiga, como se fosse a única pessoa no mundo que já teve dificuldades com matemática, ou geografia, ou,

olho as horas; penso no meu hobby.

OUTRA MEMÓRIA, 26 DE AGOSTO DE 2003

Ê, Editora Letrando, às vezes pergunto-me se vou receber pela revisão desta naba insossa que me deste o desprazer de conhecer, pois a desonestidade intelectual do teu trabalho está mais do que consagrada nisto que insistes em chamar de romance e temo: serás igualmente desonesta no campo financeiro? Espero que não, preciso dos parcos mirréis que me ofereces como soldo, por Nietzsche, como é desvalorizada a torturante tarefa de ler com atenção, este, deixe-me ver aqui na biografia, este *jornalista de formação, com dois livros de contos publicados,* Areal *(1998) e* Tanta lágrima, tanto riso, título apropriadíssimo, dev ser de chorar e rir mesmo, *(2001), finalista do Prêmio Açorianos, apresenta agora seu primeiro romance que,* jornalista, claro, na maioria das vezes é assim, jornalista, amigo de jornalista, de preferência que sejam púberes também, estes editores formam uma corja de bichas velhas pedófilas, querem papar garotinhos, síndrome de *Morte em Veneza,* isso sim, mundo repulsivo, essas editorecas do meu Brasil adoram publicar os tais formadores de opinião, em vez de livros que formem opiniões, porque são sequiosas por espacinhos de mídia, por bons relacionamentos e rostinhos fotogênicos, é possível até que tenham solicitado este livro ao, ah, o autor, um papagaio que soubesse datilografar faria o mesmo ou melhor, ou será que esta é mais uma das casas editoriais que cobram para publicar, ora, por que é que não vão vender parafuso ou sacolé se a operação é puramente monetária? Estivessem atentos à Literatura com L maiúsculo, e é plausível que meu trabalho não fosse tão odioso, oh, ilusões, ilusões, ilusões, como me iludo por vezes, soa-me tão paradoxal que um sujeito tão esclarecido como eu, conhecedor dos clássicos, por vezes deixe-se cair em tais e tão tremendas ilusões,

todos sabem que a literatura morreu
no século dezenove, na Rússia,

e o resto é espasmo. Conrad, espasmo. Erico, espasmo. Machado, espasmo — e fraquinho. Sim, Edmundo, se dessem atenção à literatura, blá-blá-blá, qual foi a última editora que já prestou atenção em literatura, teu *Demônio contemporâneo* acaso recebeu alguma atenção desde que o enviaste às editoras? Mais de seis meses, e nenhuma resposta? Este é o tipo de raciocínio que me rejuvenesce, faz-me sentir como se fosse o retardado juvenil que fui à década de oitenta, recém-formado, desorientado, enveredando para o campo da revisão "para ler bons livros em primeira mão e ainda receber por isso". Tolo. Foste, fui tão tolo, nem o Bukowski com que a medonha L&PM deu-me na cara, nem ao ter este rojão no colo aos vinte e poucos anos, nem desta maneira corrigi meu caminho antes de me perder no labirinto, notas do velho safado, velho safado, sim senhor, encharcando a cara e escrevendo asneiras ególatras, defecando palavras, a máquina desse velho safado, vaidoso e sem talento deveria ser abastecida com um rolo de papel higiênico para dar conta de tanta repulsividade e, no entanto, os tupiniquinzinhos publicando-o como grande revolução, copiando tudo de um país que tem como grande bebida um remédio doce e nojento, um Fimatosan gaseificado, a cada tiragem de um livro destes, Fiódor deve se revirar três mil vezes no caixão e depois agradecer por estar debaixo da terra e não sobre este monte de estrume povoado por maltas de homo acha que sapiens, como foi que não desisti de ser revisor quando me caiu aquele lixo velho safado e vomitado nas mãos? Nem sequer assinei a revisão que prometia "abrir mercados" para mim, porque, ah, porque "desrespeitei o estilo do autor", ora para o inferno, se o desrespeitei é porque respeito a literatura, procurei emprestar alguma literariedade àquele insulto à gramática, ao dicionário, Bukowski, rá, o que faltou foi os Estados Unidos da América terem tido um bom de um ditador, desde os anos cinquenta até os setenta; um bom ditador e pronto: este mendigo semialfabetizado do Bukowski, aquele outro imbecil do Kerouac e sua redaçãozinha de férias desbocada e malcriada, os seus seguidores todos, o depravado do Burroughs, com um ditador nos Estados Unidos, pum, todos no paredão, bala na cabeça, não sobrava um para influenciar a indiada do Brasil, e não estavam até hoje procriando com as editoras e gerando onanistas como esse jornalista aqui, como será que ele consegue escrever admirando-se no espelho? Gostaria de repassar a revisão deste romance, sim, grandessíssimo romance, diretamente com ele e dar-lhe uns tabefes mentais: diga-me, jornalista-influente-formador-de-opinião, já tiveste alguma ideia na vida que não fosse a de contar estes episodiozinhos deprimentes e desprovidos de interesse e fabulação, os quais este outro escritor — provavelmente amigo do teu pai ou do editor — diz serem *mergulhos profundos na subjetividade do autor e de toda uma geração*, aqui tem um espaço duplo entre *uma* e *geração*, mas, pois sim, mergulho profundo no espelho, que eu espero que se parta e te dê setenta anos de azar, ora, agora porque te drogaste na adolescência, viajaste para a Europa, tiveste mais de um casamento, foste corno e corneaste, achas que isso mesmo é história que precise ser contada, companheiro? Fosse assim, eu escrevia um romance por dia, a torcida do Flamengo escreveria romances — melhores que o teu. Por Nietzsche, que bem que este paredão nos Estados Unidos da América teria feito para a literatura mundial. Imagine-nos sem todos estes arremedos de beatniks e velhos safados e, por que não contam uma história, uma simples e boa história bem bolada e narrada, hein, é pedir demais,

Isso é culpa destas besteiras
de oficinas literárias,

os escritores fracassados querendo botar banca de modernos para cima do curral de asnos que paga para "aprender a ser escritor", ficam falando destas modinhas que não saem de moda há décadas nesse Brasil que não é um país, é uma máquina do tempo enguiçada, só vai para trás nunca para a frente, e esses centauros brasileiros, metade asno, metade papagaio, saem das oficinas repetindo arremedos de má literatura, como se escrever uma lista corrida de palavras de baixo calão, esquartejar a gramática e não ter uma ideia consistente, além da ideia de se exibir, fossem alguma prerrogativa de estilo, e Fiódor fez oficina literária? Claro que não. Leão Tolstói? Honoré? Estou ficando insano ou não mais se produziu verdadeira literatura desde o advento destas linhas de produção de esterco? Poderiam era transformar-se em fábricas de adubo, o país agradeceria, contudo, ah, contudo: não, oh, até glamour nisso os meus bons imbecis veem. Eu vislumbro é um futuro sombrio, daqui a pouco vão querer ensinar a escrever nas universidades, dizem que nos Estados Unidos da América já existe este tipo de aberração e, se lá fazem, os macaquinhos repetem e não ganham nem uma banana de troco. País de focas amestradas, e como funciona isto de escritor com nível superior, faculdade de autores? Ora, mandarei os originais da minha obra para o editor acompanhados de uma cópia do diploma? Editoras que pagam menos exigem só curso técnico de escrita? Vai ver estas Companhias das Letras, Records, L&PMs, Glasnosts, Movimentos, Objetivas, todas elas estão aguardando que eu lhes envie um diploma para poderem dar-me retorno sobre o meu *Demônio contemporâneo*, ah, o despertador da Babi, ah, já antevejo: vai indagar-me se passei a noite aqui, se é tanto trabalho assim, por que eu não faço um concurso e organizo a vida, por que não compramos um aquecedor para o quarto, por que, por que, por que, quantos anos tu tens, Babi, trinta e tantos ou cinco, e não conseguirei mais trabalhar até ela sair para o seu empreguinho estável no Instituto de Previdência do Estado, não bastasse o transtorno cloacal que é revisar tão mau livro, que, por Nietzsche, quem vai saber por que se publica isso, ainda tenho que abrir mão de uma hora e tanto de trabalho em prol do mau humor de Babi, assim não termino nunca isto, não retomo minha literatura, ai as pantufas arrastando no carpete, parece que ela faz por querer.

MEMÓRIA ANUAL, 7 DE MAIO DE 2004

Hoje é um dia imbecil. Como se todo dia não fosse inequivocamente imbecil. Dia, ano, mês, hora: placebos de esperança. Amanhã será outro dia; Ano que vem tudo vai ser diferente; Dá-me apenas uma hora para que eu; ah, todos à deriva em uma calmaria sem horizonte, em um oceano de lodo, nada muda, todavia, hoje é daqueles dias em que a imbecilidade, como um desses exibicionistas que só existem em filmes, abrindo seu sobretudo e expondo suas partes, exibe-se pornograficamente. Por que me telefonar, por quê? Será Babi, ou Sérgio ou a mãe ou um destes mentecaptos inescrupulosos vendedores que fuçam nos cadastros de crediários para te telefonarem justo no teu aniversário com uma promo; Pronto-alô, e sim, é a mãe e, apesar de eu não a visitar como convém aos mesmos protocolos que a impelem a gastar um telefonema comigo, apesar de eu esquecer--me de retribuir tais gestos, apesar de eu não ser nada do que ela sonhou que eu um dia fosse, apesar de a minha mulher ter ventre seco e eu não lhe dar netinhos como o touro reprodutor do Sérgio, ela já disse um feliz aniversário quase sincero, nem bem eu disse alô, já está jogando contra a minha cara que ela se lembra perfeitamente da data, que sabe que estou fazendo quarenta e cinco anos, e eu poderia perguntar-lhe e se fosse engano, mãe, ou poderia informar: não existe feliz aniversário, é um dia como outro, porém, É, obrigado; Não, não, festa nenhuma, mãe; Quem sabe ano que vem eu vou aí; Sim, a senhora já está com idade, certo; Não, eu não a estou chamando de velha, foi a senhora que, por Nietzsche, que suplício,

será para isso que ela me ligou, para que eu minta, para ouvir meus murmúrios aquiescentes, para obter minha concordância de que ela é uma enorme mãe, a mãe do século, e eu não passo de um palerma, incapaz de prosperar como os homens da família e; ah, que alívio, eis a melhor forma de ela dizer-me feliz qualquer coisa, é como Epocler entrando pelos ouvidos, Beijos para a senhora também, mãe, tchau. Melhor uma roleta-russa do que um dia de aniversário, ao menos tenho chance de tomar bala na cabeça e não receber mais telefonemas hipócritas, e por que não me desejaram felicidade ontem, acaso apenas hoje mereço tal júbilo? E o que sabem de felicidade estes ignóbeis todos? Soubessem o básico sobre ela, que não passa de uma invenção de controle e estímulo da sociedade, da mesma cepa que ficções como o paraíso, eleições, psicanalistas, cenourinha dependurada à frente das mulas, conseguissem todos estes patetas perceber o mínimo e parariam de desejar felicidade aos outros, pois implicitamente estariam conscientes de desejarem para si próprios uma internação em algum manicômio. É o que esperam os crentes na felicidade, ora, e daqui a instantes será a vez de Babi, já me deu um dos dois beijos anuais, o outro ela espera que eu lhe dê no seu aniversário, que certamente esquecerei, talvez no ano-novo se ela não estiver muito desanimada com a contagem regressiva do Fausto Silva, em vez de uma viagem glamourosa ao litoral gaúcho, onde todos os anos iniciam melhor, e ela ligará para perguntar por que não saímos para jantar alguma coisa, será bom para mim, será bom para ela, para nós, acaso somos peixes ou homens, esquecemos tão fácil que já fizemos o mesmo no ano passado? E terei de fazer a barba, vestir uma camisa não amassada e sorrir porque, afinal, é o meu aniversário, é preciso ser um feliz aniversário para os outros, para continuarmos acreditando em magia, que há dias melhores, dias piores, segredos para alcançar sucessos, ao menos superamos aquela fase de início de relacionamento, vamos fazer uma festa? Iupi. Por que não chamamos seus amigos para sair, que amigos, Babi, meus livros? E ela, naquele tempo, convidando-me para jantar com seus pais, ainda arrogava dizer que me amava, eu seria o pai de seus filhos e convidava-me para jantar com seus pais. Se porventura eu viesse a ser picado por esse mosquito tropical da mongoloidice feliz que assola este país e bota a tupinicagem a sambar quatro dias seguidos, espernear por homens correndo atrás de uma esfera de couro, fosse picado por este mosquito e desejasse desfrutar um dia razoável, o melhor que todos os hipócritas que brotam em árvores em dias como hoje poderiam fazer em prol do meu feliz aniversário era pagar o aluguel por mim, deixar-me escrevendo; ou então eu desceria até o Tinoco's, lá não há aniversários, e contaria aos meus borrachos a história de um homem que eliminou todos os vestígios do seu nascimento; ou que assassinava donos de cartório; parecem boas ideias de contos. Será que meus macaquinhos divertir-se-iam com mais essa? Não era mau descer, tomar um conhaque para acordar, acender um Hilton em vez de velinhas e contar a eles essa, contudo tenho de revisar esta bela dissertação, *O espaço do eu nas ciências sociais: dinâmicas, aproximações e perspectivas*, feliz aniversário, Edmundo. Não sem antes atender o telefone.

> **Vítima: Bárbara Pellegrino Almeida**, 47 anos de idade, solteira, servidora estadual, residente na rua Sofia Veloso, 17/304, Porto Alegre.

J: A senhora poderia dizer para os jurados qual a sua relação com o réu? **T:** Hoje nenhuma, graças a deus. **J:** Certo, mas, no momento dos fatos, qual era o nível de relacionamento entre vocês dois? **T:** Felizmente, nenhum, a gente já tava separado fazia uns meses. **J:** Se estavam separados, então quer dizer que já estiveram juntos, correto? **T:** (Fez que sim com a cabeça). **J:** Então a senhora pode especificar um pouco mais este período? **T:** Pois é, a gente morou juntos de dois mil e um até o começo desse ano, e era namorado antes, a gente teve juntos aí uns quinze anos no todo, eu acho, nossa, não consigo acreditar, como eu... **J:** Desculpe, a senhora não consegue acreditar no quê? **T:** Na minha ingenuidade, como é que eu não percebi, sabe? Ele sempre foi um psicopata, olhando tudo agora é tão óbvio. **J:** Mas o que a senhora quer dizer com isso? O réu já cometeu outros crimes como este pelo qual é hoje aqui julgado? **T:** Não, mas é que tava na cara. Nossa, eu acreditei nele, achei que a gente tinha um projeto de vida, um relacionamento maduro e, como é que eu posso dizer, quando a gente foi morar junto eu tinha trinta e cinco, ele, quarenta e dois, adultos. E, não, assim, o que eu quero dizer é, como não percebi? A gente queria ter um filho, tava planejado, tentando mesmo, mas aí, mas aí a gente descobriu que eu não tenho como, e... **J:** A senhora quer um copo d'água? **T:** Não, não, brigada. É que é duro, sabe? É difícil falar disso tudo. Mas foi melhor assim, também. Imagina ter um filho dele? **J:** Dona Bárbara, compreendo a sua emoção, mas a senhora poderia se deter ao fato em questão? **T**: Tá. Desculpa. **J**: Prossiga, a senhora falava sobre considerar o réu um psicopata, isto é muito grave. Consegue ser mais específica? **T**: É que, olha, então, isso já faz uns dez anos, perdi nosso filho, perdi mais de uma vez e, como eu não vi? Em nenhuma das vezes, ele derramou uma lágrima; Quando eu mais precisava de apoio, tava superfrágil, destruída, ele nem uma lagrimazinha, ia cada vez mais pro bar, ficava só escrevendo as coisas dele, vê se isso não é coisa de psicopata? Tava na minha cara. Acho que, desde que a gente foi morar junto, ele foi se revelando o monstro que ele é, não deu a mínima pra nossa tragédia, é muita frieza, tem algo muito sério aí, agora essa menina, pobre inocente, foi dizer que tava grávida pra esse psicopata, coitada, ela não sabia o que estava fazendo, pobrezinha, meu deus, e as outras o que... **J**: As "outras"? **T**: É, as outras. Sei lá desde quando ele tava com essa pobrezinha, mas vivia chegando com perfume de mulher em casa, achei Viagra nas coisas dele, inventava desculpas pra passar tempo fora de casa, tava na cara que ele, que vergonha isso tudo aqui... **J**: Se a senhora não se sente em condições de falar, não é obrigada, podemos adiar seu testemunho. **T**: Não. Quero falar. Quero fazer justiça. **J**: A senhora deve lembrar que é uma testemunha, está colaborando com a justiça, não está praticando-a. Para tanto, peço que evite ilações e detenha-se aos fatos, já que quer prosseguir, certo? **T**: Tá, desculpa. **D**: Meritíssima, pela ordem. **J**: Caro advogado, acho que não preciso repetir que não é praxe ceder a palavra à defensoria durante as minhas perguntas, lembro que o senhor terá todo o tempo que quiser para esclarecer suas dúvidas junto a esta e todas as testemunhas. **D**: Sim, Meritíssima, admiro muito a imparcialidade e serenidade com que vossa excelência conduz estes e todos os trabalhos, contudo, gostaria de solicitar, pela ordem, que ficasse esclarecido aos jurados que a testemunha não possui capacitação para designar o réu como "psicopata", este tipo de afirmação tem o poder de... **J**: Sim, sim, compreendo. Senhores membros do júri, que se registre que devemos nos ater aos fatos aqui hoje narrados, às acusações constantes no processo que os senhores e as senhoras aí têm à sua disposição e que o uso da palavra "psicopata" pela testemunha não possui embasamento técnico ou científico. Registre-se. E vamos prosseguir. **D**: Obrigado, Meritíssima. **J**: Ok, portanto, dona Bárbara, para continuarmos, peço que relate aos jurados os fatos transcorridos na tarde do dia onze de agosto de dois mil e doze. **T**: No dia em que o Ed, em que ele? **J**: Isso, isso, relate o fato do qual a senhora é vítima. **T**: Chega a me dar uma coisa lembrar daquilo tudo, mas pronto: a gente já tava separado há um tempo, já tinha tirado minhas coisas do apartamento, e bem que eu tinha pensado em trocar de número de telefone, mas tá, eu tava na casa da minha mãe, meus móveis tavam na garagem dela enquanto eu não decidia se alugava alguma coisa ou se, bom, mas aí tocou meu telefone, e eu vi que era o Ed, o Edmundo. O número que eu dei pra ele, esqueci disso também, ele podia me ligar de graça, e, sei lá por quê, atendi. Acho que foi pena, deve ter sido. A gente tinha uma história, mas então atendi e ele tava mais nervoso do que aquela vez que gritava que eu ia prestar atenção nele e sei lá mais o quê... **J**: Desculpe, que "vez" foi essa? **T**: Ah, uns três, quatro anos atrás, chegou acho que bêbado em casa, eu tava vendo novela, lendo, distraída, e ele queria contar umas histórias desses livros que ele tinha a mania de escrever, acho que era isso. Era, devia ser, eu não me interessava, a gente não é obrigada, né, a se interessar por tudo o que o outro e, acho que a gente já tava em crise... Aí ele me perguntou alguma coisa, eu não respondi direito, e ele teve um chilique, bateu porta, gritou, me chamou de burra, desnecessária, um monte de barbaridade, que um dia eu ia prestar atenção nele. Talvez isso foi já um sinal do que ia... **J**: Muito bem, sem ilações, sem interpretações, por favor. A senhora, antes de eu interrompê-la, dizia que no dia onze de agosto o réu ligou para a senhora e... **T**: Pois é, doutora, então ele ligou e parecia fora de si, assim, transtornado mesmo, falando sem parar que eu precisava ajudar ele, que ele tinha tido um acidente, que era muito grave, aí perguntei se ele tava no hospital ou o quê, e ele disse, isso eu lembro bem, "é outro tipo de acidente". Bah, aí não entendi nada, mas fiquei preocupada, né, e ele começou a dizer que precisava de dinheiro e do meu carro, porque tinham apreendido o carro dele. E eu perguntei então se era acidente de trânsito, e aí acho que ele explodiu, sabe, ele tem mil defeitos, mas uma coisa que sempre notei é que ele não era de falar palavrão e, de repente, ele explodiu, dizendo assim "Porra", ou "Merda", gritou essas coisas e aí que ele disse que, nossa, fico toda arrepiada. Ele disse bem assim "Eu matei uma guria". **J**: Ele disse que matou? **T**: Sim, com todas as palavras, e eu tomei um susto, e ele repetiu e disse que precisava de dinheiro e do meu carro pra fugir, então falei que, ah, pede pro teu irmão que tem revenda e tudo, e ele, irônico daquele jeito maldoso de sempre, riu, perguntou como é que ele ia chegar em São Sepé. Então tentei fazer entender que eu não podia, né, ajudar assim, pedi pra ele me explicar o que tinha acontecido, aí ele falou, bah, ele falou, lembro de todas as palavras, "Aquela puta disse que tava grávida de mim" e então ficou quieto. E eu fiquei assim, gente, como assim matou uma guria porque ela disse que... não sei nem o que dizer, porque... **J:** Sim, sim, mas então, e o que mais? **T:** Não me lembro de todos os detalhes, foi rápido, nervoso, mas, quando me dei conta, ele tava dizendo alguma coisa de que se eu não levasse o carro, ele vinha pegar, "Eu não sei do que eu sou capaz, Babi", ele me dizia, e eu fiquei com medo, puxa, olha só o que esse psicopata tinha acabado de... **J:** Sim, dona Bárbara, mas então o que houve, a senhora levou o carro? **T:** Não, sim, quer dizer, foi que nem eu já falei antes. Desliguei o telefone, tava tremendo, não esperava isso, minha mãe viu meu estado, perguntou o que era. Eu contei pra ela, e ela montou num porco, que eu tinha que ligar pra polícia, que era muito perigoso, que a gente precisava de proteção, que ela sempre desconfiou do Ed, do Edmundo, e... **J:** E a senhora ligou para a polícia? **T:** Sim, claro. Liguei, expliquei a situação, aí os policiais lá na delegacia, enquanto falavam comigo, eles, assim, puxaram a ficha do Edmundo. Então, eles viram que era verdade, o carro dele tava apreendido, ligaram pra delegacia de Cachoeirinha e tinha uma história de que o Ed, o Edmundo, eles tinham, lá em Cachoeirinha, pegado pelo bina o número dele, porque ele já tinha ligado não sei quantas... **J:** Por favor, atenha-se aos fatos que a senhora presenciou e vivenciou. **T:** Desculpa. Desculpa. É que foi muita coisa, até hoje... tá, daí os policiais combinaram que eu ia ligar e avisar que em uma hora ia encontrar ele, deixar o carro e um dinheiro, que daí eu dizia isso pra ele, e os policiais vinham me seguindo, e prendiam ele no flagrante de extorsão, chantagem, e depois viam o resto e... e... Nem acredito que esse psicopata me fez passar por isso, ainda hoje eu... **J:** Calma, por favor, a senhora não precisa mais dizer nada, já lhe foi informado e... **T:** Não. Deixa. Quero ir até o fim. **J:** A senhora tem certeza? **T:** Aí a gente fez isso. Eu e a minha mãe fomos no meu carro até o endereço onde eu morava com ele. **J:** Com o réu? **T:** Isso. **J:** Prossiga. **T:** Aí a gente chegou, eu dei um toque no telefone dele, como a gente tinha combinado, e o sem-vergonha surgiu do bar onde ele passava mais tempo que na nossa casa, o pilantra ia pegar o carro e tava bebendo, eu vi quando ele virou o copinho, que nojo que eu... **J:** Dona Bárbara, por favor, os fatos do ocorrido, por favor, tente se acalmar, quanto mais objetivos formos nesta casa, mais certeza teremos de que a justiça será de fato feita por estes jurados que a estão escutando. Portanto, lhe peço que evite demasiados adjetivos em relação ao réu. Podemos prosseguir? **T:** Sim, senhora. **J:** Então a senhora viu o réu, que saía de um bar, perto do seu endereço de residência e... **T:** Endereço de residência dele. **J:** Isso, do réu. **T:** Eu já não morava mais lá. Mas tinha esse bar bem embaixo, e ele veio de lá, todo confiante, eu e a minha mãe saímos do carro, ele me olhou com aquele olho dele, e eu disse "Nem vem, Ed, a chave tá na ignição, deixei um envelope com um dinheiro no banco, some daqui", ele bem que tentou se aproximar, mas eu disse pra ele manter distância, se já não tinha me chantageado o suficiente, se ainda queria mais alguma coisa. Aí acho que ele me agradeceu, muito calmo, até estranhei, sabe, foi indo pro carro, e ia dizendo alguma coisa, que me ligava ou não sei o quê, enquanto isso ia entrando no carro, e eu vi os policiais chegando por trás e saí de perto, com medo de tiro, a essas alturas achava que ele pudesse estar armado, já tinha visto que não conhecia mesmo esse homem... **J**: Ele já usou arma de fogo? **T**: Que eu saiba não. **J**: Certo. Prossiga. **T**: Não, daí foi isso, os policiais gritaram essas coisas de "Polícia", "Não se mexe", "Flagrante", e eu nem quis mais olhar, aquilo era assustador, mas tinha que ser assim, né? **J**: Passo a palavra agora para o Defensor Público.

ESFORÇO DE MEMÓRIA, 8 DE JUNHO DE 2004

Marquês de Sade publicou *Justine* aos cinquenta e um anos; mesma idade com que Raymond Chandler lançou seu primeiro romance, contudo Chandler publicara contos antes disto, porém, o que importa hoje publicar um conto, qualquer um se publica nestes diários e endereços eletrônicos da tal rede mundial e, não obstante, desapareceram os respeitáveis suplementos literários, consagradores dos grandes nomes — ou dos grandes camaradas —, restou-nos, com otimismo, papel higiênico em forma de revistinhas ou jornaizinhos arrogantes, repletos de regras e labirínticos meandros, fronteiras por onde só é possível infiltrar-se com o passaporte do tapinha nas costas, eu sei muito bem como funciona, não adianta escreveres contos memoráveis, condensares universos em poucas páginas, ignoram-te porque não és do clubinho, não tens dois ou três favores para transacionares, Chandler hoje talvez não publicasse suas histórias curtas, azar o dele; também dizem que aquele português a quem não sei por que atribuíram o Nobel recentemente, da mesma forma, publicou após os cinquenta anos; E "viver além dos quarenta é indecente, vulgar, imoral", ora não digas isso, Fiódor, a não ser que estejas pensando no indigente do Bukowski que estreou, para infelicidade planetária e júbilo dos hominídeos asquerosos que o idolatram, aos quarenta e nove. Antes nunca do que tarde. Porém, mais um. E Lya Luft, cinquenta anos. *Robinson Crusoé* saiu quando Defoe contava cinquenta e nove anos. Cinquenta e nove anos. George Eliot surgiu apenas aos cinquenta. Cora Coralina publicou seu primeiro livro aos setenta e cinco anos, todavia e eu com isso, obra desnecessária, ninguém tem paciência para esta coisa de poesia, porém todos carregam mil pudorezinhos de admitir que poesia tão somente lhes diz "durmam", que não passa de onanismo narcísico e pervertido. Ninguém admite, mas assim é que é, querem fazer-se de sensíveis e hemorroida também é sensível e ninguém dá valor a isso. Malta podre. Mas há também, sim, sim, Giuseppe Tomasi di Lampedusa colocou o ponto final no seu *Il Gattopardo* aos sessenta e um e não viu a obra no prelo, é o que narra o folclore literário; muito semelhante a Jaroslav Hasek, falecido aos quarenta anos sem sequer haver terminado o *Bom Soldado Švejk*, que acabou impresso assim mesmo sem ponto final, esta mania indigente, abominável, ora, de onde tiraram este tipo de ideia, conceituar como grande obra o que não está acabado? Palermas, platelmintos, um edifício não acabado cai; uma cirurgia não acabada mata; uma música não acabada não existe; no entanto, com livros, ah, com os livros perde-se demasiado tempo, gastam-se resmas e resmas de papel com o intuito de dar à luz "obras-primas inacabadas", aleijadas, deformadas, e, todavia, aos grandes romances perfeitamente arrematados resta o desdém, o silêncio. Quando não publicam estas coisas que parecem nem sequer ter sido começadas, como Burroughs, que também só lançou seus estrumes depois dos quarenta, o que neste caso é jovem demais, nem aos oitenta estaria pronto este velho drogado, não é a mesma situação de Javier Martinez Quejada que teve seu *Os sons de Budapeste* lançado quando ele já alcançara os sessenta anos após diversas recusas. Ian Fleming, quarenta e quatro; Charlote Manfredine, quarenta e oito; Bram Stoker, quarenta e três; Maria José Silveira, cinquenta e cinco; Henry Miller, quarenta e três; José J. Veiga, quarenta e quatro; Anton Sukorov, sessenta e três; esse Evandro Afonso Ferreira, cinquenta e cinco; Penelope Fitzgerald, sessenta e um; conta-se que Sherwood Anderson só após os quarenta; e tem este sujeito, Juarez Guedes Qualquer Coisa, andou ganhando o Açorianos, não li e nem sequer vou perder o meu tempo com isso, mas pela foto no jornal já é passado nos cinquenta. E

William Golding com *O senhor das moscas*, Guiomar Alcântara com *Pipas em setembro* e, como é mesmo o nome daquele uruguaio, não importa, todos aos quarenta e três se bem recordo. E Chico Buarque, queridinho da mídia, imenso bolha nascido em berço esplêndido, com todos os pistolões do mundo no seu coldre, só estreou com o tal *Estorvo* — um dos títulos mais adequados da história da literatura — em 1991, aos quarenta e quatro — e claro que as pecinhas de teatro dele não contam, teatro, no Brasil, é assunto de bicho-grilo, Aristóteles também tomaria cicuta se assistisse ao que se passa por estas terras. Há mais casos, há sim e, é verdade, tem isso também,

é imperioso levar em consideração
um dado socioeconômico:

a expectativa média de vida dos cidadãos brasileiros, hoje, deve beirar os setenta anos, talvez aqui no Rio Grande do Sul seja até um pouco mais, em tese posso vislumbrar mais uns vinte e cinco anos pela frente, que Nietzsche me proteja. E sendo assim é preciso colocar na balança Rubem Fonseca, que lançou *Os prisioneiros* aos trinta e oito ainda na década de sessenta, como isto não me ocorrera? O mesmo raciocínio pode ser aplicado a este Hatoum que estreou lá no final dos anos oitenta, também com quase quarenta anos, e some-se a isso que ficou mais de dez anos em busca de uma editora para conseguir lançar o seu segundo romance; Graciliano lançou *Caetés* aos quarenta e um em mil novecentos e trinta e três. Ora, não é preciso ser um matemático do MIT ou da NASA para relativizar minimamente as coisas: ter trinta e oito anos na década de sessenta, com uma expectativa de encontrar a morte aos cinquenta, ou carregar estes mesmo trinta e oito, em fins da década de oitenta, quando a expectativa era de se viver, por baixo, uns cinco anos menos do que hoje pode esperar um cidadão médio, não, não é, jamais poderá ser considerado a mesma idade. Trinta e oito lá é muito mais velho do que hoje, sem dúvidas. Claro que sim. Por Nietzsche, e o que dizer da década de quarenta? Quanto um brasileiro podia almejar de longevidade, sem praticar ficção científica? É puramente lógico, ordenando-se os fatos dentro de uma perspectiva racional, pondo-se na balança o peso que certa idade possui em certo contexto de vivência e experiência, é praticamente como se o aclamado Rubem Fonseca houvesse recebido o aceite de uma editora quase aos, vejamos,

setenta (que é a expectativa atual)
divididos pela expectativa do Rubem,
a qual era mais ou menos cinquenta,
isso resulta em um-vírgula-quatro;
multiplicado pela idade de trinta e oito anos,

impressionante, talvez me seja permitido afirmar que hoje Rubem Fonseca lançar-se-ia aos cinquenta e três anos. E este Hatoum, vejamos, estrear-se-ia depois dos quarenta anos; o, oh, grande Graciliano, não consigo conjecturar sua expectativa de vida, contudo, qual seria o significado hoje daqueles seus quarenta e um anos? Sessenta, setenta? Se eles superaram o que a estatística lhes oferecia no berço e viveram mais, sorte a deles, contudo eu também posso ir adiante dos meus prometidos setenta anos, por que não? E. Ora bolas, há outros exemplos, Eleonor Fielding lançou seu *Névoa dos anos* com cinquenta (reais, não estimados), na década de setenta; Joseph Rosp também já ultrapassara os quarenta, e eram os anos oitenta; e Antônio Carlos Resende? *Magra, não muito, as pernas sólidas* e não me recordo o resto do título veio a público no fim da década de setenta, quando o autor tinha cinquenta anos; e, o quê? Pode ser, meu caro Tinoco, aceito mais uma dose de conhaque. E uma coxinha, por favor. E tens Hilton avulso?

MEMÓRIA, MEMÓRIAS, 3 DE FEVEREIRO DE 2005

Não entendo por que Babi não atende de uma vez este torturante telefone, não quis ela vir almoçar em casa, eis a tua casa, Babi, ela possui um telefone e ele, por vezes, comete este disparate: toca. Imagina se o acaso houvesse dado a ti condições de parir, que tal, teu filho choraria como este telefone que finges ignorar, portanto, ah, obrigado, Babi, espero apenas que, após o teu alô desanimado, fales baixo com seja lá quem for, preciso dormir um pouco, deixa-me quieto em meu alheamento, retomarei o trabalho assim que tu saíres, ah, Babi, não me chames, por obséquio, mulher, conversa com quem te telefonou, mas tu insistes, mais estridente que o telefone, em me chamar, e sei que não vais parar de tocar, telefones são, sem dúvida, uma tecnologia mais avançada que as fêmeas humanas, uma hora eles param, ao teu terceiro chamar, respondo-pergunto, O que é, dizes que é ligação para mim e o final da tua frase faz com que, ato contínuo, erga-me rapidamente, refaço a pergunta questionando por que não dissete logo, não pode ser, ou melhor, quero saber de uma vez por todas, quero que frises para mim não o que é; mas, por obséquio, quem é, de quem se trata, e tu repetes, dizes que É de uma editora,

EDITORA RECORD,

e limpo a garganta, Babi reprova-me com um olhar oblíquo, como se nunca houvesse circulado catarro no organismo dela, some, Babi, é minha vontade de dizer, mas posso ser ouvido do outro lado da linha, digo então com a mão, peço com um gesto, que Babi respeite meu momento, percebo-me alisando a camisa, não importa, devo atender logo, afinal a ligação é de fora do estado, pode cair, acendo um Hilton, não, não acendo, e ele pende de minha boca e, Pronto: Edmundo falando: quem deseja? Diz ser qualquer nome que não compreendi com esse nojento sotaque carioca, haverá vida inteligente com este sotaque de malandro, é do departamento de produção da Editora Record, isto consigo discernir e pergunto novamente o nome, na verdade quero saber como assim do DEPARTAMENTO DE PRODUÇÃO, não possuía conhecimento de que eram eles que faziam o contato com os novos autores, talvez estejamos diante de um exemplo benjaminiano, o livro como produto, resultado da produção, e não distingo nome novamente, também não há maiores importâncias, este cariocano é apenas um funcionário, um secretário, não será ele o editor, este sim surgirá em uma reunião, e vejo que Babi olha-me curiosa da porta da cozinha, sim, olha o inútil recebendo uma ligação da editora, vê, Babi, o resultado de um hobby, e agora sim acendo um poderoso Hilton, a fumaça estufa meu pulmão, meu peito arde como um balão de ar quente, distraio-me alguns instantes, portanto sou obrigado a inquirir a voz carioca acerca da palavra que me despertou causando-me espécie, Revisor o quê, já estarão revisando meu *Demônio contemporâneo*, de fato uma linha de produção, e, ah, compreendi,

se eu trabalho como revisor freelancer?,

receberam a indicação do meu nome? Incontinenti, sentindo-me um grandessíssimo Pedro Bó, vejo a cinza cair no carpete, Babi repreender-me com o olhar enviesado, entretanto ainda jogo a última de minhas fichas, indago, Tens certeza de que era esse mesmo o assunto, e recebo de troco meu nome completo ditado em ritmo de pergunta, Sim, sou eu; ouço o nome completo de quem me indicou, agora parece que ouvirei a história completa, que estão diversificando parceiros, procurando novos talentos — talento errado, meu caro, possuo outros e mais dignos de nota —, que meu nome foi bem recomendado, se tenho interesse, na verdade, caríssimo cariocano, ainda possuo interesse em saber se vocês, por acaso, já tocaram a mão no datiloscrito do meu romance, nem que seja para afastar um pouco da poeira ou das teias ou das duas coisas porque seria demais pedir-lhes que o fizessem por consideração ou, suprema ilusão, curiosidade intelectual, desejo de se desafiar na leitura, cada uma destas encadernações custou-me sabe quanto para vocês a abandonarem e, Hein, Sim, eu respondo, Tenho interesse no trabalho, humilho-me, Sim, meu imbecil, os meses seguem tendo trinta dias, sim, agradeço e sim, dona Babi, podes hoje à noite, ou amanhã, ou, quando bem queiras, chamar-me de inútil ou afirmar tal ignomínia para tua mãe, tua irmã, sem suspeitares que, vez ou outra, vou, acredite, até o banheiro, não urino pelos cantos, e quando vou ao banheiro ouço tuas lamúrias que custam ao fim do mês na conta telefônica como me custa dar meu endereço ao chia-chia cariocoide do outro lado, deveria haver uma revolução fonoaudiológica no país, uma revolução sanitária do falar, ah, ouvir que meu edifício é o douze, já queres que eu comece a revisão agora, chaleirinha, ou queres chiar mais um pouco, deformar mais o idioma? Sim, sim, envia um original para este endereço para fazermos um teste, prometo não ser repulsivo como vocês e fingir que o correio não chegou, Sim, envia o manual junto; Obrigado; e sinto-me obrigado a me dar um tiro na cabeça, desenvolver um câncer avançado nos testículos, ou dormir um pouco mais, ou, coloco o telefone de volta no aparelho, Babi pergunta se já comi, digo-lhe que ainda não almocei, mas preciso sair um pouco, vou descer no Tinoco, comer um pastel, qualquer coisa que agrave a acidez de minha bílis, qualquer coisa que me frite por dentro, depois tomar alguma coisa, abro a porta, um Epocler, a porta fechando, sim, até a noite, Babi. Até a noite.

MEMÓRIAS LATEJANTES, 4 DE MAIO DE 2005

Duas aspirinas arrastando-se pela minha garganta sebenta e tiro os óculos e vejo-me ainda mais embaçado no espelho, os olhos fundos, de um tuberculoso, sou tomado por um estremecimento: onde se poderia contrair tuberculose nos dias de hoje, cuspir todo meu sangue e minha vida na cara dos outros ou dar fim ao que não faz sentido, esta má construção que é a vida. Água no rosto, na nuca, mais uma aspirina, três, uma para cada dor, e molho as mãos, a testa, molho o cabelo e jogo para trás, veias latejam em minha fronte, a franja cai de volta, esconde minha testa e quem sabe este creme dental, há de ajudar, espalho pela gengiva, pelo céu da boca, mastigo um pouco, engulo a espuma, não posso acreditar já haver apreciado comer pasta de dentes na infância, que estupidozinho era eu. Já são mais de três da tarde, muito tarde, e só esta repugnante ressaca não percebe que isto durou demais, é preciso entregar amanhã esta sórdida revisão para os débeis mentais da Record, é preciso escrever, preciso escrever meu novo romance, porém já devo o aluguel do mês passado a Babi, Bebendo deste jeito e depois não pagas o aluguel, ela despejou sobre mim hoje quando nos encontramos pela manhã, ela saindo, eu chegando e,

a mesa de trabalho,

o problema não é o aluguel, Babi, o problema é produzir com este gosto na boca e a dor na cabeça, como se apertassem uma corda ao redor dela, e, sobretudo, a dor mais aguda: a do júbilo que se evanesce em minha fraca memória: a madrugada possuía tudo para ser gloriosa, lembro-me à perfeição, e isto é o mais odioso, por que me lembro disto, dos meus borrachos extasiados, até fazendo silêncio durante a minha narração? Por que me recordo de haver entrado uma destas prostitutas no local e quase nenhum deles haver movido pescoço ou olhos para cotejar, como se fosse um corpo de mulher desejável, as ancas flácidas e gastas do uso diário? Lembro-me de haver ameaçado retirar-me e de meus imbecis segurarem-me pelo braço, obsequiosos por ouvir o fim da narração, Tu não pode me contar pra mim um negócio desses e não me dizer como acaba, quase me ameaçou lá no dialeto deles o Do-boné-da-Goodyear-e-bigode, ainda aprendo o nome, e, no entanto, o que diabos terei narrado para a malta, oh, Edmundo, seu grande estúpido, ignóbil entre os ignóbeis, haverás desenvolvido o mais brilhante capítulo do livro novo e agora não o recordas? Por que não saíste quando disseste que o faria e não foste para casa registrar no papel este avanço? Mas qual, qual avanço, qual capítulo, qual história, e se eu escrever palavras a esmo aqui nesta folha: folha, herança, vida, tragédia, vil, avanço, era uma torpe manhã de domingo, sua expressão se contraía, penúria, descobriu, o som penetrava pelas frestas e, não, não vem nada, não me recordo, é impossível, se ao menos a lembrança da lembrança abandonasse-me, que castigo, pior, muito pior do que o desprezo de Babi na saída de casa, o desprezo que sei que ela irá sublinhar hoje à noite sem palavras e com movimentos pesados de copos, talheres, portas de armário e volume alto do televisor, nada disso tangenciará o desprezo que tenho por esta minha ignomínia. E como dói minha cabeça imprestável. E este, entre aspas, livro aqui em minha frente? Gostaria de ligar para a tal assistente bodosa da Record e perguntar-lhe, minha cara pateta, por que não fazemos o seguinte: vocês pagam-me mensalmente o custo da revisão de dois, três, desses montes de papel aos quais têm a benevolência ou o humor negríssimo de chamar de livros, e eu produzo até o fim do ano o melhor romance que vocês jamais publicaram? A menos que possuam alguma edição do Fiódor que desconheço. Olha, isto que me enviaste, minha jovem e néscia Tatiana Qualquer Coisa, tens certeza de que já leram ao menos o título? Nem com uma overdose de aspirinas, nem que eu houvesse tomado apenas água benta nos últimos trinta anos de vida, nem assim eu não teria dores lancinantes de cabeça ao revisar isso:

Minha vida não dá um romance,

o título já antecipa tudo, o tal Pellegrini Neto foi sincero com vocês, não-dá-um-ro-man-ce, não insistam, com uma boa vontade franciscana, dá uma crônica mal-ajambrada de duzentas páginas. E quem dá a mínima pelota se o autor *publicou dezenas de contos entre 2001 e 2003 no blog Zona Limite, conquistando milares de letores*? Sequer vocês dão importância à tal informação, esqueceram o "h" de milhares, o "i" de leitores e deixaram correr uma linha desta orelha — de burro — do livro. Ora, e eu com isso se ele *nubla as fronteiras entre vida, memória e ficção, em um gesto visceral*? Gesto visceral são minhas tripas em redemoinho, não sei se pelo conhaque, não sei se por este acinte de apresentação e, provável que por tudo, um maelström estomacal, isto sim. Quando for a minha vez, não deixarei que façam estes resuminhos de pré-vestibular acerca de meus trabalhos, oh, não mesmo: nublar fronteiras? Nublaram as ideias de vocês. A vida do sujeito não dá um romance, é um arremedo de beatnikismo, apartamento, carro, droga, vazio e uma sacola de palavras de baixo calão, sem causa, sem efeito; não, preciso admitir: efeito há. Efeito nauseante, minha cabeça lateja, quiçá, se eu umedecer um pano em água gelada e colocar na testa, consiga enfrentar esta "aguardada estreia", onde ficam os panos neste apartamento, sim, sim, um frescor na testa, sim, um certo alívio, o qual pode advir não de meus procedimentos, mas da distância daquelas provas tipográficas hediondas; ou de acender um bom Hilton, a fumaça se adensando no meu corpo, combatendo todo o mal-estar, jogo-a para fora e ainda consigo rir como se houvesse tempo para alegrias disparatadas, são já mais de quatro da tarde, por Nietzsche, preciso enfrentar o final daquela ode ao bundamolismo juvenil que assola a literatura nacional, nossa literatura virou uma grande festinha em um apartamento de classe média, reunião dançante cheirando a leite materno e fuminho, eis no que ela se transformou, ir de Erico a Luis Fernando Verissimo já era um sinal inequívoco do apocalipse, de um gigantesco fabulador a um comediantezinho comunista, e isso já faz trinta anos e ninguém percebeu, se um dia se imbuíssem de coragem e me convidassem para uma dessas conversas de comadre as quais têm o costume de chamar de debate literário, ah, eu diria e diria tudo; todavia eles não querem ouvir. Têm orelhas — de burro — de livro. E abaixam-nas quando a inteligência fala. Isso sim. É o que eles possuem. Anseiam apenas escutar e ler estes elogiozinhos pré-moldados ao gosto deles. Um copo d'água. Parece que o enjoo está diminuindo. Quero crer que sim, tento retornar à mesa e

agora a dor é ver a máquina de escrever,

solitária, aguardando silenciosa, como uma boa mulher, as minhas ideias, meus toques decididos, minhas histórias, um novo capítulo de *Heranças dos mortos*, Heranças dos mortos, acho que é este o título, poderia ser o capítulo que deixei cair nalgum copo de conhaque ontem à noite, Edmundo, seu hominídeo, no que te diferencias de toda a parvalhada, mereces cada dor que sentes nesta cabeça tola e suscetível à fama junto aos meus borrachos, isto, dói, cabeça, dói para que eu não me olvide de que tenho uma — e privilegiada, eu diria, neste contexto abjeto em que se tenta viver —, contudo não doas tanto, que já há pregos demais para eu cravejar em ti, respiro fundo, mais um gole d'água, quase cinco da tarde, daqui a pouco Babi chega, é melhor vestir o escafandro mental e mergulhar neste esgoto de letras e flácidas ideias,

CAPÍTULO XXVIII,

por que números romanos, não, não vou marcar isso, que se explodam com suas maneirices, *Edgard Neto caminhava*, brilhante, usa o nome do próprio autor e relembra-nos disso a cada capítulo, palmas para ele, *caminhava em mais uma manhã de merda, que ele não tinha como saber se era o fim de um dia ou a promessa de um outro. Acendeu um cigarro e pensou aonde poderia tomar mais umas antes que... antes que o quê mesmo?*, aqui é on-de e não a-on-de, meus analfabetos remunerados; e *uma manhã*, ai: umama; ui, mamãe; e esta repetição, este que-que-que, parece um pato escrevendo, lastimável.

OUTRA DAQUELAS MEMÓRIAS ANUAIS, 31 DE DEZEMBRO DE 2005/1º DE JANEIRO DE 2006

É 31 de dezembro e torno-me um estúpido, rebaixo-me à média abaixo da média da medíocre caterva que insiste em se considerar humana. Estou vestindo branco, pareço um pai de santo, faltam-me apenas o charuto e a boca espumando, de resto corre solta a cachaça em formas socialmente mais bem aceitas, com bolhinhas e biquinhos franceses e ademais rococós, as oferendas estão todas sobre a mesa, Sérgio deve vestir cuecas douradas, o senhor prosperidade, meu mano parece mais é um corretor de imóveis, para cada convidado que chega na sua "humilde casinha" de três quartos e piscina, neste paraíso chamado Arroio do Sal — Arroio do Sal, que nome é este? —, ele apresenta o imóvel, cômodo por cômodo, o idiota faz questão de nomear os eletrodomésticos, só falta testá-los para mostrar que funcionam, Aqui jogamos um bilharzinho, Aqui as crianças sei lá eu o quê, Aqui eu e a Matilde não fazemos mais sexo, apenas dormimos e roncamos nossa felicidade comprada à vista ou em dez vezes no cartão internacional para ganhar milhagens para eu consumir cultura, visitar o Louvre como quem desce uma montanha-russa na Disneylândia, qual a diferença, não é, maninho, o que importa é que Tu tens que ir um dia a Paris, Edmundo; Tu vais te encantar, sim, o que importa é que o presidente da Câmara de Comércio de São Sepé é viajado, tem casa na praia e é respeitável, apesar deste sorriso basbaque de corretor de imóveis, e, bom anfitrião, agora apresenta meus dois sobrinhos ao fulano recém-chegado, como se fosse o apogeu pelo tour no teu château, ou será que, já que não conseguiu vender a casa, quer vender a prole ao basbaque, duas cabeças por quanto, mano? E lá está Babi dramatizando felicidade para a cunhada, embasbacando-se com algum souvenir, e é possível que ela até acredite estar feliz agora, é bom que acredite, se eu houvesse atendido o telefonema de Sérgio, e não ela, não creio que estivéssemos a oitenta reais de gasolina de casa, apenas porque Vai ser bom, porque Não viajamos há tanto tempo; Quem sabe não é uma viagem o que a gente precisa para oxigenar o clima; Começar um pouco melhor o ano novo, e tem horas nesta vida que se está cansado de guerra, já faz algum tempo que eu e Babi não discutimos e esta trégua tem sido bastante positiva, e, como um general estrategista, sacrifiquei quatro dias para salvar o resto do ano, ou do mês, Babi que também não vá querer retomadas de paixão, lua de mel em Arroio do Sal, filme abraçado no sofá em casa, jantarzinhos — agora que ela pode tentar humilhar-me com seu argumento de recém-promovida, eu pago —, espero que minha companheira seja suficientemente astuta para perceber o tipo de negociação que estamos travando aqui, e lá vem ela, fui encontrado em meu refúgio, em meu discreto alheamento, taça em riste, vestido branco que ela me disse ser novo, especial para a ocasião, estará fazendo tratamento hormonal esta mulher ou tomando algum antidepressivo? Ergo minha taça, deixo a inércia fazer tim-tim, acho que ela vai querer transar hoje, esta mania humana de que é importante fazer sexo no ano-novo, no aniversário e no dia dos namorados, como se os dias não fossem a mesma massa amorfa de nada fundido com coisa nenhuma há trilhões de anos, os australopithecus não copulavam em dias mágicos, envoltos em promessa de gozo, apenas respeitavam sua biologia, e, no entanto, não deixaram de procriar e de vir a se tornar isto que os manuais denominam seres racionais. Darwin, meu caro, vê o basbaque do meu irmão vindo em minha direção e diz-me se não te ocorre fazer algumas rasuras nas tuas ideias de evolução, o imbecil do Sérgio olha para Babi porque Babi, apesar dos pesares, não engordou como a parideira da Matilde, e não é preciso ser um gênio, ser Fiódor, Honoré, para compreender a idiotia do meu maninho bem-sucedido, tem mais dinheiro do que eu, tem mais sorriso ignóbil do que eu, tem mais crias do que eu, tem mais respeito da mãe do que eu, resta-lhe, para completar sua cartelinha, ter mais mulher do que eu, e o topo deste pódio o meretrício do qual ele deve ser um dos principais patrocinadores lá em São Sepé e arredores não lhe oferece, cobiça Babi enquanto fala para mim estas asneiras sobre empreender, mercado de revisão, se já pensei sobre isso, abraça a cintura de Babi e diz que fica feliz por causa da promoção dela, fica feliz de tocar em uma cintura em vez de uma câmara de pneu de trator, meu irmão é um ser humano abjeto, contudo não tenho forças para lhe dizer qualquer coisa, que se deite hoje com sua porca Matilde pensando em Babi, e como falam estas gralhas quando bebem, passaram o ano inteiro em um monastério em voto de silêncio e agora lhes é urgente, ah, sim, sim, vamos todos passar à mesa,

lentilha, uvas, romã, lombo, arroz à grega,

indago-me se não cogitaram assar também um pé de coelho, uma ferradura, um trevo de quatro folhas e uma figa, enquanto a Matilde, que parece ter parido o porquinho que foi assado, descreve as propriedades mágicas que estes pratos — os quais todos eles comem desde sempre e nunca lhes trouxe nada de anormal, a não ser uma dor de barriga em um ano ou outro — desta feita ofertarão a todos nós, e os ignóbeis, incontinenti, sorriem aprovando os anfitriões os quais dão a ordem para as tropas avançarem, porque logo, oh, por Nietzsche, teremos que ir à praia, mas isto está saindo-me caro demais, por que não apenas um a la minuta, uma cerveja, e vamos ler alguma coisa, por que tanto ritual se está estampado na cara de todos aqui que ele jamais deu certo, que ninguém aqui se pode dizer abençoado por algo parecido com sorte. Fitem suas penúrias no espelho, bando de Pedro Bó. E Babi questiona-me se não vou servir-me de lentilha, despejando sobre mim todo o seu instinto materno forçosamente reprimido e agora já não questiona, serve-me lentilha regurgitando crenças sobre esta ração como a me dizer: recorda estas babaquices do significado exotérico da lentilha e vê se ganhas algum dinheiro neste ano que começa para me trazer mais alguma compensação, é o que ela reforça despejando mais uma sorridente concha deste feijão anêmico, espero ao menos que tenham caprichado na linguiça e agradeço por este barroco arroz à grega não possuir tantas narrativas quanto a lentilha e a uva, por ninguém ter uma síncope nervosa com o fato de que não comerei este arroz que parece ter sido feito por crianças, todo colorido, com uma combinação hedionda e inverossímil de sabores, impressiona-me que ninguém se importe, que se sirvam como se fosse um manjar divino, é como diz um dos meus borrachos, que já deve estar se arrastando em algum quintal a esta altura, Sai tudo pelo mesmo lugar, é assim que devem pensar eles: o gerente lambe-botas que trabalha na revenda do Sérgio; aquele outro lustrosinho o qual não desconfio e não me interesso em saber quem seja; todos com as caras enfiadas em seus cochos, suando para comer, do prato para o copo, do copo para o prato, vieram "descansar e relaxar" no paradisíaco litoral gaúcho e agora comem às pressas para não chegarem atrasados na praia em plena madrugada, ah, humanidade, e, que lástima: estão puxando papo conosco, comigo e com Babi, isso, Babi, defende-me e comenta o tempero da lentilha, diz que não podem se esquecer de comer as uvas, o quê, Babi? Vais levar uvas para a praia? Ela sorri, e sinto-me cada vez mais um macumbeiro, esta roupa branca, estes ritos, precisarei degolar uma galinha ou um dos presentes já basta, minha companheira vai soltar a pombagira na praia, pombagira que a mongoloide da minha sobrinha já está soltando,

O FAUSTÃO DISSE QUE FALTAM QUINZE MINUTOS,

berra a histérica mirim e, como se fosse um alarme antimíssil, antes fosse, mas já nos tornamos refugiados de guerra, fugitivos dalgum tornado que só eu não vejo, os chulos todos recolhem mantimentos, garrafas, frutas, que cena abominável, esta repetição automática e impensada de gestos bêbados e acríticos, talvez eu leve é uma garrafa vazia para meter uma carta e jogar ao mar em busca de vida inteligente e funcionalmente alfabetizada; porém o mais perspicaz quiçá seja aquietar-me por aqui, enquanto todos se acercam dos mantimentos para fugir da erupção do Etna; não sou comestível nem trago sorte para ninguém, é possível que me deixem para trás, e eu tenha uma feliz noite de ano-novo, contudo não: meu braço é enlaçado: olho para minha direita: minha mãe: ela pede que eu a acompanhe na marcha dos sem prosperidade, vamos todos juntos caminhar sobre as águas ou pular ondas, o que importa, e a velha, nos seus setenta ou mais anos, dá o primeiro passo e empurra-me, e Babi alcança-me uma garrafa de champanha para estourarmos e fazermos pedidos, e meu pedido é estourá-la sobre minha cabeça agora, uma internação hospitalar seria mais agradável do que a ladainha da dona Cida, sim, mãe, entendi por que pediste carona ao meu braço, não era ele nem meu ombro o que desejavas; querias era o meu ouvido e os meus nervos, já te deste conta, mãe, que nascer não é nenhum privilégio, viver é sentir dor, é sofrer porque não se é feliz ou sofrer com medo de deixar de ser feliz, não há escapatória; nascer é preparar-se para deixar de ser, é uma falência, a crônica da morte anunciada, é um parêntese no meio de dois nadas, portanto não me deste coisa alguma de especial quando me pariste, mãe, nada tão valioso que te outorgue, há quarenta e seis anos, cobrar esta fatura inflacionada, como se eu te devesse algo; tu quiseste ser mãe, eu não quis ser filho, portanto não me perguntes, mãe, se estou orgulhoso do Serginho e das conquistas dele, porque respondo Sim, sim, não vou te dizer a verdade, não é ela que tu queres, vive essa ficção e não apontes os meus sobrinhos indagando se não estão lindos, porque eles só estão lindos aos olhos de um suinocultor disposto a produzir vitelas, e não me perguntes se está tudo bem comigo e com Babi, não digas que ainda sou jovem, que meu tio Adroaldo teve o seu temporão depois dos cinquenta, não me enchas de asco com frases feitas sobre o vigor dos homens enquanto multiplicadores, que tinhas que manter o olho aberto com o pai, isso é desprezível, mãe, e, não, mãe, não me faças mais uma vez a pergunta que já começas a fazer, porque esta não posso te mentir, não perguntes se já consegui um emprego, há vinte e tantos anos vivo sem o maldito do emprego e tu perguntas-me isso com fervor religioso, uma novena sistemática e infinita, ladainha cega, dona Cida, entretanto, se é isto que queres saber, então abre teu sorriso, sim, mãe, estou empregado, ficcionalizo para ti e vejo tua dentadura e vejo a inutilidade do sangue no corpo da gente, temos o mesmo sangue, mas vê que a unidade encerra-se por aí, e tu perguntas-me se é em um escritório de "adevocacia" o meu emprego, e digo-te que não, É um emprego da nova economia em uma empresa secreta, de alta confidencialidade, que procurava mentes brilhantes para desenvolver sua entrada no mercado, portanto não posso dizer o nome, nem o endereço, nem nada, mãe, e peço-te sigilo, e sei que é possível que o poderoso Dário Tiaraju contate-me dentro de uns três ou quatro dias para uma entrevista com o vitorioso saossepeense Edmundo Dornelles, terão a mais fidedigna das fontes, minha mãe, que aperta um pouco mais o meu braço e tenta obter novos detalhes, perguntas-me se com meu salário farei um tratamento de fertilidade para Babi, e nunca, nunca, nunca fui tão feliz por sentir a pútrida areia das praias do pampa grudando entre meus dedos, imiscuindo-se entre as tiras do chinelo que Babi obrigou-me a calçar, os grãos imiscuindo-se e prenunciando assaduras nos dedos, porém não importam as feridas, pois esta areia é o terreno da balbúrdia, e isto paradoxalmente traz-me alívio, a multidão febril com a chegada de um dia que tem como única condição especial ser feriado, e Sérgio vem tomar a mãe de meus braços como se fosse um carrinho de ferro que ele não pode me emprestar e sorri Vamos brindar com toda a família unida, e houvesse silêncio e talvez ele já soubesse do meu novo emprego, amanhã terei que escrever um pouco mais desta história, encontrar alguma colaboração ou desatenção de Babi, que enrola a língua e faz-me erguer a garrafa que tenho nas mãos,

QUATRO, TRÊS, DOIS, UM,

um beijo babado de Babi, que ao mesmo tempo balbucia o meu dever de estourar o espumante, senão teremos azar, e ela acha que podemos ter mais azar do que já tivemos, e a garrafa solta tanta espuma quanto a boca de alguns asquerosos borrachos que já arrastam suas esperanças trôpegas pela areia, Babi toma um gole no bico, diz que fez um pedido, que em 2006 as coisas vão melhorar, e não sei se ela pediu a interferência do espírito santo, embora já faça um tempo que não fale do filho que não tivemos nem teremos, então não imagino o que ela possa ter pedido, e isso é o que menos importa: se desejos assim possuíssem algum poder, faltaria Mega-Sena para tanto vencedor, ouço alguma coisa sobre academia e aulas de inglês, as famosas metas, e agora já não sei se estou descobrindo-me um ser humano estúpido, repulsivo, esquecendo o que já disse Fiódor que um homem inteligente não pode tornar-se algo, somente os imbecis o conseguem, e vejo-me de branco, calças ignobilmente dobradas, tomando um gole de espumante no gargalo, com uma mulher bêbada agarrada ao pescoço, falando de ondas e sonhos e sofá novo e comprar um computador com internet e cabos, e, não sei se a azáfama, se o torpor do álcool, contudo proponho-me silenciosamente uma meta: este ano o mundo conhecerá um livro meu, terminarei *Heranças dos mortos*. Publicarei *Heranças dos mortos* e chego a mundanamente sorrir e já está na hora, é o que Babi parece dizer correndo tresloucada rumo ao mar, dou um passo à frente, tomo um gole de champanha, recebo feliz ano-novo e parabéns da mãe, Sérgio abraça-me e mentimo-nos um pouco, agora a porca da Matilde, meu sobrinho parece um cãozinho no cio abraçando-me nas pernas, talvez venha a ser um gordo pederasta, o gerente da loja do meu irmão, que já foi do meu pai, deseja-me saúde como se fosse meu médico, Babi vem molhada do mar, provavelmente caiu e isso parece fazer-lhe bem. E do jeito como ela vem parece que será inevitável arranjar, ao menos, uma ereção neste ano. Se ela não dormir antes.

UMA MEMÓRIA VIRTUAL, 16 DE MARÇO DE 2006

Description:

O medo do fracasso é um dos principais obstáculos q todos nós enfrentamos na vida. Prá quem, como eu, sempre sonhou em ser escritora nem se fala não é mesmo???? Mas, alô, não deixe o desânimo tomar conta não se desiluda com os primeiros "nãos" que "levar na cara". "O verdadeiro talento só é descoberto por verdadeiros talentos", já dizia o filósofo!!!! E "o que não me mata me fortalece", dizia Pablo Neruda!! Muitos grandes escritores já tiveram dificuldades gigantes na carreira, sabiam??? O superclássico "Lolita" foi rejeitado por CINCO editoras!!! E outro clássico da atualidade, "Harry Potter e a Pedra Filosofal", levou um NÃO bem grande 12 VEZES!!! Sabia que o genial Marcel Proust também foi rejeitado??? E Jack Kerouac??? E vc acha que essa turma ultratalentosa fez beicinho e ficou reclamando da vida?? Não!!!!!! Eles foram à luta e acreditaram nos seus talentos. O monstro sagrado Hans Christian Anderson pagou para publicar seus 3 primeiros livros!!! A lenda viva Charles Dickens autopublicou "Um Conto de Natal". E um dos maiores escritores de todos os tempos, Stephen King, também pagou com suas próprias economias as suas primeiras obras. Ainda está desanimado?? Saiba que as imortais da Academia Brasileira de Letras Raquel de Queiroz e Lygia Fagundes Teles tiveram que financiar os seus primeiros livros!! Não tá fácil prá ninguém... :) O best-seller Edgar Allan Poe pagou também prá publicar o seu primeiro livro. Luíz Vilela publicou com o próprio bolso seu primeiro livro e sabem o que aconteceu???? Ganhou nada mais

nada menos do que o Prêmio Nacional de Ficção!!! É mole?? E a tur-
ma da poesia também não pode desanimar :) Craques como Manuel
Bandeira, Drumond, Ferreira Gullar, todos eles se autolançaram,
sabiam???!!?? E todos esses nomes venceram, fizeram sucesso e ven-
deram milhões de livros porque nunca desistiram de acreditar no seu
talento. Se vc também pensa assim, acredita no seu sonho de publicar
grandes livros, esta também é a sua comunidade!!! Vamos trocar ex-
periências, dicas, macetes e ajudar todos que nasceram para brilhar
a conquistarem o seu merecido espaço. É como disse Gabriel Garcia
Marques, "ninguém nasceu ganhando o Nobel, mas todo mundo tem
o direito de sonhar"!!!! Junte-se a nós!!! Seja bem-vindo!!!!! : D
Ass: Elizabeth Lemos — Escritora
www.elizabethlemosescritora.blogspot.com,

mas como foi que eu vim parar aqui,

nessa comunidade, que tortuosos caminhos regem as teias desta
rede? Obrigado, Babi, grande ideia instalarmos internet em casa
para nos "conectarmos" como tu disseste, sim, eu poderei receber
trabalhos de todo o Brasil, tu poderás não lembro o quê, eu poderei
ler grandes autores no computador, sim, vê: são três horas da manhã e não consigo desconectar-me, deveria, a esta altura, aproveitar
o silêncio, aproveitar que não fui ao Tinoco's e revisar meu *Heranças dos mortos*, em vez de surfar neste vício cibernético, deveria era
preparar novos originais para enviar a mais editoras, e Nathaniel
Hawthorne também se autopublicou?, desta eu não sabia; Emanuel
Sampaio também; contudo não percebi qualquer menção ao caso do
grande Serguei Mesdovsk, que acabou fundando uma editora com
a experiência adquirida na autopublicação de suas obras, é um caso
deveras interessante, como faço para incluir um comentário aqui
neste fórum, aqui, acho que é isso, Caros participantes do fó-

rum, agradeço suas inestimáveis contrib, **não**, Caros participantes, gostaria de lhes oferecer um inestimável acréscimo à lista de autores que, **não; não me espantarei se**, dentro de alguns anos, dentre as teses todas que me obrigo ainda a revisar, surgir alguma proposta tentando evidenciar que a esqualidez das novelinhas brasileiras, ou romances para os que falam bom tupiniquês, pode estar diretamente relacionada com o advento da rede mundial de computadores, ora se eu que sou um homem de razão agora me vejo quase sugado por este ralo de informações, o que se passará com os jovens ignóbeis, os pretensos escritores, certamente abrem mão da escrita para ficar em salas de bate-papo virtual, nestas redes de relacionamento, vasculhando informações, catadores de lixo eletrônico, ora, meus caríssimos, não se escreve um *Guerra e paz* em meio a tantas distrações. Contudo quem quer escrever um *Guerra e paz* nestes dias repulsivos em que se vive do televisor para o computador, do computador para o televisor, não obstante causar-me espécie a realidade inegável de que haja tantos jovenzinhos arvorando-se nas lides literárias, é claro que sem o devido trabalho, sem a exigida dedicação e profundidade, contudo: qual exigência, exigência de quem, oh, Edmundo? Por Nietzsche, tu é que exiges deles com o aprofundamento da tua escrita; eles meramente respondem a seu tempo e a seus pares, ninguém lhes exige nada, eles não exigem nada de ninguém e tu, que exiges, recebes o silêncio em troca, o silêncio do topo da montanha, é verdade, eu deveria anotar isto em algum lugar, quando se chega tão alto, ao cume de um Everest, de um Aconcágua, o que resta senão silêncio, frio e solidão?, estivesse eu misturando-me, aquiescendo com a média, escrevendo pseudorromances baseados em vidinhas medíocres, dando férias à minha imaginação e à dos leitores, estivesse cedendo como eles gostariam que eu cedesse, então estaria cercado de gente, de vozes, como o populacho na feira, muitas vozes, muito gritado, porém quem encontra uma frase que preste?, e,

GUERRA E PAZ,

mas quê, ele, Leão Tolstói, também pagou pela impressão de *Guerra e paz*, extremamente curioso isso e já chega, já basta de chapinhar no lodo virtual da humanidade, é melhor desligar por aqui, retornar à máquina de escrever onde a literatura de fato processa-se, o verdadeiro computador é a mente humana em ação, gostaria, gostaria mesmo de agora estar em uma mesa de pôquer com aquela Tatiana da Record, com os donos das grandes editoras, com a outra, aquela da Nova Fronteira que me passou uma revisão e depois não mais e, nessa imensa mesa de pôquer, apostar tudo contra eles: mostrem-me um grande livro que tenha sido escrito no computador e levam-me tudo, meus caros, tudo o quê, como se eu possuísse alguma coisa, levam meu Uno, minha biblioteca, o que já não é pouco, e o que mais desejarem, vamos, mostrem-me, eu lhes diria e, chega, vamos corrigir *Heranças dos*,

NO-VO TÓ-PI-CO:
QUAN-TO CUS-TA
AU-TO-PU-BLI-CAR???!,

se estes basbaques estivessem, como eu, produzindo suas obras, não estariam indagando, às quatro horas da madrugada, quanto custa publicar um livro às próprias expensas e, cinco mil?, e eles acham barato, quanto tiram por mês estas pessoas, por Nietzsche, devem possuir empregos regulares; nas madrugadas entregam-se ao entorpecimento virtual; e então, meus caros, digam-me, quando é que escrevem os manuscritos por cuja publicação hão de pagar cinco mil? Eis a questão e tivesse eu meios e quem sabe, pois que me entrego à escrita com densidade já há muitos anos, tenho três, quase quatro romances inéditos, não, não, não, possuísse eu cinco mil reais, dez mil e dedicar-me-ia a escrever mais, escritores escrevem, ponto; *comercializando por trinta reais o exemplar é possível recuperar o investimento em*, Edmundo, por que não te concentras, pobre-diabo, entrega-te ao teu livro, ele está maduro, tu bem o sabes, não dê uma de Pedro Bó, como este bando de chulos, choldra de marcha-rés, *Heranças dos mortos* há de ser teu primeiro livro, tu vais lançá-lo, contudo, desde que revises, desde que trabalhes, desde que,

MEMÓRIAS ESQUECÍVEIS, 7 DE JUNHO DE 2006

Só não me venha com diletâncias, guri,

queria vê-lo agora a me atacar com suas pequenas pérolas da sabedoria do homem simples e trabalhador, como se pensar pequeno, crer São Sepé como mundo, e sangrar dia a dia por um comércio de automóveis como se fora um império oferecesse qualquer motivo para se orgulhar. Ah, sim, porque Não tive oportunidade de estudos, sim, ele não teve e, por isso, ele sonhava dar a mim e ao Sérgio também o que seu finado pai não pôde lhe ofertar, porém nunca vi um progenitor dar algo de graça a sua chantageada prole, os juros são maiores que o do cartão de crédito e as parcelas mais infinitas que um financiamento da Caixa, sim, meu pai queria dar-me tudo, conquanto eu não lhe desse o desgosto de ir para a capital "vagabundear", "torrar o nosso patrimônio", ser "ipie", sim, era uma negociação, dou-te o que eu não recebi e dá-me um espelho aperfeiçoado para que eu me penteie observando quão belo eu poderia ter sido. Ora, aos dezessete anos, mente abarrotada das leituras que descobriste no internato em Santa Maria, sonhando prédios, asfalto, poluição, criminalidade e literatura, ora, tu fazes qualquer negócio, até mesmo fazes teu pai estufar o peito ao ouvir-te dizer que pensas, sim, em prestar vestibular para direito na Federal, ah, o sorriso dele fitando-me com toda a admiração que nunca mais eu lhe inspiraria, ah, direito na Federal, hein, pai, isso não é vagabundagem, indiscutivelmente não é, afinal sabemos: vagabundagem não é joio nem trigo, separa-se com facilidade de acordo com a unidade acadêmica onde o graduando está lotado. Frequenta o Campus do Vale, afaste-se: maconheiro vagabundo hippie — ou ipie como ele dizia — e, sem sombra de dúvidas, um grandessíssimo pederasta. Direito, medicina, engenharia: oh, deixe-me apresentar minha filha, produza-me netos, onde estão suas botas para eu lamber, nobre cidadão, busto dos bons costumes? É simples assim, o sorriso dele dizia-me, e, no entanto, em poucos meses tornei-me um flâneur em Porto Alegre, se é que isso é possível; ou andarilho; ou vagal; ou. Não poderia ter se dado de outro modo, visto que, mais insuportável que a nossa capital, apenas a Casa do Estudante e seus barbichentos comunas intragáveis com suas incessantes plenárias, e o outro lado da moeda: a atmosfera esnobe da Faculdade de Direito da Universidade Federal do Rio Grande do Sul, antro de futuros brilhantes adornados por rococós verborrágicos e mesuras a Luís XV. Era impossível não desejar sair caminhando para qualquer lado da cidade,

e se eu houvesse cursado letras,
ou jornalismo?,

não, de nada adiantaria, nada haveria mudado em minha vida, quiçá para pior, conheço-me bem, sei que jamais me imiscuiria nos grupelhos de influência que vivem de se autocatapultar como nomes decisivos da cultura gaúcha ou nacional, o que seria o único benefício do jornalismo; já letras, na verdade, sequer devo queixar-me, não posso negar que o direito ofereceu-me uma noção gramatical mais sólida e rígida, amparada nas bases do internato de Santa Maria, um uso do português que jornalistas e bacharéis de letras jamais teriam; ademais jornalistas são rasos em tudo, lanchinhas do conhecimento, seja nas reportagens, seja na gramática passam zunindo pela superfície, e quem se forma em letras? Hoje estou de bom humor, dá-me vontade de rir ao me imaginar como um desses idiotizados, apegados a "experimentações literárias", estruturalismos e educações libertadoras, ah, basta fazer-se entender, não, meus caros, basta entender o código e fazer uso dele para ser compreendido. Não é difícil. É tão difícil quanto o é caminhar. Mover as pernas só é difícil para pessoas vegetativas; então quem acha o código difícil terá o cérebro em que condição, meu caro, e ele está de volta: papéis nas mãos, fita-me confiante — no seu futuro, no meu, nosso? Gusmão ou Gastão? Gusmão. Senta-se à minha frente, na sua confortável cadeira de diretor, sorriso vencedor, ajusta os papéis do nosso contrato dando batidinhas com o calhamaço sobre a mesa, parece-me, pelo seu sorriso e zelo que demonstra com o documento, estar plenamente ciente da barganha que caiu em suas mãos. Do cuidado e precisão que o momento lhe exige. Acostumado a fisgar lambaris, deste com este atum, com este marlim, não é mesmo, e agradeço a ele que está alcançando-me meu primeiro contrato editorial; vou ler, aviso; e ele consente com um menear de cabeça, dizendo para eu ficar à vontade, sempre sorrindo como um mongol ganhador de uma Loteria Federal ou coisa parecida, compreendo-o, sentir-me-ia na mesma condição, acaso estivesse do lado de lá da mesa, fechando a contratação de um livro como *Heranças dos mortos* sem custo nenhum, e sorrirás mais ainda, meu caro, quando perceberes a qualidade da revisão que farei de teus livros, porque meu trabalho é sempre mesmo de alto padrão, e, isso, *ficando acertado o pagamento através de serviços de revisão gramatical realizados pelo*

CONTRATANTE,

eu, *até que se alcance o valor de*, perfeito, rubrico, rubrico, rubrico, aqui a última página e assino,

EDMUNDO DORNELLES,

pronto, Quase um autógrafo não é mesmo, sorrio para meu editor que, Boa essa, ele retribui-me de modo coloquial; detenho-me mais alguns instantes observando este meu primeiro contrato editorial, sentir-se-á o meu faceiro Gusmão um sorteado, alguém como o editor que recebeu os rublos de Leão Tolstói, tantos editores que não precisaram fazer mais nada na vida além de estarem lá, no ano, no dia correto, de bolsos abertos para receberem autores que elevariam não só suas casas editoriais, mas o patamar das letras nacionais? É provável que este seja meu primeiro e único trabalho com a

Expressões Gráfica e Editora LTDA,

Porão sem fim, cuja escrita vai saindo-me naturalmente desde que nos apalavramos, assim que eu deixar a condição de iniciante segundo os padrões vigentes neste torpe mercado editorial, este meu livro novo certamente terá outro tipo de recepção nas editoras-grandes-de-visão-pequena, em especial quando observarem a fortuna crítica de *Heranças dos,* e, Se já assinei? Sim, repasso as cópias do contrato para meu ansioso editor, não quer perder o pote de ouro, não é mesmo, vejo que salivas agora que tens os contratos em mãos, ajeitas os óculos por sobre teu nariz adunco de bom e astuto negociante e agora editor, neste momento em que engrossas teu catálogo com um livro de fôlego, não aqueles livros de contos de ovelhinhas de oficina que me mostraste, ah, sim, vês, este autor aqui depois foi até premiado, ora, meu bom Gusmão, e de que importam os prêmios se não são mais do que um dos tantos tapinhas nas costas que fazem o mundo pensar que anda? Agora terás não prêmios — talvez os tenhas, às vezes o bom-senso encontra brechas —, mas estofo, reputação literária, asseguro-te, será que já o sabes, arrisco perguntar-te, E então alguma observação que julgas necessário fazer-me antes da edição final? Não, não, está tudo bem, responde-me apertando os lábios, objetivo, direto, enquanto assinas os contratos, e estás certo, tens razão, podes assinar, está tudo muitíssimo bem para ambas as partes, é um trabalho sério, dedicado, gostaria de te contar que não há aí um pingo de diletância ou capricho, aí está a tradição do romance que nunca chegou ao Brasil, podes ter certeza de que tens um autor que sacrificou seu suor, seus demônios, suas vísceras, sua observação acurada de mundo neste altar que é um livro, para erigir o pequeno universo ao qual tuas máquinas darão forma material com papel e tinta e, sim, pronto, assinado, Esta cópia é minha esta é a tua, dizes-me, Certo, um aperto de mãos seguro, confiante de parte a parte, diz-me que Em um mês tudo deve estar pronto se as coisas correrem de acordo com o cronograma, aquiesço com um menear de cabeça, agora tens compromissos, imagino que os tenha mesmo, não possas ficar entretido em charlas e é bom que assim o seja, despeço-me já pensando em meu próximo romance, e no que virá depois, quiçá um livro de histórias curtas, até foi bom não teres oferecido mais um café, já consumi café demais por hoje, enquanto aguardava, preciso é comemorar, beber alguma coisa, são dezessete horas, e o ar da rua, mesmo nesta área industrial de galpões decrépitos, mesmo aqui, ruas vazias, céu que parece jamais ter chance de ser azul, tão cinza que é a paisagem, o ar é excelente, enche meus pulmões, com este Hilton aceso só melhora, sinto-me inebriado por este momento seminal, inspiro o ar gelado misturado ao calor do fumo e baforo esta fumaça híbrida como se estivesse inalando uma droga qualquer que me oferecesse esta tranquilidade, quase torpor, com que dobro a esquina na Farrapos, onde será que posso beber uma coisa em grande estilo hoje, eis a pergunta que não se esgota, caminho, observo, não tenho pressa, posso escolher, hoje o dia exige-me leveza, posso caminhar a um centímetro do chão, sem destino, ou objetivo, ou verdade pronta nos bolsos e, ainda assim, perguntaria ao meu pai, se acaso aqui ele estivesse, Viste o contrato? Diz-me agora então quem é o diletante, sim, vagueio, vago, sim, palavra com a mesma raiz de vagabundo, pai, até assobiaria, caso eu soubesse, caminho distraído, não faço contas, não penso no controle do estoque, não planejo ampliação e eu te pergunto: quem é o diletante? Diz-me, pai, o que vale mais nesta vida: criar dividendos ou universos? Ah, não sou pessimista, sou um realista, esta era outra joia do teu frasário, arrotavas isto a três por quatro como se a tua falta de imaginação fantasiada disso que crias realismo fosse qualquer coisa de valor, gravar em pedra no epitáfio, "Nunca enxerguei o que os outros não viram". Eu, Edmundo, é que sou a melhor definição de realista porque produzo realidades, quantas já pus no papel, e agora colocarei uma definitivamente, em breve, com o lançamento de *Heranças dos mortos* vou trazer à mente das pessoas personagens mais vivas que este moribundo que vejo atravessar a rua, erigirei na imaginação dos outros mundos mais verdadeiros e fiáveis — sem deixarem de ser surpreendentes — do que esta azáfama sonsa que vocês consideram realidade, é isso, uma vida despida da banalidade, o mundo esculpido de seus excessos, deixo-lhe apenas a essência pulsante, descubro o que há de coração na pedra, por acaso, pai, isto é diletar? Ah, um bom bar, preciso de um bom bar, contudo tu certamente desejarias que eu estivesse agora em um tribunal, fantasiando, criando ficções diplomadas e apaziguadoras, narrando inocências, fabulando acusações, respeitosamente adevogando para teu júbilo interiorano, meu pai, por que pedir tão pouco de nossas mentes? Tu passaste a vida assim como faz o idiotizado do Sérgio tentando produzir mundinhos perfeitos para suas rotinas caninas e pagando isto com promessas de outros mundinhos aos outros apenas porque eles estavam comprando ou trocando de automóvel, não é isso? É, porém, a diferença é que vocês todos, maus escritores, copiam modelos, agarram-se a lugares--comuns açucarados com adoçante, como velhas gordas que choram procurando identificação em novelas ignóbeis, vocês copiam o mito do pai, o mito da família, o mito do homem de sucesso e creem viver suas próprias vidas, "eu cheguei aqui sozinho", e desprezam os diletantes que de fato criam, imaginam vidas, erram caminhos para descobrir atalhos e realidades alternativas e mais ricas,

ah, o ar gelado que invade meus pulmões,

as pedras da calçada, o toco de cigarro, a mulher de minissaia e casaco grosso atravessando a avenida, a rachadura no prédio, o vendedor na esquina, negociando cigarros paraguaios ou roubados, Quanto está, o sinal fechado, a buzina do carro, Levo dois, se isto é diletar, quero diletar, meus caros, sinto-me um cântaro sempre pronto a ser preenchido pela inspiração, melhor, um filtro exposto à chuva dos dias, decantando a matéria que culmina na ficção, observo aqueles dois homens debatendo uma notícia qualquer lida em um diário qualquer e, se quiser, posso desenhar a humanidade a partir deles, desenvolver sagas, e este pequeno ranhento com cara de batedor de carteira, não é o que os olhos me dizem, guri, tu és mais uma forma que se dissolve no caldo borbulhante de minhas ideias, para vir a ganhar novos contornos, significados universais, emoções verdadeiramente humanas, ah, sinto-me inebriado pelo poder da ficção, caminho, ando, preciso de um bom trago, preciso escrever, dar continuidade ao que começou hoje, este bar aqui, não, não, não está à altura, prossigo pela gloriosa avenida Farrapos, sim, todo caminho hoje é glorioso, *Heranças dos mortos* enfim sairá e é aprazível especular quem virá a ser meu rival nas letras nacionais, a quem contraporão minha obra? Aquele Milton Hatoum, em uma aproximação simplista, em função dos episódios descritos em Rondônia? Simplista e simplório? Talvez não me analisem em par com os contemporâneos, mas observem meu espaço dentro do cânone nacional, a retomada da grande história, do grande romance a Erico Verissimo, porém com alcance nacional, darei trabalho aos críticos, isto é claro e cristalino, acostumados com as novelecas que mais parecem tijolinhos de jogos infantis, prontas a encaixar em conceitinhos acadêmicos pré-moldados. Terão que ler com atenção, meus caros. Ah, que vontade de rir, Livro bom é a *Barsa*, que me ensina alguma coisa, tu adoravas arrotar-me quando ainda falávamos, não é, pai? Pois ah, agora gostaria que aqui estivesses e falássemos por algum tempo, mostrar-te-ia como esse "passatempo", com o qual teu filho "gasta horas", as 396 páginas de *Heranças dos mortos* trazem mais conhecimento que vinte volumes da Barsa ou da Enciclopédia Universal, como meus personagens, ou Raskólnikov, ou Lucien de Rubempré, têm em uma frase mais vida do que todos estes manequins que cruzam aqui comigo arrastando pela rua seus objetivos de casa própria e carro do ano, asnos perseguindo cenouras douradas. Lembro que adoravas histórias reais, tu e todos estes imbecis, pai, Mas então isto aconteceu mesmo?, pergunta-chave para o fraco orgasmo do teu preguiçoso cérebro, porque, como é que dizias, Isso é invenção e quem inventa é inventor ou mentiroso. Diz-me, o que é mais vivo, onde está a verdade: em *Guerra e paz* ou no tédio e pasmaceira da tua vida que acabou sem sentido, na casa de dois andares do Sérgio? Esta mania imbecil de valorar as coisas pelo que há de real nelas. Ora, o que importa é ter ou não ter para contar uma boa história capaz de excitar as ideias. Esta mania ignóbil de crer que "se foi assim" então pode ser monótono, mal contado e pior escrito, esta mania é resultado de cérebros atrofiados, é espelho de suas vidas, não tiveram coragem ou força para imaginar vidinhas fora do esquema não diletante de trabalho-família-filhos-pó, como é que terão forças ou desejo de imaginar outras vidas? Oh, não, por favor, que seja baseado em fatos, que seja o que o autor viveu, assim não preciso prestar atenção e construir lógicas, aceito facilmente, digiro a história como uma rosca de polvilho e esqueço-me de que sou tão imbecil que não me canso de referir eventos kafkianos, complexos edipianos, mulheres balzaquianas, meus caros, meus pais, por que não pensam, por que não me ouvem, hein, a realidade per si é nada, sem sentido, não se sustenta, esfarela-se como comprovam esses romances que afundam a nunca fundada literatura tupiniquim, ora, a maioria destas obras não passaria pelos bretezinhos mentais dos leitores sem o carteiraço do "ele viveu". Ah, cresceste em meio ao tráfico e és automaticamente romancista? Todo jovenzinho siderado por drogas, sexo e rock pauleira chama-se Balzac? Por Nietzsche, e o engenho, o encanto da ordenação perfeita dos fatos, o fazer crer, o fazer com que um novo capítulo seja necessário e não um susto inverossímil, mais um fato absurdo, desconexo e mal-ajambrado como a vida, o qual o leitor lerdo e acéfalo só deglute em filme de terror ou por causa do atestado de vivência do autor, ele está contando a verdade? Verdade? Eu digo a verdade: um monte de entulho. Queres verdade, queres "viver experiências reais", sai de casa, sobe os morros, vai para a vida, anda pelas ruas, sê assaltado, paga aluguéis, frustra-te a cada minuto com essa coisa ordinária que é o humano. Isto é a verdade e ela não vale a pena. Não vale um borrão de tinta de Fiódor, este sim, e

TINOCO'S,

eis, eis a maravilhosa realidade, dando um tapa em minha cara, senhores, uma prova empírica do seu absurdo. Não sei de que jeito vim parar no meu antro hediondo, como cheguei tão perto de casa, em um bom livro eu não estaria entrando de repente nesta atmosfera sebosa para comemorar meu dia esplêndido, porém já chega de caminhar, aqui estou, preciso de um bom trago, peço-lhe uma coxinha e hoje um uísque, Hoje um uísque, peço ao Tinoco, pois é assim que se diz boa tarde ao Tinoco, solicitando-lhe uma dose de álcool qualquer, e, como uma mãe, ele surpreende-se com meu pedido, Opa: uísque, vibra dentro da sua mesmice, peixe excitado no aquário de tédio que é a vida atrás do balcão, que é a vida, sorrio misterioso para ele, lanço-lhe um olhar oblíquo, aprumo a frase de efeito, Que prepare uma fatiota; Que aprenda a ler; Que limpe as pontas engorduradas dos dedos para folhear um livro; Que,

não posso contar nada ao Tinoco,

e muito menos aos meus borrachos, aí vêm dois, Fala doutor, um deles saúda-me, o outro sorri, contudo não falo, nem sei se sorri a eles e, se acaso tiver sorrido, terá sido a primeira cavoucada em minha cova, um sorriso, qualquer expressão fora de ordem é uma cadela no cio para estes vira-latas da vida alheia, porém talvez hoje seja o meu dia, os dois apoiam-se no balcão, trocam asneiras com Tinoco, miram o televisor eternamente ligado, se esta espelunca e este aparelho não existissem, poderiam desligar Itaipu, contudo hoje agradeço esta tela-altar, os imbecilizados fitam-na como se uma aparição do divino, e eu aproveito para relaxar, acendo um bom Hilton, puxo a fumaça como se puxasse novas ideias, arejasse o cérebro, solto uma nuvem, livrando-me de tensões, sim, comemorarei sozinho, então, em silêncio, estas são as grandes vitórias, entretanto preciso preparar-me, em instantes o Do-boné-da-Goodyear-e-bigode chegará deveras ansioso para assuntar, o Provável-encostado-no-INSS, o Funcionário-de--cartório, a choldra toda e não sei se houve futebol ontem, engraçado, hoje estou louvando TV, futebol, assim acabo sentando-me no sofá e assistindo novela com Babi. Babi. Conto para ela? Não conto. Quando o lançamento estiver marcado, imagino que ela nem sequer vá dar bola para isso, Babi só dava importância aos meus escritos quando ainda tinha esperanças de que eu pudesse ser um destes mongoloides que produzem poemetos de paixonite que ela poderia mostrar às amigas e dizer que namorava um poeta, depois, comigo fisgado, foi perdendo o interesse nitidamente, acho até que nutre certo desprezo, é possível que, se acaso eu não lhe contar nada, ela nem sequer repare, contudo ela pode vir a saber pela imprensa, o que tem um valor de vitória em certo sentido, todavia não faço questão de lhe contar que o inútil adentra o mundo das letras, contar para ela, ligar para a mãe, o Sérgio, enviar um convite à deficiente mental lá da Editora Record, a tal Tatiana, e para as outras editoras e preciso de mais um uísque, isto dá um cansaço, Mais um, Tinoco, peço discretamente, evitando chamar a atenção da macacada ululante a qual me rodeia, se me pressionarem preciso de uma narrativa na manga para lhes contar, imagina se me descobrem escritor, nunca mais param para ouvir minhas ficções, estes são debiloides como meu pai e a média, adoram histórias fantásticas desde que sejam reais, talvez comece hoje a lhes narrar meu próximo romance, *Porão sem fim*, talvez isso, trabalhar, trabalhar, trabalhar, eis a sina de um verdadeiro escritor.

> **Testemunha: Jefferson Cardeal da Silva**, 33 anos de idade, casado, policial civil lotado na 2ª Delegacia de Polícia Civil de Cachoeirinha.

J: Policial, o senhor já viu o homem que está ali sentado, o réu? **T:** Sim, senhora. **J:** E poderia dizer aos jurados em que circunstância isto se deu? **T:** Sim, senhora, numa abordagem e posterior detenção do réu para averiguação. **J:** Este fato se deu na madrugada de onze de agosto de dois mil e doze? **T:** Creio que sim, sim, senhora. **J:** Muito bem. Por favor, conte para nós o que se passou, por que e como foi preciso abordar e prender o réu. **T:** Sim, senhora. Naquela madrugada, eu e alguns colegas tínhamos sido destacados para uma operação de blitz na avenida Flores da Cunha. Não lembro bem que horas foi, mas era quase o final da operação quando visualizamos um automóvel Uno branco, vindo em velocidade acima do permitido para a via em rota de colisão com as viaturas, em uma atitude temerária. E suspeita. **J:** E o que fizeram? **T:** Sinalizamos para parar, para efetuar a abordagem. **J:** E então? **T:** Então, como a atitude era suspeita, eu me aproximei do veículo, juntamente com o colega Ramos, que ficou na retaguarda. Os vidros eram muito escuros, dava para ver que eram irregulares, o condutor já tinha, então, duas infrações, a condução temerária e os vidros. Bati na janela para ele baixar e eu poder efetuar a abordagem. Então vi ele. **J:** Ele, réu? **T:** Correto. Então pedi pra ele os documentos e que saísse do carro, pois ele precisaria efetuar o teste de medição para averiguar se estava conduzindo embriagado. Mas antes que eu pedisse para ele deixar o automóvel, ele já me disse "O que houve, eu não fiz nada". Tentei acalmar o cidadão, disse que era uma operação de rotina.

Ele repetiu que não tinha feito nada. Eu disse tudo bem. Foi nessa hora que o colega Ramos a quem eu havia fornecido os documentos do abordado veio me contatar para informar que o cidadão estava com um automóvel muito irregular... **J**: O que quer dizer "muito irregular", policial? **T**: Correto. Ele tinha, se bem lembro, uns três anos de vencimento do licenciamento do veículo e mais de vinte multas por excesso de velocidade. Foi aí que eu informei ao condutor que ele teria que sair de uma maneira ou de outra do veículo, e foi aí, quando eu me abaixei para isso, que eu vi, no banco do carona, as garrafas. **J**: Que garrafas? **T**: Isso. Foi aí que eu indaguei o cidadão que garrafas eram aquelas, uma cheia, uma vazia, e ele me disse que eram cachaça, estava vindo de uma festa e então eu deliberei com o colega Ramos que aquilo não era cachaça nem aqui nem na China, e que para o suspeito estar dizendo que era cachaça aí tinha coisa, compreende? **J**: Compreendo. E então? **T**: Então eu disse "Cidadão, o senhor está bastante complicado, é melhor sair do automóvel para que a gente possa conduzir a averiguação da situação" e ele ficou meio nervoso, mas eu puxei o pino e destravei a porta e abri para mostrar que a coisa era séria, então, quando ele saiu, pude apreender as garrafas e verificar que eram gasolina, muito estranho, enquanto o colega Ramos e o colega Sepúlveda revistavam o suspeito. **J**: E o que encontraram? **T**: Nada de mais a princípio, senhora. Pertences pessoais e dois telefones, sendo um repleto de barro, o qual devolvemos para o suspeito, que prontamente começou a limpá-lo e esfregá-lo com as próprias roupas e depois viemos a saber que era da vítima, mas ele, o barro, a chuva, enfim... Aliás, ele estava com os pés cheios de barro também, chegamos a perguntar onde andava, e ele disse que vinha de uma festa num sítio, tudo muito suspeito. Mas na hora não tínhamos provas para prender assim por fatos que desconhecíamos. **J:** E fizeram o que então? **T:** Autuamos por crime de trânsito, o bafômetro deu bem alto, recolhemos o automóvel e conduzimos o suspeito para a delegacia, para se ver com o Delegado. **J:** Certo. Passo a palavra ao defensor público. **D:** Obrigado, excelência. Pois, policial, boa tarde. **T:** Boa tarde, doutor. **D:** Para início de nossa conversa, que eu espero seja esclarecedora, penso que o senhor já viu muitos assassinos, agressores, bandidos temíveis, certamente. O comportamento do réu, deste homem aqui sentado, eu pergunto, se parecia, se parece com o de um típico bandido? **T:** Não sei dizer, doutor, as coisas não são bem assim. Tem cada um que a gente encara por aí. **D:** Tudo bem. Mas me diga, como estava reagindo o réu? Calmo, desconfiado, nervoso? Como descreveria o seu estado anímico e emocional no momento da abordagem e posterior condução à delegacia? **T:** Sim, senhor, ele se encontrava de fato nervoso, quando abordei. Alcoolizado também, falava que não tinha feito nada, falou muitas vezes. Depois perguntou se seria preso, disse que era uma pessoa de bem, frases dessa categoria. Na viatura, depois, pareceu um pouco mais calmo. Depois não sei, foi com o delegado. **D:** Muito bem. Muitíssimo bem. Poderíamos referir que era o comportamento de um amador? **T:** Um amador? **D:** Sim, alguém desacostumado com a situação, com medo até. **T:** Ah, correto, pode ser. **D:** Perfeito. E policial, há quantos anos o senhor está na ativa? **T:** Oito anos, senhor. **D:** Referiria que este homem, naquela madrugada, apresentava alguma ameaça? Sentiu-se intimidado por ele? **T:** É como eu disse, senhor, a gente nunca sabe, tem que estar sempre vigilante com a bandidagem, correto? **D:** Então o senhor teve medo dele? **T**: Não, medo não. Achei ele com comportamento suspeito, esquisito, o jeito que vinha dirigindo, parecia que não ia parar, compreende? As garrafas, não parava de falar, estranho. **D**: Muitíssimo bem. Por fim, tudo isto posto, diria que o réu aparentava estar de posse de todo o seu controle emocional? **T**: Ah, não, isso não, de modo nenhum. Muito nervoso. **D**: Muito obrigado, policial. Sem mais perguntas, Meritíssima. **J**: A palavra é dada ao Promotor. **P**: Agradeço a vossa excelência e, sem mais delongas, pois sei que já nos adiantamos nesta tarde, gostaria de perguntar ao policial Jefferson, é Jefferson, não é, se o policial possui veículo particular. **T**: Sim, senhor, senhor. **P**: E, policial Jefferson, o senhor costuma andar com garrafas de gasolina no seu carro? **T**: Não, senhor. **P**: Imagino que na viatura policial tampouco? **T**: Correto, também não. **P**: Quer dizer então que o fato de o réu andar com duas garrafas, com quatro litros de combustível altamente inflamável, sendo uma delas já esvaziada, não sabemos por que, mas vamos descobrir, não é normal? Chega a ser suspeito para o senhor, policial? **T**: Então, correto, foi o que eu informei anteriormente, inclusive porque o suspeito ainda tentou sonegar a informação, quando abordado, de que era gasolina o que ele tinha ali. E não é legal transportar combustível dessa forma. **P**: E o que o senhor diria, consultando esta prova constante da folha cento e setenta e dois do processo, uma nota fiscal de combustível, de quarenta e dois litros, com a data de dez de agosto, às vinte horas e três minutos, o que o senhor diria, diria que o cidadão que botou esta quantidade de combustível no tanque teria motivos para comprar mais quatro litros? **T**: Pois, correto, na altura, quando botamos ele na viatura para conduzi-lo à delegacia, ele mudou a versão, disse que havia ficado sem combustível, que tinha sido uma emergência. Mas agora que o doutor apresenta esta nota, não me cheira bem não. **P:** Mas ninguém enche duas garrafas com gasolina por esporte, porque, como se diz popularmente, deu na telha, né? **T:** É, acho que não. **P:** O cidadão normalmente pensa, "vou comprar essa gasolina para acender uma churrasqueira" — imaginem o tamanho da churrasqueira! —, ou para incinerar alguma coisa, para... para alguma coisa, o cidadão compra combustível para fazer alguma coisa com o combustível não é, policial? **T:** É, acho que sim. **P:** Mudemos de assunto. O réu estava embriagado, visivelmente embriagado? **T:** Correto. Não. Ele não estava assim, caindo pelas tabelas, mas demonstrava certa alteração, que o teste do bafômetro veio a confirmar que deveria ser fruto da ingestão de álcool sinalizada pelo mesmo. **P:** Não era um ou dois copinhos, recém-tomados, era? **T:** Doutor, não lembro dos números, mas o cidadão ou era forte para a cachaça ou teve muita adrenalina, porque era uma bebedeira daquelas que o equipamento de averiguação acusou. **P:** E, alguma vez, o senhor já viu, presenciou, investigou o caso de um bandido que toma umas para ficar corajoso para partir para o crime? **T:** Ô, isso é normal. Ou consumo de entorpecentes também, drogas ilícitas, no caso. **P:** Perfeito. E, se o sujeito não é acostumado a cometer crimes, não possui uma ficha penal, esse parece ser um expediente quase natural, não é mesmo? Planejo um crime, me falta coragem, tomo uns golinhos de coragem, não é? **T:** Correto. Isso acontece muito e... **D:** Meritíssima, pela ordem. A promotoria está conduzindo a testemunha a confirmar especulações. **P:** Meritíssima, estou simplesmente apoiando-me na experiência do policial Jefferson para construir uma narrativa lógica dos fatos que se deram na madrugada e no dia em questão, portanto... **J:** Acolhido o pedido da Defesa. Solicito ao Promotor que faça perguntas mais objetivas e factuais à testemunha. **P:** De acordo. Policial, o que era mesmo que o réu dizia repetidas vezes quando abordado na blitz? **T:** Ah, ele dizia, "Eu não fiz nada, oficial". **P:** Por quê? **T:** Não sei, era uma blitz de trânsito. **P:** Era como se ele estivesse se defendendo de algo previamente, como um zagueiro que levanta os braços depois de cometer o pênalti? **T:** Correto, mais ou menos por aí. **P:** O senhor e seu colega, no trajeto da blitz até a delegacia, falaram mais alguma coisa com o réu? **T:** Foi, foi sim. Ele pareceu se acalmar um pouco e, no meio do traslado, perguntou umas coisas esquisitas. **P:** Por exemplo? **T:** Era como se ele estivesse andando de táxi, não na nossa viatura, começou a empreender uma conversação perguntando "Muito movimento neste turno?", "Presenciaram algum crime grave?", "Prenderam assassinos, ladrões ou só café-pequeno como eu?", parecia que estava nos provocando, diminuindo a importância do nosso serviço, quase querendo um desacato à autoridade. Mas agora faz sentido. **P:** Como assim, faz sentido? **T:** O suspeito estava jogando verde, tentando ver o tamanho do buraco, se o seu outro delito já havia sido descoberto, para estar elaborando suas explicações para o delegado e... **D:** Meritíssima, que a testemunha deixe suas teses de lado, ele está aqui para responder perguntas. **J:** Solicito à testemunha que se resuma a responder perguntas, sem desenvolver interpretações criativas sobre os eventos, e solicito aos jurados que observem e detenham-se apenas nos fatos factuais narrados pela testemunha. A promotoria pode prosseguir. **P:** Agradeço a vossa excelência, mas já terminei minhas questões. Agradeço ao policial Jefferson também.

MEMÓRIAS FICTÍCIAS, 29 DE JUNHO DE 2006

Então, Allan Poe, sabias que a verdadeira história do *Barril de amontillado* se passou nos anos trinta em uma residência rural de São Sepé, ou do que viria a ser minha micrópole natal, vê, eis aqui a prova, repara como eles se debatem, estão extasiados com o enredo o qual acabaram de ouvir, acerca do crime de vendeta cometido por meu avô Edgar — em tua homenagem — contra um vizinho bonachão e pinguço, de nome Fortunato. Repara, Allan Poe, o Provável-encostado-no-INSS está apontando-me com seu copo e agora ri nervoso no seu ignóbil jeito baboso e, Como é, meu caro?, peço-lhe que repita, e ele, Mas eu é que nunca vou na casa do Doutor deus me livre, e eles adoram chamar-me de doutor, esta alcunha estúpida contra a qual não reagi, e que seja assim, eles dão risada, Olha aí embaixo das unhas dele para ver se não tem cimento, e sorrio o máximo que posso para a anedota do Do-boné-da-Goodyear-e-bigode, e até retruco que, Vejam que foi meu avô e eram outros tempos, e a algaravia cresce em volume e, na verdade, é-me fácil sorrir hoje, baforo meu Hilton, assistindo minha macacada descobrir o fogo da ficção, e observo o televisor eterno: lances de futebol e são inéditos, porém alegro-me em certificar que estamos em plena Copa do Mundo, alegro-me sim, há futebol duzentas horas por dia, e os basbaques vidrados discutem o quê? Uma história minha — certo, de Allan Poe, porém contada com meu engenho. Não tenho elogios a fazer à tupinicagem, povo desnecessário, entretanto o que vejo hoje é um auspício, meus índios e negros e bêbados indolentes não são intrinsecamente antileitura, gostam de ficção, está claro, o que lhes falta é o estímulo de bons narradores capazes de tocar no âmago de suas imaginações, sucesso o qual logro com estes platelmintos alcoólatras parasitando aqui à minha frente, sim, sim, aquiesço com um menear de cabeça para mais uma estultice que acabam de dizer, acaso mais tupiniquins tivessem acesso à literatura como a minha e, oh, sim, é-me fácil sorrir hoje, meus Aris Toledos devem estar realizados com meus dentes à mostra, mal sabem que amanhã, espero, a editora enviar-me-á convites para o lançamento e não sabia que era praxe cobrar-me à parte por isso, nem que deveria eu providenciar local, pensei que se ocupariam disto, é sorte aquela livrariazita metida à besta, antro de idiotizados de oficina, estar com uma data em sua agenda, sorte? Sorte deles, que poderão registrar em seus anais este evento; que devem estar rindo-se com a criminosa taxa de administração que me extorquiram, todavia onde eu poderia ter feito o evento: aqui no Tinoco's? Nestas livrarias burguesas de shopping center? Nego-me. Bem que Sérgio indagou-me Por que não será na Cultura, querias era andar de escada rolante, não é, meu colono envernizado, vir à capital e sentir cheiro de lanchonete norte-americana, né, mano, Porque minha editora trabalha com esta Palavraria, foi o que eu lhe disse em tom grave e circunspecto, deixando o ignorante sem ter o que dizer, mas virá o imbecil, com seus três porquinhos: Matilde e os dois filhos; que venham, eu pretendia apenas comunicar à mãe de que tal evento ocorreria para que ela ficasse lá mastigando a dentadura e seus orgulhos provincianos, porém arvoraram-se todos, querem gastar gasolina, que venham e que levem uma caixa de livros para fazer a literatura chegar ao meu grotão natal, como já a fiz chegar aqui, quase que diariamente. Por Nietzsche, ontem os borrachos estavam insuportáveis com suas camisetas amarelas, e estes nominhos de jogadorezinhos terminadinhos em gaúcho, baiano, acreano, e faziam projeções exotéricas e falavam em hexa e faziam apostas, porém agora:

só falam do meu barril de amontillado,

o qual, claro, tive o engenho de converter em garrafões de cabernet de uma safra rara, v e r o s s i m i l h a n ç a, funcionou à perfeição, já deve fazer mais de dez minutos, recorde dos recordes nos dias que correm, que meus borrachos não proferem um repulsivo perdigoto acerca do providencial tema verde-amarelo: contra quem a Tupini-quinlândia jogará, oh, pouco me importa, contudo, Meus caros: com quem mesmo a seleção de vocês jogará, indago, e palavrões, e, Porra Doutor contra a França vamos nos vingar dos veadinhos, exaspera--se o Funcionário-de-cartório com a minha ignorância, com seu pa-triotismo senil, deve ser glorioso para eles poderem sentir-se acima de mim em alguma questão, mesmo que seja algo tão semelhante a contar quem possui mais estrume na cabeça, sim, nisso ganham--me com larga vantagem, sim, aquiesço aos seus impropérios, às adi-vinhações quanto ao resultado do jogo e vejo o assunto desviar-se, Tinoco: mais um conhaque, peço e recebo e brindo silenciosamente aos meus sucessos, a turba que retome a pauta futebolística, se de-saprenderem este seu único motivo talvez fiquem a babar asquero-samente pelo resto da vida com suas línguas moles sem ter mais o que dizer, exercitem-se, chulos, porque posso ficar a noite toda de-gustando meu barril de amontillado, ah, e também o paradoxo de Tchekhov, que memória esplêndida, mereço um bom Hilton, acendo. Edmundo, é verdade que tens avançado muitíssimo bem na redação de *Porão sem fim*, quiçá possas comentar no lançamento que já há mais um romance vindo à luz, contudo os últimos dias permitem elucubrar: não seria a hora de encarar a narrativa curta como Anton, Edgar Allan, mostrar-te um autor versátil para os basbaques litera-tos?, desde a última sexta-feira isto tem se apresentado como ideia deveras plausível,

um homem vai ao cassino,
ganha um milhão de dólares,
volta para casa e suicida-se,

lancei aos meus borrachos o misterioso argumento de Anton Tchekhov que nem sequer o próprio conseguiu solucionar a contento e foi como jogar um bife suculento às bestas, a turba convulsionou-se, ah, o que era aquilo: não que saibam pensar, contudo, se soubessem, não dariam tempo às próprias sinapses, ladravam instintos e contrariedades, bradavam a impossibilidade que, Tem que ser muito burro; Só se se matou de bêbado comemorando; Ou numa suruba; ah, meus poetas, agradeço-lhes por ao menos saberem reduzir-se a sua condição de massa, de água para mover a roda do moinho do mundo, e não se arriscar com ambições de desenvolver suas próprias narrativas, hipóteses ordinárias, mas meus borrachos não queriam acreditar que isso aconteceu, afinal é um paradoxo maravilhoso em tempos tão capitalistas, maravilhoso mesmo, Mais um, Tinoco, por favor, ah, maravilhoso foi urdir a solução na frente deles, vencer sua descrença com a força da narração, localizando a história no cassino do Paraguai onde meu personagem quase perdeu a vida, narrar a eles do ponto de vista de um pequeno episódio assistido por mim, eu, testemunha da tragédia daquele homem, traído por sua mulher — evidentemente uma golpista —, que se sabendo corno preparou toda a teia da vingança: arrebanhou uma amante mais jovem e humilde, estudou todos os detalhes do jogo de roletas, todas as probabilidades, era um pequeno gênio, e, quando se sentiu pronto, convidou a traidora para ir com ele até o cassino para se divertirem. Ele sabia que era a noite, a grande noite, e foi: a meio da madrugada apostou tudo no vermelho 23, o qual, ele estava ciente, não era sorteado já há mais de um ano naquela roleta. Estava na hora de sair e saiu, ele ganhou um milhão, bebeu champanha, viu a biscate da sua esposa jurar-lhe amor eterno, voltou para casa, redigiu um testamento deixando tudo para a amante recente, enviou para o seu advogado e, incontinenti, meteu uma bala nos próprios miolos, oh, por Nietzsche, que grande conto escrevi oralmente — e regozijo-me por desta vez haver anotado tudo, pela primeira vez vi a malta, o núcleo duro dos borrachos anônimos, silenciar, embasbacar-se com meu pequeno épico, com o desfecho sabido e ainda assim espantoso, sinto que estou numa fase esplêndida, Mais um, Tinoco, narrando como nunca, lançarei meu livro, tenho ideias, minha escrita progride e, Se o Brasil não me ganha essa Copa sou bem capaz de fazer que nem o corno milionário lá do Paraguai e me mato, ouço um deles urrar e, oh, este é o verdadeiro reconhecimento literário, meu personagem é exemplo de vida e morte para aqueles que experimentaram imaginá-lo, ergo minha meia dose de conhaque brindando com meus esdrúxulos manguaços leitores, e penso: se minhas histórias tivessem a oportunidade de chegar às pessoas, saberiam da sua qualidade, está mais do que comprovado que sou um excelente narrador, melhorei o conto de Poe, venci o desafio de Tchekhov, só preciso que o mundo conheça minha produção, se houvesse um Tinoco's Bar para mil, dois mil hominídeos, minha literatura ganharia seu espaço e, ai de mim, sinto um estremecimento: o conhaque queima meu estômago, creio que minha hora está chegando, *Heranças dos mortos* em breve nas livrarias, amanhã chegam os convites, Dá-lhe Brasil, um deles grita.

MEMÓRIA DE PROVÍNCIA, 30 DE NOVEMBRO DE 2006

Ela pergunta-me se estou trabalhando ainda, e respondo Sim, e espero que não me pergunte em que exatamente estou trabalhando, às vezes há estes súbitos interesses, mulheres são criaturas incompreensíveis, há momentos nos quais anseiam saber quantas vezes urinaste no dia, em outros querem silêncio, prefiro com ardor a segunda alternativa, ainda não sei em que condição estamos hoje, respondo que Comerei depois qualquer coisa, ela não retruca, nada diz, e agora é o almofadinha quem fala, William Bonner; depois a novela; depois um filme e este é o sinônimo para silêncio nesta casa, contudo fico grato, meu caro Bonner não quererá saber, não indagará, tampouco noticiará acerca do ofício ao qual me dedico agora, não, não reviso, nem revisarei hoje josta nenhuma da Record ou dos estelionatários, es-te-li-o-na-tá-rios da Expressões Gráfica e Editora LTDA.; sim, senhor, e-di-to-ra uma ova; porca parideira de livros, desprovidos de ambição, retrato fiel deste povo indolente, não moveram uma palha por meu *Heranças do mortos*, nem sequer se fizeram presentes no lançamento, ah, hediondo evento, prefiro apagar de minha biografia, minha família empanturrando-se de salgadinhos e vinho às custas dos livros que não vendi, Babi olhando-me de soslaio com a sua amiga que lá apareceu e deu-me os parabéns, mas por que me congratulaste, minha cara, havia lido já meu livro, ou tens uma ironia tão fina que voa abaixo do meu radar, ah, noite para riscar dos registros, os livreiros fitando-me com pesar, chegaram ao desplante de me dizer que Dornelles, primeiro livro é difícil, cheios de consolos, contudo, na hora decisiva, quando, na falta do picareta do Gusmão para me amparar, perguntei-lhes com quantas caixas de livros desejariam ficar, responderam-me que

cinco, cinco exemplares tá bom,

descrentes, incompetentes, negligentes, por que não abrem uma loja de macumba, de produtos pornográficos ou de autopeças, qualquer coisa que não lhes exija leitura e intelecto, já que o busílis de vocês é dinheiro, la plata, ficaram os dois barbudos e a outra lá fazedora de cafés da glamourosa Palavraria com pífios exemplares de meu romance sem sequer folhearem uma página, acaso houvessem lido ao menos as primeiras páginas, contudo, oh, não, isso seria pedir-lhes demais, ler um livro, mas que loucura, que disparate, Não lemos livros: apenas os vendemos, imagino que me diriam estes mercenários, devem ser amigos do Gusmão, ainda cobraram-me pelo conhaque e o salgado metido a caviar que consumi, a champanha da esnobe da Babi e, quando dei por mim, ai de mim, saí devendo do lançamento de meu próprio livro, porém, ah, Edmundo, por que te desiludes, como é que ainda consegues te desencantar se é patente: vives em uma província de uma republiqueta de ordinários que, não contentes em eleger um analfabeto presidente, acabam de reelegê-lo, orgulham-se da estupidez, jactam-se da ignorância, Ah ele é um homem simples e do povo, por Nietzsche, passem uma carrocinha no centro de Porto Alegre e arrecadem debaixo das marquises uma dúzia de mendigos e temos presidentes do povo para o resto da existência deste país que por mim poderia explodir neste exato momento, arrebentando com William Bonner, Gusmão, Editora Record, livreiros ignaros, Milton Hatoum, Moacyr Scliar, Dalton Trevisan, Silviano Santiago, Amílcar Sei lá o Quê, Marcelino Qualquer Coisa, Luiz Ruffato, João Noll e todos os queridinhos da imprensa e estas caixas todas, estas caixas,

estas caixas,

estas caixas,

estas caixas empilhadas à minha frente, cazzo, as outras na cozinha, se Babi houvesse perguntado, sim, minha cara, é nisso também que estou trabalhando, Babi: no que fazer com estas caixas, deixá-las caírem sobre mim, soterrarem-me, ah, Gusmão, seu grandessíssimo picareta, nem sequer me atendeste, puseste aquela boneca autômata a falar comigo, provavelmente sentada no teu colo, vagabunda, Desculpe, senhor Edmundo, mas se o senhor estiver conferindo o contrato vai estar vendo que não nos responsabilizamos pela distribuição pois nosso foco é a produção em alto nível de materiais gráficos de primeira qualid, então por que fazem livros, larápios, acaso tenho cara ou jeito de caixeiro-viajante ou testemunha de Jeová para sair batendo de porta em porta comercializando meu romance? Acham que pareço um hippie cabeludo e pederasta para sair vendendo livros, incenso e badulaques naqueles botequins insuportáveis e insalubres da Cidade Baixa que a Babi achava o máximo frequentar? Eu tenho que escrever, produzir, não comercializar, meus caros estelionatários, e quantos livros haverá nessa parede postiça que se ergue à minha frente e tanto incomoda a sensibilidade decoradora de minha companheira, Isto tem que sair um dia daí; Ai de ti que invente de publicar mais um livro; Agora deu né, Ed, e o que me aflige não é o repetitivo discurso de Babi, é ter que admitir que ela tem razão: não sei o que fazer com estes livros, devem ser quase mil, se os picaretas não me trapacearam também no número de volumes impressos, não duvido, é uma hipótese setecentos por cento plausível. Sinto que fui enganado por meu editor. Sinto-me cercado e preso em um círculo vicioso perfeito, sem escapatória, ora, como o mundo pode ser tão cruel com o talento, se eu houvesse obtido espaço de mídia, ressonância nos veículos carimbadores de reputação, é fato inconteste que *Heranças dos mortos* teria vendido, por conseguinte teria mais recepção, logo venderia mais, entretanto para isso é preciso uma fagulha inicial, um tapinha nas costas, um contato certeiro e mau-caráter que julga as obras pelo nome do autor, pela moda, pela fotogenia do sujeito e jamais pela palavra posta no papel, se ao menos eu possuísse rendas para enviar exemplares a todas as principais redações do Brasil, quiçá alguma chance eu teria neste jogo; se bem que é evidente que seria como jogar na roleta; não lograria sucesso na maior parte das tentativas, isto é cristalino, contudo em uma *Folha de S.Paulo*, n'*O Globo*, *Correio Braziliense* ou em uma revista cultural, sim, por que não, um estagiário ainda não corrompido pelo sistema putrefato de troca de favores e afagos poderia descobrir-me, vermelho vinte três, a resenha consagradora e então, porém, país ineficaz e despreparado, o acesso aos Correios e Telégrafos parece ser exclusivo para milionários, um envelope aqui, outro ali e já tens de abrir mão do aluguel ou da comida ou do cigarro; champanha, carro do ano, lagostas e acesso aos correios, eis o retrato da elite nacional, ainda mais e especialmente se tua mulher, vítima — como ela julga-se — de três abortos e de uma incapacidade de procriar, se essa mulher deseja ter canais de filmes na TV para ter assunto com as colegas de serviço público e, como, por estas coisas da genética, só tiveste uma figura paterna e nunca mais herdarás novamente uma ninharia que seja, tu, que tens que revisar pilhas de pseudoliteratura de quinta categoria para comeres bife de segunda, se é assim e assim é, tu jamais enviarás teu livro para as revistas certas, para as redações de jornais, não comprarás teu espaço nessas reuniões dançantes literárias, portanto não divulgas teu livro e contemplas uma muralha de caixas pardas impedindo teu avanço, porém, ah, tua companheira regozija-se defronte ao televisor, e ao menos tu poderias ler um bom romance hoje à noite se houvesse nervos para isso, ou se não necessitasses revisar mais uma tese cuja única conclusão será a do analfabetismo patente e irreversível do doutorando ou ainda canetear um desses objetos bibliográficos não identificados que eles chamam de romance, logo não consegues aproveitar em nada a calmaria reinante graças ao torpor televisivo, sem ninguém a te acusar neste instante ou querendo dividir as emocionantes narrativas de mais um dia no Instituto de Previdência do Estado, não consegues porque é como diz o grande Fiódor,

eu sou sozinho e eles são todos,

porque esta *Zero Hora*, este embrulho de peixe com grife, vou parar de comprá-la diariamente, Babi poderia trazê-la ao fim do seu expediente, conheço pessoas que fazem isso, senão dia a dia será um meio maço de Hilton a menos, meia dose de conhaque, e para quê, para que eles, com seus narizinhos judeus de cheirar peido, ignorem-me, ora, senhores jornalistas, não fui até a imponente fortaleza de seu império de comunicações, Cidadão Kane dos pampas, não fui até a avenida Erico Verissimo e não deixei um pacote de livros, um exemplar para cada jornalista que assina matérias no Segundo Caderno e no Caderno de Cultura? Fui de uma cordialidade sem limites. Contudo, cultura neste portentoso diário chamado *Zero Hora* é ignorar os bons livros, é isso, é evidente, nem uma mísera linha, no dia do lançamento preferiram falar de um show dos Engenheiros do Hawaii a comentar o meu evento, não é difícil perceber por que não apareceu ninguém, não sou judeu, não sou intelectualoide pederasta, não sou filho de ninguém, não mereço ser incensado e louvado nas suas páginas vis porque sou apenas e tão somente um escritor de talento, espirituoso, com futuro promissor; ah, contudo imagino a reunião dos grandes jornalistas gaúchos, Que livro tocante, diz um com um mínimo de sensibilidade; Mas quem é o autor, pergunta o outro; Não conheço, responde um terceiro; Ah, não é um da nossa gangue, deixe para lá; de fato há certa sabedoria de viés antropológico na anedota que o Do-boné-da-Goodyear-e-bigode insiste em contar no Tinoco's quando se embriaga, e ele está sempre consumido pelo álcool, a tal história da banca de siris em um mercado, do vendedor que mantém tampados todos os cestos com exceção do cesto onde estão os siris gaúchos porque dentro deste balaio não haverá problemas, os crustáceos jamais fugirão, pois, sempre que um tenta ascender, os demais agarram-no, puxam-no para baixo como faz a senhora Zero Hora comigo neste momento, está bem entendido, siris maus-caracteres, puxem para baixo, joguem veneno em meu balaio, empilhem caixas de livros dentro dele, continuem a promover os seus eleitos sabe-se lá por que espúrios motivos, façam assim, e Babi agora, pela música, vê um filme romântico, como foi que nos aproximamos, não importa, Edmundo, precisas fazer algo, retoma *Porão sem fim*, escreve ou pensa, estas caixas, o que fazer destas caixas, estas caixas são uma página em branco, como em branco está a página de meu caderno, branca e iluminada pela tela leitosa do computador com a tese de doutorado por revisar e quem sabe, pode ser, não posso gastar tempo demasiado nisso, mas vejamos,

www.orkut.com.br/Main#Community.aspx?cmm=90903036

MEMÓRIA BASTARDA, 8 DE FEVEREIRO DE 2007

Indago aos meus borrachos de estimação se acaso conhecem um escritor e, embora pressuponha a resposta ou a conclusão óbvia da barafunda de baba e palavras mal articuladas que regurgitam aos soluços, há certa graça nisso: é como jogar abóbora aos porcos e vê-los partirem para a luta, é como se eu fosse o professor de sete CDFs da APAE, ansiosos por responderem a alternativa correta, um esfaqueia meus ouvidos com a indagação, se estou falando de Conhecer a nível pessoal; outro, acho que é o Do-boné-da-Goodyear-e-bigode, difícil distinguir os timbres guturais, com seu sarcasmo de pré-maternal diz que Isso é coisa de doutor, oh, como és irônico, meu babuíno com retardo e, Quem é mesmo o cara que escreveu a bíblia, oh, não viesse de quem vem a pergunta, era de se antever qualquer coisa de filosófico na questão, porém, ah, miro este painel da falência humana e fosse eu um Picasso e poderia pintar um novo Guernica, os horrores da humanidade à minha frente, Quem é o escritor de *Batatinha quando nasce*, eles prosseguem, contudo não me desiludo com a impossibilidade de qualquer nexo, qualquer redenção intelectual, porque sequer é possível iludir-se e só um bom Hilton, aceso com parcimônia e arte, é capaz de oxigenar as ideias, as minhas, patrimônio só meu aqui, e, na verdade, não há graça nenhuma nisto, cogitei que meus miquinhos alcoólatras, que meu museu da cirrose teria algum poder de me entreter, desviar meus pensamentos, quiçá inspirar-me alguma narração de vulto, contudo o ódio me consome e nem sei por que trago esta infâmia aqui dentro de meu caderno, quem sabe para ferver meu sangue como o de um boxeador em busca da revanche,

Saossepeense lança romance típico de estreante,

mãe, ah, mãe, por que fazes assim, digo-te, dir-te-ia frontalmente se acaso aqui estivesses, da má úlcera que me provocas, todas as dores do parto foram poucas para ti, eu deveria ter nascido de braços abertos e punhos cerrados, impossível que um dia eu viesse a ter qualquer mínimo traço de complexo edipiano, pois, uma vez que o demonstrasse, o diagnóstico natural seria o de masoquismo, antes do tal complexo que Freud, barbudo safado, foi copiar aos gregos e, ah, *O filho de nossa terra, Edmundo Dornelles, lançou no passado agosto, pela editora porto-alegrense* Expressões, *seu romance de estreia. Se o caro leitor não foi convidado para a noite de autógrafos na cidade natal do autor, não é porque foi esquecido. Dornelles, filho do finado Salustiano Dornelles e de dona Cida, não veio a São Sepé para o lançamento. O motivo talvez tenha sido um tardio arrependimento pelo romance que,* estás contente, mãe, vibras com este aborto de crítica literária, só me maltratas e ainda queres que te dê motivos para eu não ir a São Sepé, há quantos anos, há quantos anos, nem sei e espero que sejam muitos e se não forem, os farei serem, jamais pisarei neste buraco negro da racionalidade. Imagino que tenhas colado nas paredes de meu outrora quarto dezenas de cópias desse hediondo texto do nosso glorioso *Diário Tiaraju* para que eu deitasse na cama de minha infância e sofresse cercado de infâmia por todos os lados. Acaso, mãe, leste o que disse este Jurandir de Matos, que só escreve porque é filho do proprietário e é provavelmente mais uma bicha retraída e recalcada de interior que se acerca da área cultural deste folheto que chamam de jornal?, leste o fel destilado por esta anta alfabetizada sobre *Heranças dos mortos?* Se leste e enviaste-me, por que não me deserdas logo, é tão mais simples e verdadeiro e indolor, não terias mais que me ligar, falar mal de Babi, perguntar por netos e todo o teu rosário que é a minha via crucis. Agora, dona Cida, se não leste, por que não o fizeste, mãe? Não te parecia óbvio que minha entrée na cena literária, mesmo com seus percalços e obstáculos, causaria as maiores invejas e impertinências aí, na periferia da província? Ah, somos sangue do mesmo sangue, mas jamais neurônio do mesmo neurônio, por Nietzsche, sou um sobrevivente desta família, desta São Sepé, deste mundo, nesta família não se nasce, escapa-se, como exigir perspicácia de uma gente que estufa o peito porque vende automóveis, mas está certo Nietzsche,

o que não me mata me fortalece,

e digo-te, mãe: espero que sim, tenhas lido, *é difícil entender a história do livro de Edmundo Dornelles por causa de sua linguagem empolada e especialmente pelo número exagerado de personagens e cenas inverossímeis que se passam em diversas cidades do Brasil e até do Paraguai sem aparente motivo*, e anseio, ainda mais, que tenhas compreendido o veneno que goteja destas linhas — embora isto sim seja inverossímil, que entendas qualquer coisa, mãe —, pois, se assim foi, assim confirmar-se-ia que vivo numa típica tragédia, tu és mãe e algoz, vida e morte, e isso me fortaleceria em dobro, e, Quê, cazzo, é inacreditável que estes hamsters sigam divertindo-se na mesma roda ainda, Não, não sabia, respondo para o Provável-encostado--no-INSS que eu não sabia e não nutro o menor interesse em saber que ele completou o ginásio sem ter lido sequer um livro, ele quer o quê, que eu lhe jogue um biscrock por esse truque, agora vem este, o qual tenho certeza de que trabalha em uma imobiliária ou cartório, tanto faz, porém toma ares de chanceler por aqui, como estufa o peito, pobre garnisé, para cacarejar suas asneiras, ah, parabéns, ele crê que vale mais a pena ver os filmes do que ler os livros e imagino que creias em leitura dinâmica, e No tempo que o camarada leva pra ler um livro desses grossos pode ver uns quinhentos filmes, sim, brilhante, deve, o meu Nobel de Ignorância 2007, estar esperando que filmem *O ócio criativo* ou *O monge e o executivo* ou o próprio abecedário para que ele tome conhecimento da sua existência, espero que meu balançar positivo de cabeça seja milho suficiente para estes pombos doentios, pombos embriagados, bicando migalhas de álcool para esquecer a própria existência e quem gostaria de desfrutar desta charla edificante da convenção mundial da estultice é este pederasta deste Jurandir de Matos — terei conhecido pessoalmente? — este Ph.D. em dislexia não deve jamais ter ouvido falar — porque ler seria exigir-te demasiado — acerca de Fiódor, Honoré, Leão, para me desferir tais golpes com tamanha leviandade, que terás lido tu, meu inimigo, haverá certamente algo de pessoal ou passional aqui, é possível que meu pai tenha currado tua mãe, deves ser um bastardinho desprestigiado pela figura paterna postiça do seu Raul de Matos, pois ele sabe de tudo, assim como minha mãe e minha madrasta, quer ela vingar-se da traição de meu pai em mim, o primogênito, é possível, por estes tortuosos meandros da psique humana, que dona Cida culpe-me, ficou deformada pelos meses em que me gestou e, crê ela, por isso o pai buscou prazeres em outras mulheres, e aí vieste tu, Jurandir, é uma turba, uma horda de bárbaros partindo de São Sepé para se vingar de mim porque sobrevivi à maldição ancestral destas terras, não é mesmo, meu bom imbecil, minha bicha órfã, sem espelho masculino, nem sequer foste homem para embasar com uma citação esta tua ignomínia, claro, porque seria impossível dar corpo a estes teus disparates, são como este pastel sebento que o Tinoco tem o desplante de vender, murcho por fora, vazio por dentro, por Nietzsche, onde está a *falta evidente de verossimilhança do começo ao fim*, não duvido que tenhas sorteado esta palavra, verossimilhança, no dicionário e metido a fórceps nesta tua sopa de letras sem sal ou gosto para aparentar alguma inteligência nesta ode à pobreza mental, acaso soubesses do que falas, meu asno, e produzirias uma edição especial sobre *Heranças dos mortos*, dissecando-o, colocando-o na tradição do romance, e eu gostaria de saber como é que não compras meus personagens, se foste capaz de replicar que *Edmundo*

Dornelles é saossepeense e mora em Porto Alegre, onde é funcionário de uma companhia internacional que está se instalando em segredo no país, não vês, meu caro, és seduzido por minha ficção quando estás desarmado, és como os meus moedores de cana aqui do Tinoco's, não sabes ler, mas amas meus personagens, minhas ficções, considero isto uma ilha de vitória neste oceano de ataques que sofro da tua parte, bastardo ressentido, Fiódor se esbofeteia no túmulo com tua impertinência de querer discutir verossimilhança, ora,

ficamos na torcida para que Dornelles nos visite no futuro com um livro melhor,

vou visitar-te com uma série de sopapos, pulha mal-intencionado, escreverás para sempre neste folhetim de paróquia, enquanto eu, Tinoco: mais um conhaque, produzirei romances que golpearão a inteligência nacional, me deixa dar os últimos toques em *Porão sem fim*, deixa, enviá-lo-ei para as editoras com cópias de *Heranças dos mortos* e eles verão que não se trata de um livro de estreante, *Porão sem fim* será um livro de autor publicado, lerão, enviarei para a idiotizada da Tatiana Fagundes, assistente editorial da Record, que me inflige os maiores suplícios em forma de trabalho, será uma troca injusta, Tatiana obriga-me a ler a nata do excremento da literatura nacional e eu dar-lhe-ei em troca dois excelentes romances, que seja assim, *Porão sem fim* será publicado ano que vem e então, Jurandir, mãe, remeter-lhes-ei um caminhão de resenhas favoráveis, e, inferno dos infernos, por que fui atiçar a brasa ardente da ignorância dos meus borrachos, eles querem falar comigo hoje, e por que não lhes contar a história de um escritor amigo meu, perseguido por um crítico irascível, pela própria mãe, porque o crítico é um bastardo produzido pelo seu pai, querem histórias, meus mongoloides, querem, Meus caros sabem por que lhes perguntei se conheciam um escritor?

MEMÓRIA PRÁTICA, 30 DE MAIO DE 2007

Livro e manuscrito enviados para
Tatiana Fagundes na Record;

Livro e manuscrito enviados para Trajano Aguiar
na Nova Fronteira;

Livro e manuscrito enviados para José Olympio;

Livro e manuscrito enviados para Editora Globo;

Livro e manuscrito enviados para UBU Editorial;

Livro e manuscrito enviados para Companhia das Letras;

Livro e manuscrito entregues na portaria da L&PM;

Livro e manuscrito entregues na Editora Movimento
(Secretária Anna Beatriz, por Nietzsche, com dois enes);

Revisão da tese *Outras Capitus: abordagem
do feminino em Machado de Assis* finalmente entregue
para aquela patricinha; Depositar cheque;

Um pacote de Hilton comprado, melhor assim;

From: edmundodornelles59@hotmail.com
To: gusmao@expressoesgrafica.com.br
Subject: Esclarecimento

Caro Gusmão:

Venho informar-lhe que não terás o prazer de apreciar meu segundo romance, "Porão Sem Fim", na condição de editor. Em virtude do péssimo serviço realizado por tua empresa na oportunidade de ançamento de "Heranças dos Mortos", opto por não mais trabalhar com teu selo. Poderás ler, em breve, "Porão Sem Fim" na condição de leitor, uma vez que o manuscrito está em análise por diversas casas editoriais de maior "expressão" que a tua.
Sem mais,

Edmundo Dornelles.

Agora, resta descer ao Tinoco's, tomar um bom conhaque, acender um vigoroso Hilton, Babi pergunta se estou saindo, não, minha companheira, estou testando o funcionamento da nossa porta, mas é claro que Vou dar uma descida, digo apaziguando suas questiúnculas e completo que Não me espera para o jantar, que hoje, minha cara Babi, estou de espírito renovado, contudo tu não saberás, terás ciência apenas quando eu te mostrar o contrato do novo livro, e aí, e aí, quero te ver repetires, Ai de ti se me inventar de publicar outro livro, boa noite, Babi.

MEMÓRIA EMPOEIRADA, 7 DE AGOSTO DE 2007

Esta Tatiana Fagundes, esta abilolada, esta, o que ela pensa da vida para me ligar, como se houvesse começado a terceira guerra mundial, indagar-me se eu havia checado o e-mail, ora, já não havias enviado o e-mail, minha cara, e, caso eu não houvesse atendido o telefone, o que farias, mandaria uma carta pedindo-me para atender o telefone e um pombo-correio alertando sobre a carta, e, para corroborar tua ignomínia, ainda perguntas se vi o e-mail, que é urgente, que não tens tempo de dizer ao telefone, tens uma reunião com um Autor bacanérrimo, mas que a proposta estaria toda explicada na correspondência eletrônica e Não posso fumar aqui?, ele aponta-me todos os livros, é perigoso e quiçá ele tenha razão, não tem é razão para se demorar tanto na análise do material, poderia ter a urgência da Tatiana Fagundes na tua análise, ela dizendo que havia uma proposta para mim e queria que eu pensasse em quê; ah, sua infeliz, o que trazes na caixa craniana, uma uva-passa?, e no peito, um picolé de limão?, corri para baixar as mensagens de meu correio eletrônico, preparado para encontrar a avaliação definitiva de *Porão sem fim*, felizmente era de manhã, Babi não estava em casa para testemunhar minha afoiteza, tragando apressado um Hilton, ansiando por um Epocler capaz de dar cabo de minha azia, das revoluções estomacais as quais me assolavam, e eis que a menina idiotizada, no seu melhor protoportuguês, escrevera para mim apenas "Quanto vc"— vê-cê, uma profissional do mercado editorial poupar-se de digitar duas míseras letras é deveras eloquente sobre o estado das coisas, vê-cê —, "Quanto é que vê-cê cobraria para revisar um original do meu livro de contos", ah então pensas que escreves, és uma alpinista editorial, "Quero apresentar para a minha chefe até o fim do mês", ah, Tatiana Fagundes, o vê-cê aqui não tem o menor desejo de ler tuas asneiras juvenis adornadas por todos os lugares-comuns que garimpas no dia a dia da tua profissão, contudo, minha cara, imagino que agora que farei este frila para ti, como disseste, ficarás menos ansiosa, terás tempo para ler originais e livros de estreia que repousam na tua mesa já há mais de três meses; penso que, inclusive, sem cobrar mais por isso, farei algumas observações além das ortográficas acerca do teu material, para que percebas o interlocutor, o homem de letras com quem estás lidando, e foi por isso que o vê-cê aqui te respondeu positivamente com um preço de ocasião, dado que receberás a qualificada análise de um romancista o qual te enviou e, Vinte?, lanço um olhar oblíquo, observo longamente o dissimulado rapaz atrás do balcão e quero saber se ele sonha em pagar apenas, Vinte reais por exemplar?, e não sei por que ele sorri, sim, na verdade sei por que sorri o mentecapto, porque imagina que me levará em sua conversa mole de vendedor de enciclopédia mal-intencionado, ofertando cinquenta por cento do valor de capa por cada exemplar de *Heranças dos mortos*,

$$20 \times 48 = \text{quanto isso vai dar e,}$$

e, Desculpe, sou forçado a dizer a este ordinário filhote de turco com paraguaio o qual já não mais sorri ao dizer-me que paga vinte mixurucas reais para ficar com QUATRO exemplares, vinte por um conjunto de livros, e gostaria de lhe perguntar o que está pensando, se me vê como uma viúva doída e desesperada e desprevenida desfazendo-se de memórias e bens do finado; se pensa, este vil comerciante, estuprador do desespero alheio, que se aproveitará de mim; sei bem, não possuo tino para negócios, isto deixo para o basbaque do Sérgio, entretanto carrego uma aguda perspicácia e, se ele pensa que, Desculpe não ouvi, e ele respira profundamente, ser repugnante, deve alimentar-se inalando a poeira deste cafofo miserável, isto não é um beco, isto é uma masmorra dos livros, e é melhor ouvir o que ele está a dizer para melhor contra-argumentar, o Maílson da Nobrega dos livros usados diz-me que não pode pagar mais do que isso porque, Mas os livros são novos, interrompo-o, e ele, com a cabeça, está dizendo-me que não, não o quê, os livros não são novos, vou mostrar-lhe um exemplar, entretanto ele é quem me mostra algo, chama minha atenção para a tela do seu microcomputador e, sim, vejo a página eletrônica de uma grande rede de livrarias, ah, sim, *Heranças dos mortos* não é comercializado por esta loja, tampouco pelas demais grandes, E ainda por cima é o primeiro livro deste tal Dornelles, ele diz, Este tal Dornelles, verás um dia o tal Dornelles, porém ele segue sua argumentação de rato de caixa-registradora, que dificilmente alguém procurará o livro do tal Dornelles, se não os comprar barato, os livros do tal Dornelles, não os poderá colocar em balaios, em ofertas, Então não é negócio pois as pessoas vêm aqui atrás de livros baratos, e sorri de modo abominável para mim, algoz sem remorsos, Meu caro: já recebi propostas melhores na concorrência, arrisco um blefe clássico, e este sujeito abjeto, sem o menor faro comercial, nem sequer folheou as primeiras páginas, nem sequer analisou a qualidade literária e, mesmo assim, está dando de ombros para mim, deixa-me à vontade, Já que o senhor teve ofertas melhores, ele diz e sinto-me febril, não nasci para este tipo de queda de braço pecuniária, como explicar-lhe que, em alguns anos, estas primeiras edições valerão dobrado, triplicado, não há como explicar isto a este hominídeo proficiente apenas em financês, dialeto sub-humano, és tão culto quanto Tinoco, apenas o balcão de um tem livros, o de outro, coxinhas, porém é possível que Tinoco dê mais valor às coxinhas do que este miserável aos livros, o que dizer, sinto-me chapinhando no lodo da decadência, não posso simplesmente aquiescer com esta bestialidade, o aluguel vence depois de amanhã, contudo isto não será argumento para o caríssimo e repulsivo tirano que me observa placidamente como se eu fora uma paisagem, sim, paisagem, sou uma praia paradisíaca para ele, imagina seus lucros enquanto me observa, só pode ser isso e diz-me, Fique à vontade para decidir vou atender o telefone, e lá vai ele extorquir alguém do outro lado da linha, vinte reais, apenas quatro livros, cinco míseros mirréis por cada,

$$48 \times 5 = 240,$$

quiçá eu possa propor-lhe então que fique com toda a caixa de livros por este ominoso custo unitário, já será alguma coisa, humilhante, é verdade, pornográfico, obscenamente humilhante, entretanto não posso esquecer: é nas livrarias de segunda mão onde circulam os verdadeiros amantes da literatura, não é nos shopping centers, nas grandes butiques de livros, lá estão as Tatianas Fagundes, os chulos que creem que sacolas de livrarias e grossos volumes coloridos embaixo do braço maquiam sua horripilante estupidez, aqui não, eu mesmo, nos tempos dos bancos acadêmicos, fui frequentador de sebos, era o que me restava, outros grandes leitores aqui circularão, é possível querer compreender este desconto aviltante como um investimento, aqui *Heranças dos mortos* alcançará as mãos certas, os leitores atentos, não os imbeciloides de barbichinhas e brincos e calças rasgadas os quais frequentam aquele antro da Palavraria, onde primeiro disseram-me que nenhum livro havia sido vendido em quase um ano, então, perguntados onde estavam meus livros, saíram-me com essa: No estoque. Quase lhes disse que exigia que os colocassem na vitrine naquele exato instante, porém o outro me perguntou se preferia retirá-los da loja, ora, vê-se que não sabe nada, meu bom hippie barbudo, dei-lhes uma chance, mês que vem retorno lá, contudo aqui, chamo o meu miserável Cointet, digo-lhe que Tenho uma

contraproposta, enquanto ponho minhas cartas na mesa observo
seu cenho franzir e, Não é um bom negócio para mim: não tenho
uma caixa nem de Harry Potter aqui, ele redargui com sutil ironia
e preciso manter meu controle, ora, Harry Potter, não faço ideia do
que seja esta asneira, contudo é inadmissível tal comparação, tenho
certeza disso, ele retoma a palavra, diz que me compra cinco livros
e, se eu quiser, posso trocar mais cinco, Por três daquele balaio,
aponta-me uma caixinha amontoada de livros. Vinte e cinco mirréis, dez livros a menos, preciso de uma bebida, de um bom Hilton,
isso já foi longe demais,

haverá um Fiódor, um Conrad, algo a
resgatar destes escombros literários,

acerco-me do tele-entulho, lanço um olhar de assentimento ao meu
verdugo, vejo-o, indiferente, contar meus trocados, venceste esta batalha, contudo outras virão, meu caro, outras virão, *Reader's Digest*,
Histórias de Quinta, Kate Walker, Edir Macedo, *Você pode mais do
que imagina*,

> **Testemunha: Sérgio Dornelles,** 50 anos de idade, casado, empresário, residente na rua Presidente Eurico Gaspar Dutra, 202, São Sepé.

J: Passo a palavra para o Defensor Público. **D:** Obrigado. Senhor Sérgio, então quer dizer que o réu, o seu irmão, ligou para o senhor na manhã do dia onze de agosto? **T:** Pois é, foi. Mas como é que eu ia imaginar? O mano, apesar de tudo, era família, né? Se a gente não acreditar nos nossos, vai acreditar em quem? Mesmo que... **D:** Sim, senhor, sim, senhor, o senhor está certíssimo. Mas quando diz que não esperava, que não podia imaginar que... **T:** Mas nem que eu tivesse bola de cristal, sabe? **D:** Mas então o senhor quer dizer que ninguém jamais imaginara que Edmundo pudesse fazer algo parecido com os crimes de que é acusado? **T:** Olha, tchê, é até difícil falar, porque é bem como eu disse: família. Eu sou um homem que bota a família sempre em primeiro lugar, mesmo o mano, que era assim, sabe, é como se diz, meio ovelha negra, né? **D:** Senhor Sérgio, o que o senhor quer dizer com ovelha negra? Uso de drogas, violência, o que fazia o senhor enxergar o seu irmão assim? **T:** Não, não. Ele era até quietão demais, sempre foi bom de copo, mas droga, droga, acho que não, nunca, e violência? Sempre no canto dele, mas também tinha essas vaidades intelectuais de grandeza, parecia que tinha colado um livro debaixo do braço dele, e querer estudar na faculdade em Porto Alegre, e ter lançado o livro, que nós fomos até a cidade prestigiar, sabe? Mas aí, né, nunca foi muito chegado a trabalho, vivia no mundo dele e... **D:** Podemos dizer que considera que seu irmão é um tanto desconectado da realidade? **T:** É, né. Um bagual que não trabalha, não quer ter família, acha que dá pra viver de papo pro ar, nas diletâncias, que nem o pai dizia, é um pouco, né? Teve tudo pra dar certo na vida, mas... Quem sabe como o mundo funciona bota a mão na massa, constrói sua vida, eu acho. **D:** Certo. E ele, por acaso, tinha momentos emocionais, passionais, demonstrava suas emoções, desabafava com o senhor, com a mãe dos senhores, com amigos de infância... **T:** O mano? Nem com máquina de raio X pra saber o que ia na cabeça dele. Para desabafar com amigos, primeiro tinha que ter amigos, né? Desde piá, ele era muito quieto, se enturmava pouco, não dava brecha, sabe? Acho que ele não falava muito não. Talvez com a Babi... **D:** Babi? **T:** A Bárbara, a pobre da ex-mulher dele, a gente está dando todo o apoio pra ela e... **D:** Certo, certo. Então podemos dizer que o réu sempre nutriu a solidão, um sujeito ensimesmado, amargando seus sofrimentos calado, incapaz de pedir o apoio nem sequer da família? **T:** É, às vezes até parecia nem gostar da família e olha que nós tivemos uma baita criação, um pai trabalhador, uma mãe que cuidava da casa, exemplos. **D:** Uma criação rígida? **T:** Claro. Não dá pra criar criança na rédea solta. **D:** Façamos um exercício: o que seu falecido pai diria se visse o que se passa aqui? **T:** Bah, acho que o pai, que deus o tenha, morreria de vergonha, se matava, nem sei o que ele faria, não foi para isso que nos criou. **D:** E criou-os para quê? **T:** Para sermos justos, honestos, trabalhadores, honrar o exemplo e o esforço dele e da mãe, ensinar isso pros nossos filhos. É como eu digo: ser homens com "h" maiúsculo, que é o mesmo de honestidade e de honra. **D:** Compreendo. Então, imagino que seria terrível para seu pai saber que Edmundo se entregava ou nutria fantasias extraconjugais com meninas menores de idade, que abominava a ideia de família, que fazia consumo exagerado de álcool e...

P: Meritíssima, pela ordem, o Defensor Público não está imaginando demais e detendo-se de menos aos fatos do processo? **D:** Peço desculpas, Meritíssima, porém creio que a excelentíssima, do alto da sua experiência, percebe a importância do exercício que estamos elaborando junto a uma testemunha fundamental, que privou da intimidade do réu por longos anos. Estamos, sem dúvida, tentando construir o arcabouço emocional do réu, desenhar suas motivações profundas, entender não só o fato. Mas a verdade do fato. **J:** Muito bem. Mas peço ao Defensor que procure ser um pouco mais objetivo, nem que seja pelo adiantado da hora. **D:** Certamente, Meritíssima. Seu Sérgio, olhando pelo viés do que vínhamos conversando, crê que seu irmão, pelas suas diferenças, poderia se sentir um sujeito pressionado? **T:** É, não era para ser, o cara teve de tudo, mas cada cabeça é uma sentença. **D:** Certo. Retomando o início da nossa conversa: o senhor recebeu, no meio da manhã do dia onze de agosto, uma ligação do seu irmão e... **T:** Sim, mas eu já disse, né, tchê, eu não tinha como... **D:** Claro que não. Fique tranquilo. Apenas quero que o senhor conte como foi a ligação. **T:** Bah... Se eu soubesse... Porque em primeiro lugar a família, mas a justiça também. **D:** E a ligação? **T:** Tchê, eu tava lá na loja, que eu tenho um comércio de veículos, grande, era do pai, hoje eu que toco, e a gente fica aberto até meio-dia no sábado, às vezes mais tarde, e é o olho do dono que, tá, então, daí me toca o telefone e vejo: número desconhecido. Mas a gente nunca sabe. Pode ser cliente, pode ser alguma coisa com parente, bom, atendi, né? E era o mano, bem louco, que precisava de ajuda. E já ajudei muito ele nessa vida, nem parece que eu é que sou o caçula, já sou meio calejado. Até nos últimos anos vinha dando umas duras nele pra ver se se endireitava, mas pau que nasce torto... então até fiz troça com ele, assim, quando ele pediu ajuda. Eu disse "Que foi, atrasou o aluguel?", ah, irmão tem essas liberdades, né? Mas ele me veio que precisava era de um bom advogado, que tava preso. A la fresca, ele disse que tava preso. E eu perguntei o que ele tinha feito, né, pra estar preso, e ele disse que tinha sido preso porque pegaram ele dirigindo no trago. Acho até que cheguei a dizer "Mas tu é um animal...", porque é muita burrice isso, não é? Irresponsabilidade. Beber e dirigir, com as blitz tudo aí, as propagandas de trânsito... sim, sim, então eu me segurei, porque também não ia deixar um cara que é sangue do meu sangue, que talvez tenha dado mais azar na vida, não sei, ficar preso assim. Falei "Te acalma", que a coisa não era de advogado, se ele não lia os jornais, que era só pagar a fiança e se acostumar com a ideia de que ia ter que andar de condução por uns tempos, o que não era mau. Aquele uninho dele, meu pai, tava que tava, batendo biela. E olha que eu oferecia desconto, financiamento e o teimoso não me queria investir num automóvel moderno, seguro... **D**: Senhor, a ligação? **T**: Bah, então. Falei tudo isso e aí me veio a facada: que não era simples assim, que não tinha como pagar a fiança, que ia precisar de um bom advogado de qualquer jeito, e então eu disse "Seguro mais essa pra ti. Mas tu te endireita, né, animal?" e peguei essa coisinha aqui, que com esses telefones, esses mais modernos, mais novos que nem esse, não, até na época eu tinha outro, mas já era bem moderno, então, peguei o telefone e transferi na hora pra conta dele uns mil reais, tu faz isso na hora com esses telefones. E livrei a cara dele sem saber que tava quase ajudando, meu pai, um assassino, né? **D**: E depois desligaram? **T**: É, ele ainda disse que queria o número do meu advogado, que ia precisar, mas eu não ia meter o Pereira em bobagem e ainda ter que pagar pelo processo dele, eu não sabia. Eu não sabia. Ele já tinha certeza de que a coisa ia estourar, né? **D:** Ninguém sabia. Apenas ele. Aliás, é difícil saber o que vai na cabeça do seu irmão, não é? **T:** Nem me fale. **D:** Mas me diga, vocês se conhecem desde sempre, há coisas que só um familiar pode medir. Então me diga: na voz dele, no jeito de falar, tinha algo de diferente? **T:** Não quero ser engenheiro de obra pronta, mas claro que tinha. Hoje é fácil falar. O mano tava muito mais alterado do que o normal dele, mas eu já tava por aqui com ele, então, nessa hora, sabe como é coisa de irmãos, né? Depois o cara para, respira e vê: o outro tava desesperado. **D:** Fora de controle? **T:** Talvez sim. **D:** O senhor já havia presenciado ou escutado o seu irmão neste estado? **T:** Bah, acho que não. Não sei. Já tivemos nossas diferenças, irmãos, né? Mas ele tava que tava. **D:** Fora de controle? **T:** É, fora de controle. **D:** Meritíssima, não tenho mais perguntas. Obrigado. **J:** A promotoria tem a palavra. **P:** Muito obrigado, excelência. Espero ser breve e creio que serei. Seu Sérgio, boa tarde, boa noite... a gente perde a noção do tempo aqui nesta casa... **T:** Pois é... **P:** Mas, seu Sérgio, diga-me só o seguinte: seu irmão já foi violento alguma outra vez? **T:** Desse jeito não, bem capaz. **P:** E de outro jeito? **T:** Assim, de fazer barbaridade, bater em alguém, que eu me lembre não. **P:** Descreva a personalidade do seu irmão. Um sujeito impulsivo? O senhor falou em "ovelha negra da família", ele se desgarrou cedo do lar, foi um arroubo, botou as malas na rua e se foi? Da noite pro dia? **T:** Ah, não. O mano sempre foi metido a intelectual, sabe? Bah, quando o pai se deu conta... **P:** De quê?

T: Que o mano tinha dado uma curva nele. **P:** Fale mais. **T:** O mano vivia comendo batata e arrotando caviar, que São Sepé, como é que ele diz, é... provinciana e tal e tal, que tinha que ir pra Porto Alegre, isso era no final dos anos setenta, a gente era guri. E aí encheu o pai de orgulho dizendo que ia ser doutor, advogado, passou no vestibular da Federal e tudo, mas quer saber? Acho que ele nunca entrou numa sala de aula. Nunca advogou, nem fez a prova da OAB e não deu satisfação, sabe, sem emprego, vivendo de bicos. O pai se sentiu muito traído naquela época. **P:** O réu preparou tudo? Pacientemente? **T:** É o que eu acho. **P:** Diria que foi ardiloso? **T:** É, né, acho que dá pra dizer assim. **P:** E lembra de outros comportamentos semelhantes, calculistas, do seu irmão? **T:** Tchê, vários. **P:** Por exemplo? **T:** Deixa eu ver um, bah, o último ano-novo que ele foi passar com nós, lá em Arroio do Sal, eu tenho uma casa de praia bem grande lá, faço uns festão, gosto de abrir a casa, sabe? Receber amigos, então, ele não ia há anos, e, de repente, foi. Ficou lá, o feriado inteiro, sem reclamar, mas no final, veio, como quem não quer nada, comentar do preço da gasolina, que foi para lá por causa da mulher, para alegrar a mãe, que estava apertado, falou mais da mãe, e eu, puxa, tenho coração grande, dei um cheque pro sacana, o senhor vê? Foi lá, emocionou, abraçou e depois mordeu. **P:** Então ele sempre preparava tudo? O senhor relatou, está nas folhas noventa e oito e nove, que ele vinha lhe fazendo telefonemas estranhos... **T:** Ah, pois é. Fico até meio assim de falar na frente da Babi... **P:** É importante, por favor. **T:** Eu sei. Então. Ele vinha, de vez em quando, especialmente em sexta-feira, me ligando. Dizia "Mano, se a Babi ligar estou na tua casa, mas não posso atender, dá uma desculpa e me avisa que eu ligo pra ela", essas coisas, e eu perguntava "Mano, que é isso, cara?", mas ele dizia que não podia explicar, era urgente, bem, a gente sabe o que ele tava fazendo... farra... as guriazinha... pobre da Babi, uma mulher tão bonita, tão boa. **P**: Então ele, mesmo para saciar sua paixão e seus desejos, era meticuloso assim? Cheio de artimanhas e preparações? **T**: Tchê, dá até nojo pensar nisso. Mas sim. **P**: Sem mais perguntas, Meritíssima.

MEMÓRIA MARCADA, 29 DE SETEMBRO DE 2007

Vínhamos em uma trégua, de certo modo, agradável, feita de silêncios, respeito mútuo, porém a bonança se foi, não é, Babi, e, entretanto, percebo, decodifico-te, de algum modo ainda tentas transformar-me em pai, nem que seja o teu pai, é isso, Babi, ora, em pleno sábado fazer-me pegar o carro e dirigir até o Moinhos, conseguirei chegar lá com esta gasolina, terei de conseguir, nego-me a abastecer, tu que o faças, não irei eu enfrentar prejuízos com combustível porque enfrentas crises de idade e pintas o cabelo e reclamas que não reparei e agora, para garantires que comentarei tua estupidificação, telefonas-me,

Ed vem me buscar por favor
no estúdio de tatu,

tinhas a voz chorosa, não conseguias andar por causa da dor provocada pela tatuagem na panturrilha, ou na canela, ou no joelho, que sei eu, entretanto o que pensavas, que estes selvagens te fariam cócegas na pele, agulhas, perfuração, és o quê agora, dona Bárbara, uma adolescente retardada, e por que não fizeste isso mais perto de casa, para que nos meter em pleno Moinhos de Vento, deves estar despendendo uma fortuna para isso, e estas ruazinhas bodosas repletas de árvores para o orgulho dos burgueses miseráveis de Porto Alegre, não se enxerga uma infame placa que informe o nome destas ruelas, por que vir aqui fazer uma tatuagem, vou ficar dando voltas neste labirinto filisteu e vou acabar sem gasolina porque dona Babi precisa Renovar o visual,

re-no-var,

não consigo perceber o que vai — além de vento — pela cabeça da mediocridade reinante nas estatísticas desta terra, estão revendo uma culpa ancestral em relação aos índios e agora querem todos virar bárbaros, pintando as peles, marcando-as?; e para quê?; se ainda fossem para uma guerra, uma guerra civil não ia nada mal neste país, metade da população morta, era um país duas vezes menos pior, contudo não haverá guerras, fazem essas "tatus" porque Têm significado; Tem que ver que linda é a da Joana; Têm uma beleza diferente; porque não têm nada dentro da caixa craniana, poderiam usar o crânio como gaveta que teria melhor uso e, por Nietzsche, acho que passei da rua, vou dar uma ré e Não buzina, troglodita motorizado, ah, esta populacha com estas camionetas hipertrofiadas e suas mentes hipotrofiadas, houvesse gasto o dinheiro deste teu tanque de guerra em leitura e, Será que podes parar por obséquio com este sinal de luz? Não vês que meu automóvel apagou e já vou avançar já vou?, e, ah, pegou, ele ainda buzina quando me ultrapassa, e darei a volta na quadra e onde estará este estúdio de tatu?, es-tú-dio de ta-tu, estamos realmente à deriva, estúdio, é? Gravar letras japonesas em adolescentes atrasados mentais agora é um exercício artístico, sim, dado o que se lê, o que se assiste e o que se pretensamente pensa, sim, sangrar e borrar corpos será arte e será uma epopeia estacionar neste gueto de luxo, neste bairro janota, compram carrões, mas não fazem garagens, Moinhos de Vento, só de respirar o ar daqui o sujeito já tem de pagar mais caro, Babi conseguiu-me fazer tatuagem no Moinhos de Vento, agora punks, marinheiros e prostitutas se misturam a poodles, narizes empinados e perfumes franceses, ora, com estas árvores não consigo ver se vem carro, em breve outro hominídeo motorizado buzinará, porém não há como avançar, neste lusco-fusco, estas árvores todas, como ver se vem outro automóvel, ah, para os diabos, se quiserem, podem buzinar, esperneiem, chorem,

vou acender meu Hilton e depois avanço,

sim, Babi, sentirás cheiro de cigarro no automóvel; não, Babi, não vou gastar meu dinheiro com frescurinhas para perfumá-lo, o veículo é meu, está em meu nome, lembras, antes de meu pai falecer, retirei-o na revenda, ah, quantos maços de Hilton terás enterrado neste teu modismo tribal, Babi, já posso antever, em pouco tempo, nesta tua crise, eterno retorno à adolescência, aderirás também à moda bovina de argolas no nariz, na barriga, nas tetas, finalmente os tupiniquins estão descobrindo sua identidade: quem não é índio preguiçoso é gado, quando não são as duas coisas, marcando-se com ferro, enfiando brincos nas fuças, ah, o dinheiro é teu, Babi, tudo bem, funcionária concursada bem-sucedida, contudo, se queres rejuvenescer e surfar modinhas que vês na televisão a cabo, por que não botas uns bons silicones, quem sabe assim não fazemos um pouco mais de sexo, como tu reclamaste que não temos feito há tempo, por Nietzsche, por que aquiesci quando vieste com este plano de telefonia móvel, Podemos ligar de graça um para o outro e o segundo telefone vem de brinde para ti, brinde, brinde para ti que agora me ligas a cada sístole, a cada diástole, não atenderei, Babi, disse que iria te buscar e estou indo, Luciana de Abreu, não é esta rua, talvez a próxima, este bairro fede à burguesia esnobe,

só falta ser extorquido por um flanelinha
o qual deve faturar mais do que eu,

não sairei do carro, ficarei entrincheirado, não darei cigarro, nem moeda, nem assunto para a profissão mais antiga do Brasil, bem que podias era ter ido de novo com as amigas na Bienal do Mercosul, Babi, foste com as-gurias, voltaste tarde, a casa silenciosa durante a noite, teria sido perfeito se depois evitasses teus comentários sobre arte contemporânea,

Bi-e-nal do Mer-co-sul,

isto não existe, primeiro que o Mercosul não existe; segundo que não existe arte aí, oh, os grandes mestres devem cravar-se pincéis no peito a cada exposição como esta, desde que aquele francês retardado engabelou a intelligentsia expondo uma patente, o resultado foi o previsível: excremento. Ah, instalações. Instalação é encanamento do banheiro, esta bienal só serve para apaziguar as boas consciências culturais da mediocridade reinante, vão lá, fotografam-se diante de atrocidades estéticas e depois arrotam com os amigos nos, ah, happy hours, arrotam seus adjetivos caninamente treinados, instigante, impressionante, interessante, instiganta, impressionanta, interessanta, isso sim, meus caros, e Hilário Ribeiro: é esta a rua e nem vou procurar o número, já vou parar aqui mesmo, não há onde estacionar, Babi que faça algum esforço e venha ao meu encontro, ao menos a gasolina durou até aqui; não sairei do carro, o flanelinha que vá catar coquinho, assaltante socialmente aceito, vou buzinar para Babi vir logo; não, não buzino, posso alertar um flanelinha; porém, não, não vou buzinar; agora que devias ligar, não ligas, Babi; quando ligares, aviso-te que cheguei; todavia espero que tua ansiedade aguarde os minutos de um bom Hilton.

MEMÓRIA PASSAGEIRA, 21 DE JANEIRO DE 2008

A matemática é muito simples: se tomas um ônibus para São Sepé, despendes quatro horas inúteis da tua vida, quiçá ladeado por um estandarte da sub-raça brasileira sequioso por vomitar lugares-comuns como se teu ouvido fosse o saco de vômito do veículo, gastas, é claro, o valor monetário exagerado, diria repulsivo, destas passagens, contudo ainda um crime menor que o praticado pelos postos de combustíveis, aquilo não são bombas de gasolina, são pistolas que te apontam e te fazem dares tudo o que tens, e desperdiças portanto horas rodando em um ônibus fétido e suarento, cinquenta mirréis ida, cinquenta volta e tens o quê nesta equação: o choro, as lamúrias, a vitimização de tua mãe, o sorriso basbaque e compungido do teu inexplicavelmente irmão que está Segurando essa barra tremenda, e toda aquela atmosfera de cobrança que deveria fazer repensar se a cidade deveria mesmo chamar-se São Sepé e não FMI. Então tu não vais, e qual o resultado: não gastas dinheiro, não perdes tempo, não azedas tua bílis e tua mãe chorará de toda sorte, quiçá por telefone, quiçá em silêncio, represando as lágrimas para quando a ovelha negra decidir pastar no capim seco e pútrido daquele deserto. Choro por choro, fico no lucro aqui, e o tumor já foi retirado, não retornou

afinal de contas, ir ver o quê, fui, vi e perdi?, para que tanto drama, já
não há mais doença, dona Cida perdurará mais do que todos nós, é tua
sina, e ir até São Sepé neste momento talvez apenas ajude a antecipar
tua tarefa de me enterrar, não sabes o desgosto que me dá pensar neste
faroeste sem cowboy ou saloon, somente desolação e abandono,

Pensando bem, mocinha,
não precisa dos bilhetes,

e a robotizada, mera operadora de caixa de rodoviária, olha-me de soslaio, com certa repulsa pela minha desistência, como se julgasse minha
relação com meus parentes, ou como se eu comprar ou deixar de comprar pudesse tornar um átimo mais nobre ou edificante esta ignóbil tarefa de contar dinheiro alheio, imprimir passagem alheia, e, de próprio,
apenas conquistar varizes diárias enquadrando o traseiro nesta desconfortável cadeira, diga-me, mocinha, se eu comprasse mil passagens,
tu serias mais feliz, farias algo de que te orgulhas, então enfia este aparelho dentário infantiloide, este olhar oblíquo e dissimulado, neste traseiro quadrado e lembra que é numa cadeira velha que estás sentada, não
em um pedestal, eu te miro de cima a baixo física e metaforicamente,

Boa tarde,

dou-lhe as costas sem verificar se me respondeu qualquer coisa, ou
se me amaldiçoa, não irei a São Sepé, não carpirei quem já goza de
saúde mais uma vez, e mesmo que estivesse enferma, sou médico

agora, não sou, não sou, não compactuarei com os rituais idiotizados e protocolares que regem as famílias, não irei, vou é satisfazer-me de ter economizado cinquenta mirréis de ida, cinquenta de volta,

Quantos Sedex cabem neste valor?,

o ideal seria ter dez, vinte vezes esse dinheiro na mão e ir em pessoa entregar os pacotes, estas pesquisas de opinião só podem ser forjadas: Correios, a empresa mais confiável do Brasil. Um: que não há nada confiável no Brasil, isto é ser menos pior; dois: que preciso ter certeza de que o material chegará às mãos da idiotizada da Tatiana Fagundes, o Tinoco que me perdoe, contudo vou sentar num destes asquerosos limbos onde os retirantes do inferno aguardam seu retorno compulsório e derrotado às tantas São Sepés, não irei, sento neste antro, diviso seu aspecto nauseabundo, estes personagens amputados de *Vidas secas*, embaçados, brasileiros, enfim, tomarei uma cerveja, acendo um bom Hilton, preciso oxigenar minha máquina neuronal, ah, mas como não me flagrei há três, quatro meses, és um desfavorecido mental, Edmundo, Companheiro: uma cerveja, envias as revisões do original de Tatiana, esforças-te para agregar qualquer coisa elogiosa àquele purê de hospital, e perguntas se ela não tem nada a dizer sobre teu *Porão sem fim*, e então recebes respostas apenas acerca dos dois primeiros tópicos, ah, pessimista que és, o que pensas?, que ela te ignorou, Dá-me uma coxinha também, ah, por Nietzsche, houvesse feito lá em setembro o telefonema que só fizeste em dezembro e já saberias que as pesquisas sobre a confiabilidade dos Correios são acintosamente mentirosas, campanha política do nosso analfapresidente, Correios, Petrobras, Banco do Brasil, ah, e os índios todos batendo tambor para o mandaotário da nação,

Cara: acho que extraviaram
teus envelopes,

a Tatiana disse-me, e relatou que ocorre com frequência, e não irei a São Sepé, meu livro irá ao Rio de Janeiro, gastarei uma fortuna com Sedex, porém poderei controlar pela rede mundial o trajeto dos pacotes, ah, se soubesses isto antes, pagas mais caro porque és estúpido, Edmundo, e o que tu preferes, mãe, por acaso não preferes que se porventura eu aparecer um dia nesta chácara emancipada, que eu chegue com o semblante bem-disposto de quem viajou com o dinheiro dos direitos autorais, empurrado por boas resenhas, pelo reconhecimento, queres o retorno de um vencedor, capaz de te animar, ou de um sujeito ensimesmado, encurvado de problemas e tensões, pois bem, dona Cida, aguarde,

Rua Paes Leme, 72/508, Botafogo,

amanhã mesmo envio *Porão sem fim* para o endereço da Record e para a rua Paes Leme, 72/508, Botafogo, receberás em casa e no trabalho, Tatiana, tenho de dar o braço a torcer, a internet traz certas facilidades, surpreender-te-ei, Tatiana, com minha sagacidade e tenacidade, e mais ainda com o caudaloso e denso romance que terás em mãos, quiçá esteja aí o grande romance brasileiro para dar fim a esta pasmaceira deste país viciado em fatos reais. É no televisor — para onde todos os obtusos desta espelunca direcionam seus olhares vidrados —, é nas revistas acéfalas que Babi traz do seu serviço público, mas, sobretudo, Companheiro: mais uma cerveja; Tens Hilton?, sobretudo no que se convencionou chamar de literatura nestes tristes trópicos, afinal, autoficção, reality show, baseado em fatos reais, deem-me uma semana e escrevo um diariozinho da minha vida, produzo quarenta livros por ano com tal tipo de exigência, porém minha úlcera pouco arde para os anseios de vocês, acaso Fiódor preocupou-se em algum momento com o desejo dos leitores, ou Honoré, ou Joseph, Erico; houvessem se preocupado e não os conheceríamos, teriam produzido essa literatura milhopan a qual se esfarela, dissolve-se ao menor contato com o mundo, feita para esquecer sem esforço e, Esquecer Sem Esforço: deveria estar no lugar da Ordem e do Progresso na flâmula verdamarela da republiqueta; ordem e progresso, meus caros, nunca se viu, nunca se verá, país dos correios, da bolsa para vagabundo, eu também quero dinheiro, ah, É para os miseráveis, como se brasileiro e miserável não fosse uma enorme redundância, brasileiro, logo miserável, do bolso, das ideias, do destino, vivemos todos abaixo da linha de pobreza intelectual, vide o que recebe espaço nos folhetos diários de notícias, tudo o que revisei ao longo do ano passado, os livros mancheteados e premiados para o orgulho da ignóbil da Tatiana que não perde por esperar, balaio de estultices, umbigólatras, disparates, autobiografias covardes, todo personagem necessita portar CPF agora, a imaginação deste país é que tem seu próprio documento: certidão de óbito; Mas por que Sérgio está me ligando, não atenderei, maninho, guarde tua voz grave para vender um Palio um ponto zero para algum colono saossepeense, vou baforar meu Hilton,

apesar de tudo, apesar dessa espelunca
que enverniza minha pele de gordura,

apesar dos humanoides vidrados na tela feito peixes no vidro de um aquário, apesar dos correios, apesar da família, eu que não sou dessas coisas sinto algo positivo, um frisson, um estremecimento, Camarada: mais uma cerveja, as ideias ajustam-se, por que não trouxe um caderno, olhando em perspectiva para o ano da provação que foi

2007, chego a pensar que bati no fundo do poço, um ano de silêncio sobre meu *Heranças dos mortos*, de acidentes postais, agora é chegada a vez de minha estrondosa desforra: essa gentalha adora uma moda e quiçá isto explique o estrume cloacal que nos inunda, é uma moda e moda é passageira, pode ser que neste momento, em alguma editora deste país, uma luz, nem que seja vermelha, esteja acendendo-se: romantismo passou, realismo passou, arcadismo passou, modernismo passou, por que não 2008 ser futuramente estudado como a pá de cal sobre estes diários elevados a literatura e o retorno à grande arte da ficção? É verossímil crer nisso; Tatiana, mesmo a idiotizada da Tatiana, abrindo o envelope, lendo as primeiras linhas, enlevando-se, deixando-se conduzir pela imaginação, deliciando-se com a profundeza de pensamento, de sentimento que só a ficção provoca, e então se perguntando que me importam histórias em quadrinhos, que quero eu saber se meus escritores têm filhos com problemas, pais baderneiros nos tempos dos militares, são toxicômanos ou o quê? Há de haver algum outro neurônio vivo nesta zona de guerra fantasiada de país que não sejam os meus.

AFOGANDO MEMÓRIAS, 12 DE FEVEREIRO DE 2008

Tu que reclamas que não possuímos condicionador de ar, tu que lamentas não irmos ao litoral neste verão injusto, tu, tu, minha cara, então puxas o lençol e te cobres até o pescoço e indagada por que fazes isso, dizes que tens frio, ah, Babi, quem te viu quem te vê, nasceste na menopausa, aquela tua psicose maternal, aquele cio de anos atrás, foi apenas um mínimo parêntese, se visses como estavas patética puxando o lençol, ignorando meu desejo duro e latejante, murmurando que sentias frio e estavas cansada, ora, eu acabara de chegar do Tinoco's, depois de um dia revisando *Todos eu*, mais uma asneira com que a minha Record brinda-me, depois de aturar meus borrachos por horas, eu também estava exausto, porém te vi na cama, não és mais a mesma de quando nos conhecemos, mas qualquer coisa revolucionou meu sangue, direcionou-o ao meu pênis, quis tocar-te, toquei-te, Babi, porém tu deste-me as costas, toquei tuas nádegas e tu defendeste-te com o lençol numa noite que só pode ter quarenta graus,

Olha quem voltou,

O Do-boné-da-Goodyear-e-bigode retorce a lesma sebosa que traz no lugar da língua, ergue seu copo de qualquer coisa, como se estivéssemos em um evento, não sorrio e isso pouco me importa, a eles também, a essas alturas do campeonato alguns ignóbeis aqui veem o que querem, se desejarem crer que sorri ou que entrei dando piruetas acrobáticas, assim mentalizarão, enraizados no canavial, nem sei por que aqui estou, sim, aquiesço para o sobrinho de Tinoco, quero uma cerveja e que venha gelada, tento dizer-lhe com um olhar severo, Tinoco acaso percebe que seu sobrinho é um pederasta de marca maior, brinquinho, tatuagem, este cabelo arrepiado e descolorido, observa-me enquanto pego a cerveja, não sou desses, pervertido, não sou desses que depois dos cinquenta começam a procurar novas diversões, bancam gurizinhos desviados como tu, olho para Tinoco, Tinoco retribui-me o olhar, não ponho a mão no fogo por Tinoco, ah, Babi, durante dois anos da nossa vida, converteste-me em um coelho reprodutor, e quando enfim te desejo, cerveja choca, porém é o que há para apaziguar minha bílis, devia ter tomado um Epocler antes de sair, já faz dez dias que o site dos Correios registrou a chegada de meus envelopes no Rio de Janeiro, contudo a desocupada da Tatiana está de férias, Mensagem automática de férias,

O quê,

o Funcionário-de-cartório baba algumas palavras para dizer que não me entendeu, eu é que não o entendo e friso isto com um olhar de dúvida, ele retruca que falei com ele, ah, meu caro, diz-me, por que eu falaria contigo, diz-me, crês que somos amigos, é isso, estou querendo esganar Babi, terei que me masturbar quando voltar para casa, esta cerveja só não está mais quente que esta cidade esquecida pela sorte, o pederasta do sobrinho do Tinoco olha-me de novo, ah, indaga-me se quero mais uma, que seja, quero sim, traga-me logo um engradado, veadinho, e o quê, o Funcionário-de-cartório insiste em travar um diálogo comigo, acho que está falando do calor, ah, por obséquio, que tal inscrever-te em um concurso de criatividade e originalidade, às duas e quinze da manhã de uma noite de quarenta graus e pretendes angariar minha cumplicidade falando do calor, eu devia é ter ficado em casa lendo um bom Fiódor, porém de que jeito, Babi conseguiu ferver minha úlcera mais do que esta cidade infernalmente localizada no mundo, balanço a cabeça afirmativamente para o papagaio dopado à minha frente, Tinoco deve estar servindo-lhe fluido de bateria em vez de cachaça, não para de falar e balbuciar lugares-comuns, o menear da minha cabeça é como uma corda que alimenta seu moto-contínuo, não sei o que fazer, se estivesse com papel e caneta poderia anotar suas asneiras e publicar um compêndio do frasário da populacha nacional, acendo um Hilton, sorvo longamente o calor bom, o único calor bom é o deste cigarro potente, crepito por dentro e lanço uma baforada, quem sabe intoxico o papagaio alcoólatra, quem sabe ele deixa de me ver com esta espessa nuvem entre nós dois,

e era o que faltava nesta noite desprezível,

tapinhas nas costas, olho para minha direita e observo o Taxista-só--pode-ser-taxista em atitudes de camarada comigo, espero que este palito espete tua língua antes que termines esta frase mal-ajambrada que me direcionas, ou que te engasgues, humanoide repulsivo que me pergunta O que conta, o que conto eu, ele quer saber o que conto eu, certamente não terá prazer ouvindo minhas pequenas inglórias, vocês querem é uma boa história, não tenho escrito nada ultimamente, tenho estado ansioso com este contato decisivo com Tatiana, porém, por que não, digo-lhe que se conseguir uma cerveja verdadeiramente gelada, tenho uma novidade para contar, perguntam-me o que é, e digo-lhes que é a história de um primo meu que foi destacado pela Marinha para embrenhar-se rio Tocantins acima, em busca de um almirante que desaparecera e, diziam, enlouquecera, pergunto-lhes se conhecem algo sobre Tocantins, eles nada sabem, como era de se esperar, o Do-boné-da-Goodyear-e-bigode arrasta seu banco mais para perto, acho que sorri, arrisco dizer que,

se não conhecem Tocantins, saibam
que é o coração das trevas,

admiram-se os macacos ignorantes, repetem coração das trevas, descobriram o fogo, surge a cerveja, espero, gelada, sorvo um longo e razoável gole, um livro se passando no Brasil, porém inspirado em Joseph Conrad, seria plágio, seria?

MEMÓRIA FULMINANTE, 2 DE NOVEMBRO DE 2008

Minhas ilusões não foram perdidas, quase as deitei fora, o silêncio de quase um ano, as evasivas, Estou super sem tempo, Edmundo, tenho que viajar pra lançar meu livro; Cara: primeiro vamos resolver essa revisão que é urgente; Não, não, não me esqueci do seu livro, Edmundo; e a fatura de telefonia avolumando-se, me sufocando de trabalhinhos para vencê-la, *O modernismo brasileiro sob uma ótica pós-estruturalista; Uma tipologia da pornochanchada; O ensino da matemática em séries iniciais no ambiente tecnológico: perspectivas e avanços; O cheiro dos dias,* livreco, *neste ousado romance, o autor trava uma luta que;* e Babi, que bem poderia auxiliar-me neste momento de penúria, só fazia indagar acerca das ligações de longa distância, por quê, para quê, e não iria te explicar qualquer coisa, Babi, não te daria a chance de ecoares os teus Não me vem com mais um livro; Ainda não tirou essas caixas daqui, pois tirei sim algumas, aos poucos vou oferecendo meu primeiro romance aos leitores, distribuindo-o pelos sebos da cidade, contudo, o fundamental: o que tens tu com isso, Babi, ou com os juros do banco ou com qualquer dívida que eu faça, senhora muy bem paga pelo poder público, amasiei-me com uma burocrata, quem diria, entretanto, isto é passado, encontro-me agora suando por todos os poros do corpo, suar até a desidratação extrema, eis o símbolo maior de Porto Alegre, suar em qualquer momento, assim encontro-me defronte a um símbolo menor da capital,

Casa de Cultura Mario Quintana,

não passas de puxadinho bodoso, é difícil perceber o que foi hotel, o que é andaime, eis a tradição cultural desta vila provinciana: remendada e perdendo reboco e necessitando uma demão para maquiar sua falência, homenagear um escritor com um espaço destes é, na melhor das hipóteses, um infame jogo de palavras: homenageamos tua obra com uma obra, eterna reforma, deveria chamar-se Puxadinho, Maloca, Cortiço de Cultura Mario Quintana, lugar nojento, repleto de hippies sujos, pseudointelectuais, quiçá seja a derradeira provação,

Por que não tomamos um
café na Mario Quintana,

a idiotizada, a qual talvez até possua um mínimo faro literário, propôs, porque ela considera nossa feira do livro Bacanérrima, porque lhe disseram O café é supercharmosinho, porque eu não vou discutir estas miudezas, detenho-me em questões maiores, sou um autor de romances, por mim dá igual ser o nosso encontro no café bacanérrimo da superincrível feira ou no depósito de bêbados do Tinoco, quer dizer, creio que ela vá pagar, ela propôs o encontro, ela disse achar Genial essas oportunidades de estreitar os laços com nossa equipe, ela acenou com a possibilidade de me apresentar os autores aos quais ela serve de babá e os quais, como boa babá, orgulhosamente chama pelo primeiro nome, a Tatiana, o Luiz, a Márcia, o Heron, essa caterva cujos títulos, de alguns, tive o desprazer de ler profissionalmente e me causam calafrios na espinha, e, pelo visto, frio na barriga desta subadolescente da Tatiana Fagundes, ah, porque Vou autografar do lado deles, e está Nervosérrima com esta Oportunidade, seria repugnante este evento todo, vir encontrá-la, este papo-aranha ensimesmado, seria asqueroso, se não fosse este o veículo da boa-nova, quiçá a melhor ideia seja eu subir pelas escadas até o café bacana, enfrentar o mofo das escadas, ou o risco de despencar de um elevador neste Escombro de Cultura Mario Quintana, porém quantos lances terei de galgar, se suar mais um pouco, suo minha bílis, meu sangue, de onde sai tanto líquido, quantos lances de escada?, observo um sujeito negro, parrudo, de terno, deve ser o segurança, segurança não sei de quê, das valiosas traças, das goteiras daqui?, aproximo-me do armário e pergunto-lhe se sabe qual o andar onde se localiza o café, e, país deturpado, a gentalha não só é analfabeta, como é disléxica, o Mohammed Ali engravatado não consegue dizer-me uma palavra inteligível, insisto, vontade de acender um Hilton, sinto minha camisa grudar no suor dos sovacos, dia infernal não fosse um grande dia, e o imbeciloide começa a falar sílaba por sílaba como se eu fosse o retardado em questão, ele diz que

Desculpe

não

posso

ajudá-lo

sou

de

Moçambique

estou

a

esperar

meu

agente

literário

perdi-me

dele

e

tenho

de
proferir
uma
palestra,
penso não haver compreendido, indago-lhe se afinal não é segurança
desta josta, e ele responde-me com um sorriso deveras arrogante que
não, diz ser escritor, mostra-me orgulhoso um livro com seu nome
tribal na capa, a vontade é mandar-lhe longe, nem que seja para o seu
exótico país, vá autografar para suas girafas e rinocerontes, Sidney
Sheldon das Savanas, no entanto ele estende-me sua manápula preta,
aperto-a apressado,

Prazer, Edmundo Dornelles, estou atrasado
para um compromisso importante,

importante para mim, para a literatura, para as letras do país, para
a Editora Record, não apenas para meu ego de escritor-palestrante
vindo de uma tribo africana, meu Nelson Mandela, e isto não é um
elevador, é uma gaiola, são apenas sete andares, apenas sete andares,
sete andares, não dará tempo de esta gerigonça enguiçar e fundir com
minha vida, como é que este equipamento ordinário consegue ser tão
lento, Mario Quintana em pessoa, arrastando-se degraus acima, che-
garia mais rápido no topo, olho para a ascensorista como se ela pudesse emprestar-me qualquer informação para aliviar os suplícios desta
procissão de solavancos, ela ignora-me, solene, piloto, comandante de
elevador, eis teu alto posto, guria, um aleijado pode fazer teu trabalho,
sabias, e um estalo; um estrondo terrível; apalpo o bolso; tenho um
suprimento de Hilton para uma emergência; por que estamos parados, olho novamente para a aeromoça de elevador, como a lhe perguntar E então, se é um sequestro, diz-me logo, mentecapta, ela abre
a boca, pastosamente diz Sétimo andar, observo a porta do elevador

lentamente abrir-se, como se em dúvida, como se pensada por um romancista de talento para aumentar a expectativa do instante por vir, pronto, adeus, astronauta de elevador, divirta-se com suas missões microespaciais, pilote seu cubículo altaneira, vou encontrar-me com minha futura editora, que também não prima pelo brilhantismo, ora, marcar nosso encontro aqui, em um espaço aberto,

deve querer ver o espetáculo do pôr do sol

esses bichos-grilos merecem guilhotina, de onde tiraram que o pôr do sol é qualquer coisa que deva ser admirada, apenas um estágio da natureza, neorromânticos de meia-pataca, bocejos, flatulências, arrotos, acontecem todo dia também. Esgoto também, vamos aplaudir o esgoto?, e as mesas estão lotadas, quiçá a maior densidade de ignomínia por metro quadrado esteja aqui reunida, e eu acabo de desnivelar o cálculo com minha presença racional e sã, observo o típico platelmintus-portoalegrensys, tu, aí, sentado, tomando um chopinho, imagino bem o que vais dizer amanhã no teu empreguinho medíocre, que bah, vieste à feira, viste os jacarandás, compraste um best-seller hediondo que jamais lerás, comeste pipoca, engorduraste alguns livros e terminaste teu périplo porto-alegremente correto admirando um pôr do sol genial, ou espetacular, ou incrível, ou qualquer um destes adjetivos que não pesam antes de cuspir para classificar uma novela da Globo ou um rotineiro evento astrofísico, ah, todos aqui apaziguando suas conscienciazinhas fúteis, dando um lustro na uva-passa que boia na lama que carregam na caixa craniana, e eu, aqui, em plena maior feira do livro a céu aberto da América Latina, sirvam nossas façanhas, com a camisa colada de suor nas costas, procurando a desprivilegiada mental da Tatiana, preparando-me para a ideia de tomar um café debaixo de duzentos graus, asfixiado por um mormaço criminoso, acalma-te, Edmundo, hoje pode ser um dia digno de nota na tua história, por que é que Tatiana marcaria um encontro presencial, se podes enviar revisões pelos correios, se não tens amizade com ela, se, e quem será ela, isto está apinhado de entre-aspas-gente, será que se pode fumar aqui, sim, é um espaço aberto, há que se ter algum ganho em se escaldar, em lentamente se imolar esperando o espetáculo do pôr do sol mais lindo do mundo, ah, Porto Alegre, és uma Cachoeirinha fermentada, um furúnculo de Viamão que ganhou vida própria e Tatiana deve haver-se atrasado, ou deve estar febril por andar para cima e para baixo com os autores que ela chama pelo primeiro nome como se fossem seus vizinhos de porta, em uma forçada e pequeno-burguesa intimidade, ela sugeriu-me Bipa meu celular quando chegar?, contudo não o farei de modo algum, é capaz de a assistente editorial do Grupo Record e novo nome da literatura brasileira, como está na orelha do livro dela o qual não comprarei, atender o meu toque e eu ter de pagar mais uma ligação de longa distância, já me são suficientes os prejuízos todos das chamadas para a Record, das intermináveis esperas para não ser atendido, ou para receber lacônicos pseudorretornos, como saberia eu que tu estavas aguardando o melhor momento para conversarmos sobre *Porão sem fim*, quiçá *Porão sem fim* e *Heranças dos mortos*, perscrutarei o ambiente, dou uma longa baforada em meu Hilton, talvez devesse pedir um chope, aguçar minha capacidade de observador, identificar-te-ei, Tatiana, corpo estrangeiro, personagem deslocado em meio à choldra de nematelmintos faceirinhos porque compraram um livro e creem que assim ganham dois pontinhos nos seus QIs negativos, e há uma adolescente estabanada fazendo gestos, para mim? Observo ao meu redor, sim, só pode ser para mim, não há mais ninguém em pé aqui, penso em perguntar em voz alta: Tatiana?, porém ela não escutaria, seria uma cena patética, ficar aos gritos, puxo outro Hilton, entretanto já possuo um meio cigarro aceso, ela abana, dou um passo na sua direção, percebo assentimento no olhar, sim, Tatiana Fagundes, aí estás, loira, jovem, trajando uma camisa xadrez e calças de brim, cabelos preso num coque, observa-me demoradamente também enquanto avanço, será que procuras o melhor ângulo para uma foto do autor, creio que deixei escapar um sorriso, jogo a bituca de cigarro no chão, piso decidido sobre ela, percebo por trás dos teus anacrônicos óculos, os quais deves ter herdado de uma avó, que trazes intensa curiosidade em teus olhos, procuro conter meus gestos para não parecer demasiado excitado com o que se passa, vejo livros sobre tua mesa, alguns papéis, noto que estavas a ler algo, imagino que seja uma das tantas estultices autobiográficas ou assinadas por atores ou jornalistas que publicas, contudo, se vislumbrasse que lias quiçá um Fiódor, um Erico, um Herman — de Moby-Dick, claro — ou um Conrad, por que não, ah, poderia até ter laivos de ternura em meu peito, gostaria sim de ver minha futura editora perdida em um *Crime e castigo*, enquanto me aguarda, e dás um passo em minha direção, estamos a um metro um do outro, esticas tua mão jovem, de unhas pintadas, anéis variados, contrastando com minha mão bruta de pelos e marcas da vida e da escrita, imagino que o percebas, perco-me em pensamentos, tento imaginar de que modo Honoré descreveria este acontecimento da vida literária, como Fiódor te pintaria, todavia dizes, perguntas se, Edmundo?, respondo-te com perspicácia, Tatiana?, sorris e avanças teu rosto em direção ao meu, abaixo-me um pouco e retribuo o protobeijo protocolar e afasto-me e começa a hedionda dança do constrangimento social, vejo que ficaste com um beijo suspenso, não sei em que tempo remoto de ausência total de ocupação algum néscio elucubrou esta desnorteada ideia de três beijinhos, contudo interrompo minha retirada, avanço para teu segundo e desconfortável e já constrangido beijinho, e agora que tudo normalizou-se parto para o derradeiro e cerimonial terceiro beijinho, entretanto agora és tu quem recuas, quem me constrange e me deixa de cabeça pendente, com um palavrão pendente no cérebro, olho-te obliquamente e vejo-te sorrir sem jeito e destroçar qualquer encantamento inicial cuspindo-me um inexorável lugar-comum,

Três para casar?,

quiçá eu esteja sorrindo, sei bem, sinto na medula o meu esforço para não dar as costas, constranges-me triplamente, com a estúpida matemática dos beijos, com o tom espertaloide que imprimes na tua voz ao proferires tua pergunta óbvia e desgastada, quase aguardei que pronunciasses erre-esse, erre-esse, como costumas digitar em teus e-mails mais entusiasmados, porém te sentas e, acariocada ou carioca que és, nunca soube, dizes, Cara: senta aí, e, Que lugar incrível esse, e sento, e não sei por onde começar, mas todo habitante do Rio de Janeiro é um relações-públicas ou um malandro, ou as duas coisas, pela própria natureza, e tu já estás metralhando frases felizes,

Cê nem sabe: Luiz e Luciana quase
vieram pro café também,

e perguntas se imagino teu nervosismo, irás autografar ao lado desses clássicos contemporâneos, disseste: clássicos contemporâneos, e creio que olhei para os lados quiçá envergonhado por estar com uma mongoloide à minha frente, talvez com medo de o Ibama prender-me por andar com um animal exótico sem licença, porém tu, excitadinha, dizes-me que me apresentará tão nobres e canônicas figuras, agradeço com um leve movimentar de sobrancelhas, Na minha sessão de autógrafos apresento; Cê vai, né, cara?, deixo-te concluir que sim, quiçá este seja o combustível dos alpinistas editoriais, esta extrema confiança baseada em absolutamente nada, quem te disse que vou, Tatiana, porém algo em tua frase chama-me de volta ao café bacanérrimo, estás terminando de dizer que Foi melhor Luiz e Luciana não terem vindo porque temos assuntos nossos para conversar,

Temos mesmo?,

tenho vontade de indagar e tenho certeza de que temos, porém me acomodo na cadeira tentando não demonstrar qualquer falta de naturalidade, pergunto se te importas que eu acenda um cigarro, aquiesces e saco um poderoso Hilton, ser-me-á necessário para controlar a taquicardia a qual temo se torne visível para ti, e, como sei que nestas reuniões de negócios nunca se atalha, sempre se buscam desvios tortuosos, como em um delongado ritual do acasalamento, indago-te se fazes referência, quando falas de assuntos nossos, às duas revisões que me propus a te entregar pessoalmente quando me disseste

> Estarei em Porto Alegre na Feira;
> seria uma boa tomarmos um café, hein?,

entregar-te as revisões pessoalmente, tomaste por um gesto zeloso o que para mim era economia de dois correios e oportunidade para te falar pessoalmente sobre literatura a sério, acerca dos defeitos crassos das obras em questão, e tu, distraída, diz-me que sim, era desse trabalho que iríamos falar, se bem que, Edmundo: quem sabe cê me entrega mas a gente fala disso depois, sim, concordo, estás ansiosa, não queres perder a oportunidade de falarmos acerca de *Porão sem fim*, ou de *Porão sem fim* e *Heranças dos mortos*, bem sei e te compreendo e aguço todos os meus sentidos para controlar meu impulso de te falar como um triturador de papel acerca dos excessos de bagagem que levarás em teu retorno com estas duas provas dos não originais dos teus autores, contudo encontro distração, procuro sobre a mesa meus de-fato-originais, vislumbro tua bolsa de documentos pendente na cadeira, devem ali estar, suponho, és uma guria, porém já tens certa experiência, não colocarias assim teus ases jogados à mesa, à vista de todos, não é, Tatiana,

Quem sabe tomamos um expressinho,
tá megagostosinho,

seco a gota de suor em minha testa, meneio positivamente a cabeça, meus poros choram de agonia com a ideia de uma bebida quente, brincas com uma preocupante falta de atenção às boas aparências numa relação profissional que se estabelece, que posso ficar tranquilo, pois o expressinho será Por conta da mãe Record, e dás uma risadinha como se fosses uma Marquesa d'Espard e eu, um Rubempré Rapado, pedes para o teu amigo, o garçom, dois expressinhos, perguntas-me se desejo comer algo, sim, Tatiana, desejo devorar toda esta enrolação, haverá algo tão aviltante que queiras propor-me para tentares cansar-me de tal modo feito uma boxeadora fraca investindo na exaustão do gigantesco e ousado oponente, dizes-me então que tens inveja de Vocês porto-alegrenses, porque Têm uma feira tão incrível como essa, e começas a fiar as vantagens de nossa feira provinciana sobre a Bienal do Livro, em um romantismo tolo e infantil, qual a diferença de comprar livros entre jacarandás e pipocas ou em um pavilhão, não me contenho e indago-te se tens certeza de que não queres tratar agora, já, das revisões que te passei, quem sabe assim, sua ignóbil, deves ser maconheira, deves estar emaconhada, Arpoador, posto sei lá qual número, quem sabe se falarmos das revisões, paras de tergiversar destrambelhadamente e retomamos o assunto livros e chegamos ao que interessa, não te digo assim, apenas que talvez fosse bom aproveitarmos para falar ao vivo das revisões e negas com a cabeça, agradeces os dois cafés pousados sobre a mesa a qual também está quente, perguntas-me se açúcar ou adoçante e penso em pimenta, e dizes-me que Não quero falar disso; Vamos bater um papo; Estou supernervosa de estar com estes superescritores e ainda lançar meu livro, sabe?, perguntas e a resposta é óbvia: não sei, não imagino quem merece hoje no Brasil o adjetivo de superescritor, não sei por que estás nervosa com teu atado de contos desconexos e abilolados, ninguém lhes dará importância, entretanto balanço a cabeça, mexo a colherinha na xícara e tu segues, idiotizada, tratando-me como se eu fora teu querido diário, enfileiras desabafinhos, pois necessitas relaxar, dar umas risadas, e quase te questiono se possuo cara de massagista ou de palhaço, contudo me dizes que, em especial, não queres tratar de revisões agora porque tem um assunto muito mais importante o qual te motivou a me conhecer pessoalmente e que, evidente, não deixa de ser profissional e sorris simpática e, ah, por Nietzsche, agora sim, recosto-me no espaldar da cadeira, miro-te confiante, começas um longo preâmbulo de que, sempre que podes, fazes questão de conhecer pessoalmente a Galera que trabalha comigo, porém, dizes, no meu caso era especial, e eu compreendo naturalmente que o seja, Tatiana, nossa relação profissional parece em vias de mudar de patamar, é importante termos o olho no olho, estabelecermos confiança e Achava megaimportante agradecer você em pessoa pela revisão ágil e qualificada do meu original, cara, e

Ca-ra,

cruzo os braços e sigo escutando-te dizer que és péssima em revisão, como se isto fosse novidade para mim, acendo mais um Hilton, prendo a fumaça na boca até arder, e dizes crer haver sido fundamental a boa apresentação do teu original para que Tudo — tudo o quê? — estivesse acontecendo hoje, e reitera-me como foste perspicaz ao te dares conta de que poderias me oferecer esta migalha de sorriso e agora, mirando-me de soslaio, interrompes a descrição do teu ato diplomático, consulesa das letras, e perguntas-me Tá tudo bem?, e pergunto-te à queima-roupa,

Tatiana: já leste o meu *Porão sem fim*,

e é como se estivesses usando máscara e ela derretesse sob o siderúrgico calor da minha província, surge um novo rosto à minha frente, ajeitas teus anacrônicos óculos e Olha: Edmundo: esse tá sendo um ano bem difícil na editora, cravo-te os olhos, Não tem dado tempo, e balanço a cabeça negativamente, e tu reafirmas, Não tem dado mesmo, e dizes qualquer coisa sobre muitos lançamentos, sobre o teu lançamento, sobre entender o mercado editorial e eu era capaz de te dizer, Tatiana, que nem um computador da NASA decifraria o mercado editorial, no entanto, tento encontrar qualquer estilhaço de riso ou simpatia em mim, sinto-me o resto de uma granada sem o pino, e comento contigo, tentando elevar as chances de vir a ser lido, que era bom nos encontrarmos pessoalmente; tu concordas; e te listo com muita clareza os pontos positivos desse convescote literoburguês, vais ouvindo que era bom nos encontrarmos, pois assim eu posso te prestar auxílio mais uma vez, e não sei se empurras os óculos sobre teu nariz adunco para prestares atenção ou para fingires que prestas atenção ou para frisares que usas óculos, como se isso denotasse ou transferisse inteligência para quem não tem, e já que não tens, lanço meus anzóis na água para que tu, platelminto disfarçado com roupas de grife, enrede-te, e teço significativos comentários sobre a nulidade dos dois últimos livros que revisei para a Record, os quais agora te entrego, e sem dar-te tempo para retomares o fôlego, retomo o delongado rol de sacrifícios que foi 2007 e tem sido este ano da graça do demônio e indago: se vocês na Record percebem como se repetem nas publicações, se não está na hora de investir em um verdadeiro e robusto romance na melhor tradição de Leão Tolstói, Fiódor, e parece que tens alergia à verdadeira literatura, te remexes na cadeira, a profundidade envolve-te em comichões, reages,

Edmundo: calmaê, cara;
viemos nos conhecer;
bater um papo;
cê tá avançando um pouco demais
nas suas atribuições;
certo?,

errado, minha ignobilzinha, claro que não te digo assim, mantenho alguma compostura, porém me sinto possuído por todos os meus demônios, o boxeador não cansou, contragolpeio-te, chegou a minha vez, massacro-te, avanço muito, muito, muito mesmo em minhas atribuições e avançarei indefinidamente, remexes-te, mexes nos óculos, pigarreias, ajeitas, reajeitas tuas madeixas loiras, investigas qual função fisiológica fará o-que-chamas-de-cérebro ligar, raciocinar, defender-te da pura razão, não resistas, guria, estou te oferecendo um transplante de ideias gratuito, o mais próximo de um transplante encefálico que a humanidade já chegou, aproveita, aponto todas as fragilidades do novo livro do Tezza, relato as inverossimilhanças do pseudorromance de Heitor dos,

Olha: acho que cê não é o melhor cara
para falar de verossimilhança e,

silêncio: vejo-te reagir como se houvesses tido um refluxo, um refluxo fortíssimo, o vômito subindo e descendo pelo teu esôfago, pela garganta, tão lentamente como se fora o elevador da Barraco de Cultura Mario Quintana, a azáfama ao nosso redor com a proximidade do fim do dia é incontornável, porém nosso silêncio é muito maior. Pergunto-te o que disseste, e tu fazes que não, perguntas se quero beber mais alguma coisa, quero beber das tuas estúpidas palavrinhas, nematelminto podre, quero saber o que disseste, indago mais uma vez, e, controlando o tom de minha voz, estrangulando um saleiro em minhas mãos, pergunto-te por que eu não sou o melhor cara para falar de verossimilhança, tu pareces procurar socorro mirando para os lados, não me fitas mais de modo confiante e carioca e desinibido, és uma dissimulada, Tatiana Fagundes, vamos, não poderás te esconder por trás de secretárias e esperas telefônicas e assuntos mais urgentes, olhas o teu telefone de última geração, entretanto, antes que intentes dizer que é tarde, que precisas ir, reforço, sublinho, sou redundante na pergunta, é de redundâncias, de repetições, de clichês que vocês gostam, então pergunto e pergunto e pergunto por que eu não sou o melhor cara para falar de verossimilhança?

Ah, cara,

deixas escapar em suspiro de últimas palavras, de quem sabe que a guilhotina já despencou, só não sabes, não sei, sobre qual cabeça.

MEMÓRIA FULMINANTE E INTERMINÁVEL, 3 DE NOVEMBRO DE 2008

E o dia anterior espicaça-me intermitente, a cada instante, implacável, como um verdugo infalível, torturador perfeito, despido de passado e de futuro, portanto de culpa, medo, pecado, e não suspeito que rua é esta, onde vejo meus passos trôpegos de bebida e desilusão, vejo mendigos fétidos de urina e estrume, vejo o relógio apontar seis horas da manhã, vejo um cigarro amassado de derrota em meus dedos, vejo qualquer coisa parecida com aurora no horizonte como se houvesse horizonte ou aurora, não há mais nenhuma aurora por brilhar, e paro de arrastar minha despedaçada carcaça, miro irascível uma poça que pode ser de água, de lama, de acúmulo de cuspe e escarro e dejetos dos humanoides dessa vila a qual se diz capital e não vejo reflexo, não tenho espelho, porém me revejo, intempestivo, aos gritos, deixo o Café Bacanérrimo do Barraco de Cultura Mario Quintana aos berros, assim é que lembro, contudo como saber, sei ao certo que saí de mim, lembro-me dizendo a Tatiana que ainda ouvirá falar de mim, ou de minha escrita, ou qualquer coisa assim, ou pensando, desejando bradar-lhe algo nesse sentido, socar ouvidos adentro, preencher o espaço oco entre as orelhas dela com algumas obviedades, porém obviedades novas, já não sei se gritei ou desejei fazer como os hipopótamos do banhado de cachaça do Tinoco e vociferar perdigotos e palavras ao ar, e também, oh, por que lhe disse isto com gritos ou movimentos febris, impetuosos e instintivos, por que, como ouvirá falar de mim a impressionanta Tatiana, ensimesmada na sua bolhinha editorial, de cafés, tapinhas nas costas e prêmios e elogios em escala industrial, elogios made in China, tudo igual, tudo se esfarela ao menor uso, entretanto, sim, caminho mais alguns passos, vejo meus pés titubearem como se minhas canelas fossem de borracha, contudo, avanço e tomo como meta, vaticínio, o que disse ou desejei haver bradado: ouvirás falar de mim, Tatiana, reverás teus conceitos, alpinista editorial, se o protagonista de *Porão sem fim*, o qual admites que folheaste,

Mas é só uma opinião, Edmundo,
há muitas editoras diferentes,

se meu personagem fora batizado Edmundo Dornelles e possuísse no RG a mesma data de nascença do meu documento, ah, aí terias visto verossimilhança, uma Confusão necessária na parte estrutural para reforçar a fragmentação identitária, para o inferno, foca amestrada, papagaio gago de escritor, Tatiana Fagundes e seus oculozinhos de dois quilos em cada aro, para dar algum peso e gravidade a tua expressão vaga e bovina, égua, imagina se nos tempos de Honoré, Fiódor, Leão, o poder da edição seria outorgado a uma mulher com todas as suas inerentes suscetibilidades, sensibilidades, burrice mesmo, a imbeciloide da Babi vidrada no televisor, entupindo-se de pipoca quando cheguei em casa, nem sei o que passava diante dos olhos daquela mula, mula incapaz de reproduzir filhos ou ideias, disse-lhe, disse-lhe,

Babi: ouve esta história,

e então por quinze, vinte, nem sei quantos minutos, febril, possuído, narrei cenas de *Porão sem fim*, meus borrachos já as conhecem e idolatram-nas, portanto narrei para ti acerca de meu caixeiro-viajante, saído do interior, e quando a garganta já me arranhava da secura das palavras que brotavam de minha alma, ouço,

Oi?,

e miro-te, bicho-preguiça de olhos baços, sentada no sofá de vinte e quatro prestações, metendo uma pipoca gordurosa e sebenta na boca e deixando moloidemente escorrer dos beiços um Oi, Ed; e depois, Desculpa, me distraí, e pergunto-te até onde ouviste, e ah, Babi, não ouviste nada, não prestaste atenção, e vagas de raiva inundaram-me, o calor, o suor, peguei meus cigarros e quando vi perambulava pela Farrapos, então te distraíste, é, Babi, ser humano inútil, um dia, mais calmo, apresento-te para Tatiana Fagundes, quem sabe processando vocês duas em um liquidificador, as carnes mais jovens dela, o pouco de massa encefálica das duas, não sai uma meia mulher um quarto interessante, Tatiana Fagundes, deves estar agora em um hotel de Porto Alegre lambendo os escrotos de algum escritor basbaque o qual te tem como babá, que engasgues, se morres engasgada com um jorro de esperma, o mundo não perde nada, um editor a menos, e daí?, a literatura deve tanto aos editores quanto Pelé a Feola, é de escritores e não editores que se fazem livros, e vocês não entendem, não percebem isso, ficam avivando, estimulando as modinhas fáceis de explicar nas orelhas de burro dos livros, e se te engasgares com o sêmen de um dos teus autores do "primeiro time da literatura nacional", e essa ambulância que passa, e espero que bata num poste antes de chegar ao hotel onde sufocas, o mundo não perde nada e ainda teu escritorzinho ganha mais uma historieta autobiográfica para escrever com um personagem com o próprio nome e depois dizer que é ficção e todos os basbaques dessa imensa aldeia indígena estupeficarem-se com a ousadia e a ironia e qualquer outra *ia* deste demente alfabetizado o qual vocês chancelam aproveitando-

-se da marca maior deste país: a estupidez, e os bares já fecham, e sinto engulhos no estômago, e sinto vontade de parar e não, não me sentarei na calçada, ali há uma praça, quem sabe encontro um banco que não esteja urinado ou sujo da fornicação dos mais verdadeiros brasileiros: os mendigos: não fingem que pensam, não fingem que escrevem, não fingem que são humanos, mendigos são neoíndios, neotupis, coletam, vivem selvagemente, acampam, desnudam-se, selvagens autênticos como vocês fingem que não são. Seis e trinta da manhã, o sol nasce, vejo um banco embaixo de uma árvore. Sento-me, não, não quero sentar e tomar um expressinho, sua idiotizada, deito-me, deito-me, o assento refresca tibiamente minha pele, quiçá telefonar para as outras editoras, ouvir suas barbaridades, suas selvagerias, *Porão sem fim* inverossímil, trama frágil, desconexo,

Sim, Tatiana, sim.

> **Testemunha: Adelaide Ramos Farias**, 41 anos de idade, casada, auxiliar de serviços gerais, residente na avenida Fernando Ferrari, 1477, Cachoeirinha.

J: A senhora poderia, por favor, informar o seu endereço? **T**: Sim, senhora, avenida Fernando Ferrari, número mil quatrocentos e setenta e sete. **J**: Em Cachoeirinha. **T**: (Fez que sim com a cabeça). **J**: Muito bem, pelo que consta, este endereço é bastante próximo de onde foi encontrado, na noite de dez de agosto de dois mil e doze, o corpo parcialmente carbonizado de Keyla dos Santos Sampaio, é correta essa informação? **T**: Por amor de deus. **J**: Mas é correta essa informação? **T**: É sim. **J**: E a senhora viu algo do ocorrido? **T**: Não. Mas é que, olha, nós tudo tava vendo a novela quando deu aquela sirene, aquela barulhada, no meio da chuvarada que caiu naquela noite, e aí tinha os carros da Civil e a gente ficou olhando, meio com medo até, não sabia se era bandido escondido no mato ou o quê, até que dali uns tempos saíram os homem lá de dentro do matagal carregando aquele saco preto. **J**: E antes da chegada da polícia, lembra de algo diferente, alguma movimentação estranha na região? **T**: Tudo normal antes, doutora. **J**: E sabe o que motivou a polícia a chegar lá, à cena do crime? **T**: Não, senhora, não sei não, diz que foi telefonema anônimo. Mas não fui eu não. Só vi depois. Daí depois eu vi e liguei. Fiquei com medo. Mas aí fui eu. **J**: Muito bem. Então fale sobre este depois. O que ocorreu? **T**: Daí já era quase que de manhã, e eu tava assim em pé porque pego cedo no serviço, arrumando as coisas na cozinha e ouvi aquele barulhão lá fora e os cusco tudo latiram no pátio, na vizinha também. E eu fiquei mesmo com medo mas fui dar uma espiada e tava lá o carro e o homem, acho que ele tinha batido a porta do carro, assim meio que pra lacrar que nem dizem, bem forte, nervoso eu acho, e foi caminhando rapidinho pra dentro do mato. **J:** E a senhora nunca tinha visto esse carro ou o seu condutor na região? **T:** De jeito nenhum. **J:** E reside há quanto tempo neste endereço? **T:** Ih, já vai pra quase dez anos. **J:** E depois que o homem foi para o mato, nada mais aconteceu? **T:** É. Sim. E não. **J:** Poderia ser mais específica? **T:** Não, é que acontecer, acontecer, não aconteceu. Mas achei estranho aquele homem lá, cheguei a pensar que era alguém da Civil, tinha ido ver mais alguma coisa, porque o carro era branco, assim que nem os da Civil. Só que daí eu olhei bem pro carro e vi que não tinha os dizeres da Civil, os decalque na porta, essas coisas, então fiquei encucada mesmo. Até apaguei as luz da cozinha e fiquei olhando bem quietinha. Daí não deu uns quinze minutos e o homem saiu correndo, estabalhoado, olhando pros lado e tudo, e entrou no carro e saiu numa correria danada. Foi aí que eu achei bom avisar a polícia assim que, né? **J:** Certo. Passo a palavra à defensoria. **D:** Obrigado. Dona Adelaide, tudo bem? **T:** Graças a Deus. **D:** Que bom. Uma pergunta muito simples à senhora: era este o homem que saiu do carro na madrugada de onze de agosto de dois mil e doze? A senhora reconhece este homem? **T:** É, pode ser ele, o tipo, tem o tipo. **D:** Tem o tipo. Mas também pode não ser, certo? **T:** É... **D:** Com que roupa a senhora estava vestida ontem? **T:** Oi? **D:** Gostaria de nos dizer, para mim e para o júri, e para a juíza, como a senhora estava vestida ontem, se com calça, vestido, saia, que cor, pode nos dizer? **T:** Ah, eu acho que, acho que, ai que estranho, uma calça de sarja talvez, talvez... com uma blusinha assim que... não era... **D:** Não lembra direito? **T:** Mais ou menos, era... **D:** Tudo bem,

145

tudo bem. Estou satisfeito. Sem mais perguntas. **J:** Então a palavra é da promotoria. **P:** Muito bem, vamos começar, dona Adelaide, corrigindo uma pequena distorção. Qual foi o carro que a senhora viu estacionar perto da sua casa na fatídica madrugada? **T:** Ai, era um carro branco, aquele quadradinho mais velho, acho que da Fiat, é Fiat, né? Aquele que, sou ruim pra nome de carro... **P:** Certo, pode descrevê-lo. **T:** Isso, branco, meio quadradinho assim, velho, pequeno... **P:** A senhora teve tempo de observá-lo? **T:** (Fez que sim com a cabeça). **P:** Então peço que olhe aqui na folha cinquenta e sete, era esse o veículo? **T:** Se não era esse, era igual. **P:** Seus vizinhos não têm esse carro? **T:** O Norberto do lado ali de casa tem aquele, Chevette, eu acho. O Arnô da Maria tem uma camionetazinha que usa pro serviço, o... **P:** Certo, muito bem, ninguém possui um carro como esse? **T:** Não, senhor. **P:** E como é viver na avenida Fernando Ferrari, muito movimento, vida agitada? **T:** Bem capaz, só o movimento dos vizinhos mesmo, de dia passa gente, mas... **P:** À noite não há muito movimento, então? **T:** De jeito nenhum, só quando tem aniversário de algum vizinho, essas coisa. **P:** Portanto, é difícil esquecer quando algo de diferente ocorre na sua vida pacata, correto? **T:** Ô. **P:** A senhora gostaria de relatar mais alguma coisa sobre os eventos daquela noite que não lhe perguntei? **T:** Não, é isso mesmo, eu vi o bandido chegando lá onde que a Civil e os, como é que se diz, os homem que trabalham junto com eles e tudo, então, o cara correu lá pra dentro, saiu olhando pros lado e depois saiu tinindo de lá levantando barro com os pneus que nem assim quando a gente vê em filme. É estranho pra burro. **P:** É. Muito obrigado pela sua coragem. Obrigado, Meritíssima.

MEMÓRIA BALZAQUIANA, 3 DE MARÇO DE 2009

Sim, escreverá em lugar de agir, cantará em vez de combater, há de amar, há de odiar, há de viver, em seus livros; mas quando tiver reservado suas riquezas para o estilo, seu ouro e sua púrpura para os personagens, tendo de andar em andrajos pelas ruas de Paris, feliz por haver criado, rivalizando com o Registro Civil, um ser chamado Adolfo, Corina, Clarissa, Renato ou Manon, quando houver estragado a sua vida e seu estômago para dar vida a essa criação, há de vê-la caluniada, traída, vendida, deportada para as lacunas do olvido pelos jornalistas, sepultada por seus melhores amigos e pelos maus editores, portanto todos, e por livreiros ineptos, e por companheiras sonsas, e está tudo aqui, em Honoré, ele tudo antecipou e não foste, Edmundo, capaz de compreender teu oráculo, agora vive a tua miséria, criaste personagens que rivalizavam ou superavam o Registro Civil, no entanto, esqueceste: não é isso que eles desejam, é mais importante um personagem, embora estapafúrdio e desprovido de vida, que possua um CPF em vez de uma figura portadora de uma vida mais fulgurante que a própria vida,

Sei lá, faltam verdades também,

disse-me aquele engodo, camuflada atrás dos óculos patéticos, e já estava tudo antevisto, está aqui impresso à minha frente, neste volume sobre esta mesa resinada pela gordura dos pastéis, das coxinhas e da baba viscosa dos farrapos humanos e bêbados que os mastigaram na esperança de preencherem seus vazios, esquecendo que suas almas são peneiras, tudo o que é bom passa, o vazio e o azedo permanecem, e está tudo aqui, a leitura do que ainda resta de literatura nesta Hiroshima global, ah, um copo de conhaque, um último Hilton por baforar, teu caderno fechado, o sobrinho de Tinoco mexendo em um desses telefones lobotomizantes atrás do balcão, enquanto Tinoco dorme em pleno meio-dia, refazendo-se da última descida a seu próprio inferno, saio do bar com ele, retorno ao bar antes dele, poderia dar-me uma chave, hein Tinoco, quiçá soldar-me como teu zelador, teu porteiro, assim eu poderia esquecer a cruel vingança da pusilânime da Tatiana, ah, indicar-me como revisor para a editora de livros infantis da Record, ainda decifro-te, sua idiotizada, que queres dizer com isso, que não possuo colhões ou aparato mental para lidar com a subliteratura que produzes, peço ao guri que demora a desviar o olhar do telefone Uma cerveja, espero ter como pagar isto sem ter de subir e mexer nas coisas da Babi, contudo reviso, revisarei tua literatura infantil, dona Record, aliás, nem sei por que fazem esta separação, acaso já leram o que publicam? Ah, sorvo um longuíssimo gole da cerveja recém-chegada, e as cervejas do meio-dia são as melhores, ficaram horas no freezer fechado, sem o frenesi da madrugada, são as mais geladas e é isso que busco:

frieza e torpor,

para encarar esse poço sem fundo, as tantas bofetadas silenciosas e indiferentes que levei, feito um cristão carente e masoquista, de todas as editoras e jornais e de todos para quem liguei exigindo respeito e respostas nem que me fossem tão cruéis quanto a inaugural, ah, deveriam ao menos ressarcir-me, estou parcelando os juros daquela fatura telefônica, ah, mais um gole, uma baforada, e, se minha resposta a eles todos não é, não pode ser, não adianta escrever em lugar de agir, cantar em vez de combater, amar, odiar, viver, em meus livros, e se tampouco sou afeito ao mundo repugnante dos jornalistas e dos alpinistas editoriais, e se esta inércia,

como autêntica inércia que é,

não me conduzirá a lugar nenhum além deste aquário de vapores etílicos onde me encontro e mergulho cada vez mais profundamente, o que me resta, fitar as *Ilusões perdidas* escancaradas à minha frente, meu caderno fechado, armas postas, mirar o calendário imaginando quanto mais de martírio resta-me neste mundo corroído, o que resta-me, além desta cerveja, deste meio cigarro, por Nietzsche, diga-me, Honoré, resta-me o quê, agir em lugar de escrever, combater em vez de cantar, e amar, e odiar, e viver, fora de meus livros?, é isso, é isso o que desejam de mim? Mas de que modo, mas com que armas, mas com que forças?

MEMÓRIA DESCARTADA (1), 12 DE MARÇO DE 2009

Então tu dizes, entre todas as platitudes viscosas que escorrem da tua boca, que *Porão sem fim* não te convence, é isto então que dizes, que pensas, minha ignobilzinha idiotizada, não te convence porque falta-lhe realidade crua que consigas entender como tal sem te pores no lugar do outro, sem teres que exercitar o que te convenceram ser um cérebro, realidade para ti é como um infantil jogo de memória, viras uma cartinha no livro e vês um fato, viras outra no teu coitadiano e, se corresponde ao que foi lido, pronto, convences-te, não é, és uma brigadiana da verossimilhança a pedir documentos e ficha corrida à imaginação, e

Desculpe,

velha ranzinza desgostosa, estás apressada por quê, desculpe, distraí-me, pronto, já vi que me chamaram, dirijo-me ao caixa, não é necessário que apresse-me, Tutankamon redivivo, estás apressada para quê, para morrer, é só o que te resta, minha cara, corres para o túmulo e para os vermes e só, e vamos ao suplício, vamos lá, eu e esta hedionda fatura telefônica a qual incorporou-se à minha vida como uma chaga, cicatriz incurável,

Por favor: quero pagar apenas o mínimo,

e este sub-humanoide concursado do Banrisul olha-me com seu olhar tomado de conselhos, de sabedoria financeira, como se o fato de ter sido aprovado num concurso de ensino médio o houvesse alça-do à condição de Adam Smith pampeano, coça-se por dizer, tem for-migamentos na língua para explanar, como Babi explana, que estou agindo errado e de modo temerário, adiando a dívida, criando uma bola de neve, bola de neve de lugares-comuns que vocês jogam sobre mim, esmago o caixa do banco com meu olhar peremptório, ele, com seu cabelo lambidinho e suas unhas roídas em função da vidinha miserável recolhe o meu boleto para compensá-lo, porém

O senhor sabe que incidirá
juros sobre o restante,

ele não resiste, aquiesço com um menear de cabeça, quero dizer-lhe Faça seu trabalho, seu idiotizado, apenas meneio a cabeça e aguar-do, olho para a velha impaciente, treme de pressa ou de Parkinson, e se eu contasse, Tatiana, uma historieta espúria como essa, perso-nagens medíocres, representantes da régua média da nossa republi-queta, narrativazinha sem invenção, sem o brilho da imaginação, convencer-te-ia, Tatiana, do que narro, é este o caminho das le-tras?, todavia o que teria graça, não nego, detive-me algumas horas a elucubrar, seria sim cometer o suicídio como obra extrema de ficção, por que não, hein, Tati, dou cabo de minha vida, deixo uma longa epístola feita apenas de ficção repleta de narrativas de fatos que não vivi, motivos para dar fecho prematuro à minha existência, a carta direcionada a ti, creio que a publicarias, creio que sim, creio que sim, contudo: e daí,

Ãhn?

o basbaque do Adam Smith raspa-me os centavos, pergunto-lhe quanto é que falta, faltaram dois reais e trinta centavos, remexo nos bolsos, não olho para o Pedro Bó concursado, não lhe darei a vitória de rir de minha confusão, eis tua fortuna, excita-te com minhas moedinhas, projeto de tubarão capitalista, engula estas moedas, aspire seu odor, faça o que quiser,

Obrigado,

dou-lhe as costas, cruzo com a velha que se arrasta na sua pressa lenta como se o caixa do banco ofertasse a fonte da vida eterna, o desagradável perfume de velha comprado em kits de farmácia deixa seu abominável rastro, preciso sair daqui e acender uma boa nuvem de nicotina, sobraram-me umas moedas, acho que consigo comprar cigarros avulsos, será esta a realidade que o mundo quer ler, Tatiana Fagundes, só dispenso a ideia suicida porque não sou Brás Cubas, não poderia ver tua expressão embasbacada com uma grandiosa história, ricamente narrada e, além do mais, ah, seria, ao fim e ao cabo, a vitória da tua falta de imaginação, terias um corpo, terias vida real, terias algo baseado em fatos, não, não, não conte comigo para isto, comigo não, preciso de dinheiro para comprar um maço de Hilton, uns flaconetes de Epocler, por Nietzsche, vamos para casa revisar de uma vez por todas *A representação do inseto na literatura: uma análise comparada interdisciplinar de Franz Kafka a Clarice Lispector*, e aceitar mais alguns abusos da minha inteligência que este mundo ordinário convencionou chamar de trabalho. Trabalho.

MEMÓRIA DESCARTADA (2), 13 DE MARÇO DE 2009

E agora cada vez mais é isso, Babi, tu, toda independente com teu cintilante plano de carreira do Instituto de Previdência do Estado do Rio Grande do Sul, és o quê agora, és gerente do departamento de qualquer coisa que um burocrata acéfalo possa carimbar, és tão desnecessariamente importante que não compras mais cacetinho, não compras manteiga, não tem nada nesta casa, a não ser estes alpistes insossos os quais ela deu para comer, e frutas, e este leite aguado, isto não mantém ninguém em pé, ainda há aqui um pouco de pó de café, vou descer até a padaria e comer um pastel, uma coxinha, um rissole e uma possibilidade plausível para uma desforra redentora seria sim, por que não, passar a viver passo a passo cada um dos episódios experienciados por Lucas em *Porão sem fim*, comprovar sua total plausibilidade, o encadeamento perfeito dos fatos os quais não convencem os editores porém convencem leitores e o mundo, sei bem disso,

deem-me leitores e dar-lhes-ei
as melhores histórias,

seria um tapa de luva nos beiços destes mongoloides intelectualmente envernizados, entretanto como saberiam, de que modo acompanhariam esta minha renarração e como é que vou pagar a padaria, é melhor passar um café aqui mesmo, amanhã compensa o cheque da revisão de *O palhaço que não sabia rir*, deve ser uma homenagem da Record a mim e deve haver algum pão velho ou bolacha nessa casa, nessa gaiola infernal onde só se come alpiste, e se eu pudesse fazer todas as Tatianas Fagundes do mundo saberem que alguém, na vida real, realizou a jornada de Lucas em *Porão sem fim*, entretanto, não, Edmundo, não vês, ignóbil, isto seria passar um atestado de vitória aos mentecaptos, seria dizer com todas as letras e legendas e notas de rodapé que mais vale a realidade, mais vale a autenticação na vida, seria a derrota suprema da ficção, seria admitir que temos a verdade para não morrer de ficção, seria o tiro de misericórdia na tua obra, seria a guilhotina decepando todas as grandes obras da ficção mundial, Honoré, Fiódor, Erico, Joseph, Herman, todos puxariam teus pés à noite, atormentar-te-iam em sonhos, dir-te-iam:

Cedeste, escritor de meia-pataca,

precisas acender um bom Hilton, de um café decente que este está abominável, precisas meditar, Edmundo, onde estão as chaves, Babi esqueceu umas moedas aqui, obrigado, quiçá enviar cartas anônimas a Tatiana, a Luiz Schwarcz, a Pinheiro Machado, a algum grande editor, com ameaças mentirosas, injetar um pouco de ficção em suas vidas, mostrar-lhes o poder de uma história bem-imaginada, isto talvez demonstrasse alguma coisa a eles, quem sabe, será que consigo pagar alguma coisa com estes trocos,

MEMÓRIA PESSOAL E INTRANSFERÍVEL, 13 DE MARÇO DE 2009

Um café e um pão com manteiga rançosa por três mirréis, a continuar assim o analfapresidente terá que me oferecer uma dessas bolsa-va-gal, esfacelo-me de tanto revisar as piores asneiras escritas desde a criação do alfabeto e, no entanto, não dou conta de acompanhar os luxuriosos preços praticados neste país, porém nem só de azar é es-crita esta minha trajetória, coloco mais uma vez a mão no bolso e aqui está, setenta pila assim, caído na calçada, o maço de notas meio aberto, como um órfão de bracinhos para o alto pedindo-me para o socorrer, e o fiz, ainda mirei por alguns instantes o ao redor, con-tudo, ah, antes eu do que um drogado ou um mau-caráter juntando esta bolada, pago uma rodada para a minha macacada bêbada e as-sim, com a aguardente, está acesa a minha vela pela graça alcançada,

> Tinoco, uma rodada de
> branquinha para a turma,

recordo-me de King Kong: a caterva em êxtase, vociferando, os des-troços da humanidade, é como jogar um gato em um canil, urram, que O Doutor ganhou na Loteria; que Não quero nem saber de onde veio a bufunfa; e todos eles se babam na cachaça, e que se lambuzem porque é setenta, não é setecentos, é a parte que lhes cabe, de resto deixo-me ficar aqui na jaula cercado de meus animais, meus borrachos de estimação, sorvo um gole longo de minha cerveja, Babi que se escabele, hoje só subo quando o dinheiro acabar, estava precisado desta estranha paz, dar ordem a meus tumultuosos pensamentos mesmo que com este tapinha seboso e agradecido em meu ombro, mesmo que com o Do-boné-da-Goodyear-e-bigode sorrindo-me em ares de embaixador da Bebumlândia com seu martelinho erguido no ar como se fosse o mais fino scotch e balbuciando À nossa, fica com a tua, meu bom chulo, que me aquieto aqui em minha paradoxal paz, eis que o sobrinho do Tinoco serve-me uma coxinha, diz-me que acabou de sair, não te perguntei nada e podes voltar quietinho para o teu canto, não vais receber gorjeta nenhuma, já fiz minha parte, agora quero fruir de meu alheamento, sossegar meu inquieto e ainda ferido espírito, posso aproveitar que o infalível televisor começa a retransmitir gols, e os alibebuns convergem todos para lá: sua Meca eletrônica; façam suas preces, de minha parte saboreio o quitute, sinto a fritura ferver minhas entranhas, busco o que sobrou de vida em mim, pela primeira vez em meses tomo coragem para abrir meu caderno, preciso anotar qualquer coisa, esta deve ser a maior crise criativa a qual já experimentei, contudo paira algo positivo no ar, como se a musa voltasse a me sorrir em forma de setenta mirréis abandonados na calçada em busca de alguém que soubesse lhes dar bom uso, fosse eu um destes maus escribas — porém enormes relações-públicas — os quais assolam o que se convencionou chamar de literatura brasileira e nublam a visão já míope dos editores e editoras da Tupiniquinlândia, e já pôr-me-ia a redigir um romanceco esquálido em torno deste episódio, oh:

encontrei setenta pila, escrevi
um romance, dá-me um jabuti,

porém não me rendo, não chapinharei no vosso lodo, seus chulos, hei de dar a volta por cima de modo estrepitante, jamais imaginado, como sói ocorrer com os grandes livros, ja-mais i-ma-gi-na-do, que dirá vivido, não me entregarei ao seu círculo vicioso, a essa roda espúria onde os ratinhos de laboratório das grandes editoras correm sem sair do lugar, roedores das letras nacionais, vocês estão produzindo em vida real o verdadeiro *Os ratos*, produzindo na vida real, é isto: se alguém houvesse imaginado este mundo onde os ignóbeis escambam tapinhas e distinções e elogios rasteiros e pusesse no papel tal mundo vil, ah, que belo romance teria sido escrito, o *Ilusões perdidas* do nosso século, Honoré levantar-se-ia para aplaudir, contudo vocês não são capazes de imaginar a mais ínfima narrativa, querem tudo da vida extrair, papagaios alfabetizados e preguiçosos, apenas repetem, apenas reproduzem, um dia os seus currupacos literários serão substituídos por câmeras, se é que já não estão sendo, se é para ver a vida que se veja a vida, ora; imagine se a cena que transcorre à minha frente, meus borrachos se apupando por conta de um gole, entre babas, perdigotos e arrotos, imagine se isto é matéria literária,

Mais uma Tinoco,

hoje tomo todas as quais me foram cerceadas nos últimos dias, e é preciso dar asas à imaginação, se se dispusessem a encarar sem pudores ou preconceitos ou moldes preestabelecidos qualquer uma de minhas ficções, entender-me-iam, miquinhos amestrados, como eu gostaria de enfiar um pouco da minha narrativa no meio da vida de vocês, enfiam-me goela abaixo, metem-me por todos os buracos a realidade literatura adentro, mereciam uma boa vingança, que eu socasse a verdadeira ficção nas suas fuças, é certo que não perceberiam a diferença, há mais vida em *Crime e castigo* do que em décadas da vossa rala existência, meus caros, e, onde está meu maço de cigarros, calma, Edmundo, acalma-te, homem, acende este poderoso Hilton, isto, deixo o calor da fumaça avivar a brasa de meu discernimento, respiro a fumaça inalada, socar a verdadeira ficção nas suas fuças,

há algo aí, anoto esta frase e um estremecimento percorre meu corpo, o fulgor de uma verdadeira epifania volta a tomar conta de mim, um romance: a história de alguém que ficcionaliza a própria vida, eis, eis uma interessantíssima história, mas como, e escrever outro livrinho com personagens escritores, Edmundo? Vais filiar-te à matilha, vais alinhar com a corja? Porém há algo de interessante, não posso dispersar-me com o circo de horrores à minha frente, que estes palhaços engulam fogo e vomitem mulheres barbadas, urge concentrar-me, Joseph terá vivido esta febre que faz arder até a medula, que estremece os ossos, ao prenunciar no seu inconsciente o que viria a ser *O coração das trevas*?,

Guri: um conhaque rápido

preciso de um trago forte, trazer calmaria à torrente de ideias, um homem que ficcionaliza a própria vida, este sujeito precisa ser escritor?, precisa?, ou não?, por que ele faria isso, vou para casa trabalhar nisso, de jeito nenhum, são nove horas, Babi vai terminar a novela e criticar o cheiro de álcool, perguntar se Custa ter um pouco de vaidade?, e não te distraias, Edmundo, não agora, os chulos começam a acomodar-se no balcão, nas mesas, logo ansiarão pela minha atenção, sou uma figura paterna para estes abortos malsucedidos, o Taxista-só-pode-ser-taxista mira-me, cobiçoso de minha verve, incontinenti, saco mais rápido, não lhe permito sequestrar-me hoje,

Já contei a vocês a história do sujeito
que escrevia com a própria vida,

nem Grêmio, nem Internacional, nem as mulheres seminuas dos reality shows provocam tal embasbacamento na expressão de meus ogros babões, uns miram-me, outros cutucam-se, há sorrisos nervosos de jecas-tatu incapazes de compreender, matutos urbanos, australopithecus diante do fogo de uma boa história, esta primeira reação é promissora, há coisa aí, Edmundo, ouço um Acho que não, outro, o Funcionário-de-cartório, dá-me tempo para criar pois ele está puxando pelo fio da sua memória de meu acervo alguma narrativa onde possa encaixar este mote, é visível que não consegue, não conseguirá, então atalho,

O camarada que,

poderia alimentar-me desta expectativa, o doce mel do verdadeiro escritor, ver uma história expectada, inimaginada, fundar-se nela mesma, contudo o camarada que o quê, Edmundo, rápido, diz e anota Edmundo, o camarada que

Convenceu a sociedade de haver
feito coisas as quais ele não fizera,

Tipo um mentiroso?, indaga-me o Do-boné-da-Goodyear-e-bigode, e respondo-lhe sem titubear Ou como um verdadeiro escritor, ele meneia a cabeça, em dúvida, ouço uma das piadas típicas do anedotário do meu zoológico particular, que um fulano conhecido dele vive contando vantagem Mas não pega ninguém; e outro lasca que Diz pra ele que ele é escritor; e preciso retomar as rédeas da história,

meus caros, refiro-me a
questões bem mais profundas

e arrisco uma cartada, digo-lhes que este sujeito, um conhecido meu, incriminou-se por um crime o qual não cometera e realizou aparente insanidade pelo simples prazer de contar boas histórias, anoto isso, parece-me bem, parece-me, e vislumbro brilhos por trás dos olhos embaçados de pinga iluminando suas tenebrosas olheiras, o gancho pegou-os, preciso desenvolver esta narrativa, não posso decepcioná-los, gostaria era de socar esta ficção na fuça daqueles que desconsideram meu poder de contar histórias e, por que não, por que não, Edmundo, vai, vai, continua alimentando tuas focas alcoólatras, elas querem histórias, retomo o fio da meada, começo a descrever o personagem para eles, contudo gaguejo como nunca, não consigo parar de pensar que este sujeito pode ser, mas não vou fazer a tal da autoficção jamais, jamais escreverei sobre mim, digo aos meus ansiosos platelmintos que preciso de uma cerveja para desobstruir a garganta, preciso é desobstruir minhas ideias, será possível fazer isso, será possível socar ficção na fuça de todos, mesmo de quem jamais abriu um livro, transformar este mundo de idiotizados em uma plateia da mesma laia de meus borrachos, será, sorvo um longo e morno gole, quem se importa com a temperatura da cerveja a uma hora dessas, termino o gole, ouço

Já que começou, termina, Doutor,

e acho mesmo que; um estremecimento percorre minha espinha, diz-me que vou prosseguir.

MEMÓRIA PRIMORDIAL, 9 DE DEZEMBRO DE 2009

E eis, quem diria, que tu te encontras às voltas com o que poderia ser catalogado pelas mentes obtusas, sim, senhor, de literatura policial, a desprezada, a vilipendiada, a rastejante literatura policial a qual tanto faz torcer os narizinhos de cheirar peido dos intelectualoides os quais não baixam a crista nem com o peso dos títulos acadêmicos que ostentam como coroas de louros, manto sagrado, não me recordo de haver revisado um trabalhinho de graduação o qual fosse dedicado à literatura policial strictu sensu, tampouco que não fizesse referências tomadas de poréns e veja bens e rebolados teóricos, e no entanto, pergunto-me, não vou deixar-me levar pela maré dos idiotizados letrados, pergunto-me, onde está o pecado original desta sorte de literatura?, acaso não será toda a grande literatura, de certo modo, policial? *Crime e castigo*, as inquietações e investigações em *Um jogador*, não se empreende uma vertiginosa busca por um desaparecido em *O coração das trevas*, tremem ou tremeriam os frágeis alicerces das estruturas institucionalizadas as quais sustentam este grand monde literário, e o que dizer de Edgar Allan, ou do próprio e basilar *Édipo rei*, ah, mais do que sentir falta de pares capazes de comigo dialogar e inquietar-me, sinto falta é de uma oportunidade de escrachar academia, crítica, todos, revelando-lhes tudo o que têm pudores de pensar, se é que não possuem pudores de simplesmente pensar e raciocinar, contudo não me importam todos estes chulos, tenho muito mais o que fazer, o projeto é maior, não serão estas nuvenzinhas de borrasca que assustarão minha gigantesca nau que hoje começo a erigir, e estou em bueníssima companhia,

é mais do que evidente, Fiódor, Joseph, Edgar Allan e, claro, até mesmo uma Agatha Christie, ou um Raymond Chandler, ou Sir Arthur Doyle superam mil vezes em espírito e engenho meus pobres e miseráveis contemporâneos pedintes de uma boa ideia, sim, Edmundo, não vejas empecilho onde não há e serás elevado por teus pares neste gesto ousado, é assim que devo considerar, até por quanto todos sabem ou deveriam saber: a verdadeira literatura policial está a léguas de ser mera charada, jogo de esconde-esconde, é a fina flor da tessitura, da trama, do encadeamento exato, da construção do edifício da verossimilhança,

v e r o s s i m i l h a n ç a,

convencerei a todos, o trabalho será longo, a empreitada ser-me-á extenuante, prevejo, ainda mais sem dar-me o direito de deixar notas e registrar os capítulos por escrito, apenas o essencial e incinerável no momento exato, e até que enfim esta página eletrônica carregou, computador lento, e aqui está, muito bem: mais uma notícia de homicídio sem suspeito em Cachoeirinha, portanto anoto mais um tracinho aqui nesta sobra de envelope, sob a abreviação Cach, quem desconfiará disto no futuro, tenho, pois, quatro homicídios para a gloriosa Cachoerinha, quatro para Alvorada, um para Gravataí, quiçá eu devesse alargar o espectro de minha investigação para os arquivos físicos dos tabloides pampeanos, quiçá, haverá uma lógica, uma linha, uma régua, uma recorrência estatística per cidade no número de homicídios, ah, Babi grita da sala se pode usar o computador, para quê ela quer o computador, para fazer ou pesquisar fofocas, para gastar dinheiro, para e, subitamente bem-humorada e irônica, ou o que a néscia julga ser ironia, ela indaga, após ouvir que estou trabalhando, cheia de sorriso na sua voz, ela indaga se não estou escrevendo outro livro, gesto o qual outro dia ela teve a poesia de chamar de mania,

Tenho te achado tão diferente:
passou a mania de escrever?,

idiotizada, por Nietzsche, mal sabes tu, estou escrevendo não outro livro, estou concebendo O livro, o maior, Babi, o qual não será acumulado em caixas atravancando teus idílios de decoração, o qual será inevitável que tu leias, mesmo em tua preguiça mental de miquinho de televisor, será impossível que não o enfrentes, e ela grita que pensa em comprar um laptop, nova rica, e dá sua assinatura afirmando lá da sala que eles estão tão baratos, sustento meu implacável silêncio,

Mulher encontrada morta em matagal em Esteio,

um ponto para Esteio, o volume do televisor sobe, pronto, Babi, tens companhia, Esteio, creio que devo pensar até onde vou geograficamente com esta minha história, vá que a zona rural de Ibirubá possui um incrível índice de homicídios, não, isso não aconteceria, clico na próxima página da pesquisa, novas notícias, ah, como me aprazeria acender um bom Hilton para melhorar minha concentração, que suplício ler estas notícias mal redigidas, dois homens mortos não me interessa; família esquartejada não conta; dois traficantes enforcados com dedos arrancados em Viamão, tudo sugere novas histórias, porém devo concentrar-me, já foi tão difícil definir este recorte, meninas assassinadas, meninas pobres assassinadas, é disso que preciso.

MEMÓRIA CITADINA, 6 DE JANEIRO DE 2010

Rubempré em Paris, Marlowe em Londres, Raskólnikov em Moscou, Edmundo em Cachoeirinha, eis a metáfora do que se tornou o literário nesta republiqueta metida a país, é o espaço que me coube, é o mérito do escritor e também não seria Porto Alegre, esta provinciazinha com fleuma de capital, que iria redimir o espaço da literatura, tampouco o pandemônio alucinado de São Paulo, meca dos intelectuantas destes pagos, ou a quadrilha fantasiada de cidade do Rio de Janeiro, não há espaço para a literatura neste país, abri-lo-ei a fórceps, literatura em Cachoeirinha é inverossímil, Tatiana Fagundes?, só por falta de um narrador e de um personagem impressionante, espirituoso, de alma revolta, e, agora, Cachoeirinha os terá: Edmundo, o narrador; Edmundo, o personagem. E, ademais, não há de ser tão desprezível este cenário, já estou pós-graduado em miséria, nasci em São Sepé, vivo no Rio Grande do Sul, Porto Alegre me persegue e convivo há uma mão-cheia de anos com estes meus borrachos de estimação, observo suas interações, o Do-boné-da-Goodyear-e-bigode só falta masturbar-se em público na sua admiração patética pela foto de uma desqualificada qualquer na página central do tabloide popular, o qual será minha leitura obrigatória desde já, e ele mostra ao Funcionário-de-cartório, ao Taxista-só-pode-ser-taxista, a Tinoco, como se fosse a manchete de uma notícia incontornável, a foto das ancas necroscopicamente expostas, e exibe aos outros bêbados empedernidos como se apresentasse sua noivinha, ou sua filha em uma foto na carteira, com um orgulho símio, babuíno demente, contudo, antes de embrenhar-me pelo meu cenário, deixar rastros para serem lidos, preciso de algum preparo, este governo medíocre do analfapresidente, jactando-se aqui no outro tabloide da capital acerca do Pré-sal, e, no entanto, a extorsão nos postos de gasolina prossegue, já que gostas tanto do Chávez, aquele Fidel de meia-pataca, arremedo de comunista, por que, meu analfapresidente, por que não subsidias a gasolina, assim eu não teria de despender como venho despendendo meu cada vez mais exíguo tempo com revisões hediondas,

Princesa para sempre,

quatrocentas e quarenta oito páginas da mais vil tortura, da mais nebulosa antecipação do futuro da Tupiniquinlândia, não, meus caros, não será na próxima geração que seremos salvos, e Babi ainda queria botar uma criança neste mundo para vir a ler *Princesa para sempre*, dona Record, és abominável, porém, porém, oh, como és coerente, desde as primeiras letras preparas teus leitores para os grandes nadas os quais lhes ofertará na vida adulta, ainda assim é abominável tentar cogitar o que leva jovens a lerem tais atrocidades intelectuais, antessalas para as novelas de Babi, e, por Nietzsche: *Mamãe apagou a luz, e agora*, não necessitasse eu de cada mísero cruzeiro para fazer avançar meu intento e ligaria para a Tatiana Fagundes, promovida a editora, e suas asseclas da literatura infantil e todos os ignóbeis os quais se unem para punir-me por meu desplante de não querer jogar a literatura no esgoto, ligaria e esfregaria sobre suas fuças repulsivas as verdades as quais lhes escapam, no entanto, *O cometa coração, Big tagarela, Aventura no bairro vizinho* e todo o chorume que me socaram encéfalo abaixo ao longo de todo o ano que passou e, oh, decerto os porquinhos que meu irmão cria e chama de filhos lá em São Sepé recebem estas rações para suas mentes e chafurdam nessa lama rasa e depois dão-me abracinhos saltitantes quando me veem como anteontem quando terminou a bem-sucedida excursão da família Buscapé à cidade pretensamente grande para os exames da matriarca,

Edmundo: sem metástase,
vamos comemorar?,

e era tudo pelo qual eu não ansiava: encontro familiar, um encontro familiar em dias tão turbulentos em minhas ideias, misturar Babi, Sérgio, seus porquinhos faceiros, as lamúrias da dona Cida, Vou precisar morrer pro meu filho me visitar, Ai sogrinha bate na madeira, diz a outra lá do Sérgio, contudo como desperdiçar uma boca-livre, ainda que exibicionista, é uma janta a menos para gastar, uma cerveja tomada, um bom churrasco, Cuidado para não comer demais, levas a velha na churrascaria e censura-lhe os talheres, mano Sérgio, és um pateta carimbado e expedido, não sei se poupei dinheiro ou gastei vida, contudo um longo banho depois, é verdade, e dois, três conhaques para enxaguar a enxúndia de família a qual se grudava por todos os poros, asfixiava minha capacidade de pensar, e nascer no seio da família Dornelles e ter como grande opção mudar-se para Porto Alegre, ah, não terás, Edmundo, não terás com o que te apavorar na longa jornada Cachoeirinha adentro a qual se anuncia na tua vida, e acendo um bom Hilton, penso em Epocler, mas antes é hora, aspiro a fumaça, miro os meus anormais e Alguém aí conhece bem Cachoeirinha, indago e instantaneamente dissolvo o flerte interminável da escumalha com a fotografia das ancas no jornal, miram-me quase todos, fito-os com o que é possível de simpatia em meu semblante, reparo olhares oblíquos, também expressões febris de curiosidade, já conheço meu canil, poderia fazer uma contagem regressiva, e já começou a explosão que antecede toda e qualquer tentativa de diálogo meu com a gentalha, o vale-tudo dos perdigotos no ar, pipocam perguntas se quero me mudar para lá, chistes da pior espécie dizendo Deus me livre e guarde, seguidos de gargalhadas ainda mais nauseantes, é o preço que se paga, é o preço que se paga e biso a indagação, Então conhecem bem este município?, e eis que surge um redentor Por quê, simples assim, pronto, minhas focas, uma sardinha para vocês, movimento correto, não era tão difícil, agora vocês se calam, humanoides, e o ser humano fala, digo-lhes que tenho ido algumas vezes a tal cidade, pois tenho pendências a resolver por lá, questões minhas, se é que me entendem, e vejo-os estremecerem de curiosidade, a isca da fofoca içada no ar e caindo no meio deles, porém prossigo a fala como quem dá linha e depois encurta, atraindo os lambaris bêbados para a beira, prossigo que gostaria de saber se a gasolina por lá é mais em conta, pois o tráfego de ida e volta tem-me custado caro e sei que os preços variam de cidade para cidade, portanto, se a relação custo x benefício de abastecer por lá é melhor, ou não, e

Pouco importa-me o que responderão:

observo esta espécie de telecatch verbal, como se debatem, platel-mintos sufocados fora d'água, meus vermes estimados tecem teorias escabrosas acerca do mercado do combustível, o Taxista-só-pode--ser-taxista já deriva para a qualidade da gasolina, possíveis adulte-rações, motores fundidos, faço um gesto decidido na direção do bal-cão, um olhar inquestionável, Tinoco compreende e preenche mais um copo de bom conhaque, eu que preciso abastecer, a estrada junto aos meus borrachos será longa e sinuosa, pouco importa, é o prólogo do prólogo do prólogo, eu sei, entretanto, conhaque na mesa, cigarro na mão, não contenho um fiapo de sorriso, a ficção está inoculada, Edmundo Dornelles já frequenta Cachoeirinha e oito homens não têm a menor dúvida disso, acho que mereço também mais uma cer-vejinha, ergo o braço:

MEMÓRIA ESPECULATIVA, 16 DE FEVEREIRO DE 2010

Folhear um bom Edgar Allan em plena madrugada de Momo, daqui a pouco descer ao Tinoco, ver os anormais hiperexcitarem-se com os traseiros e as tetas desnudas do eterno televisor, este aparelho deve possuir um dínamo o qual lhe provê energia infinita, desde a primeira vez que adentrei aquela atmosfera sebosa, de gordura no ar, jamais o vi desligado,

Obrigado, Babi,

por mostrar-se tão compreensível, ou realista, ou conformada, escolhe teu rótulo, com minha incapacidade vital de dizer-te um talvez, um quiçá, um vou pensar, quando sorriste As gurias do serviço convidaram pra passar o carnaval em Atlântida Sul, em verdade, nem sei se tu e as-gurias convidavam-me ou não, se não estão a fofocar vidas alheias, bebendo drinks com adoçantes repugnantes para embebedar-se enquanto contam calorias, se não era o plano perfeito abandonar-me no faroeste momesco e fantasmagórico de Porto Alegre em pleno carnaval, nestes insalubres dias de verão, todavia, se desenhaste este plano perfeito,

obrigado, Babi,

esqueceste um cartão de crédito, chamei uma pizza com cervejas, folheio Edgar Allan, admiro o televisor desligado, reflito sobre planos perfeitos, meu plano perfeito, e indago-me,

quando exatamente começa um crime?,

alguém saberá responder a isso com um mínimo de precisão?, creio que não, não sei dizer se o meu já se iniciou, ou se é no momento do saque da arma, na primeira ameaça, primeiro golpe, na perseguição à vítima, entretanto ouso afirmar e, oh, ai de mim, como gostaria de deixar isto registrado em papel, ouso afirmar: o crime perfeito, este, dá-se muito antes, são, serão anos de preparo, processo meticuloso, alguns diriam até ardiloso, contudo, um processo tal qual a mais pura escrita de um romance, é mister prever e perceber arestas, apará-las com esmero, antecipar perguntas do leitor, neste caso, o conjunto de todos os humanoides os quais me cercam e, pois bem, cerquem-me, meus bons idiotas, vibrem com a Estação Primeira de Mangueira, jactem-se com gols do Grêmio, do Colorado, do Framengo, vivam suas vidinhas descansadamente, porque precisarão de fôlego quando esta narrativa vier à tona, será impossível não ler a minha escrita, será mais real que Dom Quixote, que Sherlock, ofertar-lhes-ei o personagem que se confunde e se funde à própria vida, e,

ah, um Epocler,

e se eu quiser sustentar a calmaria em casa, quiçá eu deva lembrar-me de recolher estas roupas do banheiro antes de Babi retornar do seu bucólico litoral gaúcho, vermelha de sol, assada de areia, oh, felicidade medíocre do gaúcho e, aqui está, pego um dourado Epocler, promessa de vida em meu organismo, sorvo de um só gole o amargor, a acidez, eriçando minhas células, sinto todos os meus sistemas despertando-se, quiçá eu já deva descer ao Tinoco, não, não, é muito cedo, preciso aproveitar esta solidão que me caiu no colo neste carnaval que já é deveras sufocante por conta do paralelo 30, que dirá com reclamações de falta de ar-condicionado, Ainda compro e só ligo quando estiver em casa, Ed, diz ela, e agradeço não só a ela, porém, quem diria, a ti, distante pai, onde andarás agora, já faz o quê, quinze anos que te foste, pois, se há algo depois dos vermes, como tu crias, ou fingia que, todo domingo pela manhã, antes de assares um churrasco e te encharcares de cerveja,

Cerveja é o mijo de Cristo?,

perguntou uma vez o Sérgio, quando não se sabia que seria o basbaque que hoje é e até demonstrava algum espírito, antes de engolir o sorriso e a bofetada que deste nele, porém com urina, ou sangue ou o que for de Cristo, meu pai, escuta se puderes, agradeço-te hoje, com alguma defasagem, pelos anos torturantes da faculdade de direito da Federal, quem diria, servir-me-iam, quase trinta anos depois, para alguma coisa, deixa-me abrir aqui esta lata de urina de Cristo, estou sentimental hoje, até divertindo-me com uma piada do idiotizado do meu irmão, entretanto, pai, vê: este livro o qual abro agora:

o Vade-mécum

não houvesse frequentado aquele mausoléu de ideias e futuros promissores da faculdade de direito e não sei se lembrar-me-ia desta bibliografia fundamental para minha escrita, *Vade-mécum*, aqui aprende-se a qualificar um crime perfeito, um assassinato, *parágrafo segundo, se o homicídio é cometido: um: mediante paga ou promessa de recompensa, ou por outro motivo torpe; dois: por motivo fútil; três: com emprego de veneno, fogo, explosivo, asfixia, tortura ou outro meio insidioso ou cruel, ou de que possa resultar perigo comum* e eu vou reescrever a definição de verossimilhança, Aristóteles pedir-me--á a bênção, é claro que aquele imbecilizado do dono do sebo deveria ter-me comprado os cinco exemplares de *Heranças dos mortos* e me presenteado com o *Vade-mécum*, ainda assim estou satisfeito com o escambo realizado, com acender um bom Hilton em casa, com o reestudo das leis, são cinco exemplares de meu romance fundamental circulando, tenho mais um dia inteiro pela frente, pizza na geladeira, contudo, concentra-te, Edmundo, antes de um bom conhaque com a turba, é melhor trabalhares.

MEMÓRIA DISFARÇADA, 15 DE MARÇO DE 2010

Sinto-me patético: questões estéticas relativas a vestuário não possuem o menor relevo para mim, eis uma das maiores antievoluções do que um dia tentou ser humanidade: preocupar-se com o que vestir: trata-se nada mais nada menos do que ocupar-se em não chocar as vistas pudicas da turba ignóbil sedada por padrões estabelecidos acerca do certo para se trajar, do pano errado para cobrir suas vergonhas, combinações aceitas ou não, ora, danem-se, regras de moda, e no entanto, ainda assim sinto-me patético ostentando este boné e estes óculos escuros com os quais Babi presenteou-me já há uma década ou mais, afirmando que eu ficaria Um charme, ou qualquer outra dessas baboseiras as quais as mulheres dizem enquanto apaixonadas procurando enganar-se que seu homem pertence a uma categoria entre o feminino e o masculino a qual elas buscam desesperadamente, ou iludem-se de terem encontrado, quando na verdade apenas fatigaram-se de tanto buscar o que não há, Um charme, devo estar patético, porém é melhor patético do que vir a ser recordado por este atormentado, misto de hippie e depravado, com seus cabelos compridos e sebosos presos, criadouro de caspas e lêndeas, se um dia a polícia vier indagar, é bom ele não lembrar de haver me visto apenas hoje, apenas uma vez na vida, como se eu não fora um consumidor contumaz da sua droga pervertida, então melhor assim, patético, mas irreconhecível e ele conduz-me para o fundo da loja, observo de relance nas prateleiras, as quais vão ficando para trás,

Vejo Fiódor, Anton, estou deixando
a luz, penetrando a escuridão,

cultura de fachada, como um restaurante de família, o qual oculta
um cassino no porão, e, como se me escutasse, o depravado do rabo
de cavalo vira-se e sorri com seu bigode de buço, quantos anos terá
este sociopata, e diz que tem um estoque incrível, afirma que um
dos melhores da cidade, e não possuo régua ou metro para digerir
o que vem a ser um dos melhores estoques da cidade, qual a gradação entre o mau e o bom neste universo, apenas aquiesço com a
cabeça como se eu fora um experiente comprador deste tipo de material, adentramos um corredor, pressuponho que desceremos uma
escada para um porão úmido, sombrio e tenebroso onde outros dementes com risos nervosos misturados à saliva escorrente dos seus
desejos nefastos se reúnem, ou se misturam, ah, Edmundo, imagi-
navas quão repugnante poderia ser esta tua descida ao inferno em
nome da ficção, e miro as costas do meu anfitrião, seus passos coti-
dianos e rotineiros como se fosse normal vender o que vende e por
que alguém ainda usa rabo de cavalo em pleno século vinte e um, e
não há escada, não há porão, não há mais ninguém aqui, ele abre os
braços e um sorriso e só falta dizer voilà ao apresentar-me como se
fora uma suíte presidencial este quartinho de empregada atopetado
de revistas por todas as paredes, contudo apenas diz-me Fique à
vontade, é inevitável que a visão de um onanista perturbado como
este dizendo-me Fique à vontade faça-me pensar em um convite
para tirar as roupas, puxo o fecho éclair do casaco até o pescoço, aquiesço com um menear de cabeça, ele vai sair, é um alívio,
porém não, não quero perder tempo, preciso perguntar-lhe onde
vasculhar para ir direto até o meu ponto de interesse, entretanto,
não, não vou gritar aqui, o anormal já está na outra sala, fiquei aqui
só, nesta hemeroteca de Sade, força, Edmundo, quiçá ir atrás dele
e indagar-lhe, melhor não, vamos ver o que há aqui nesta estante,

esta revista, ah, ai de mim, que cena repulsiva estes dois negroides avantajados abraçados, quem em sã consciência adquiriria uma revista desta, e com que intento?, torturar um homem sério e ilustrado amarrado a uma cadeira?, exibam-me um par destas fotos e digo o que quiserem que eu diga, ao menos já descartei este setor da prateleira, deve ser a sessão dedicada a crioulos veados, vamos à próxima, ah, humanidade, e pensar que isto é uma indústria: há quem ganhe a vida com isto, há alguém fotografando isto como se fora um casamento, um baile de debutantes, ou acaso revezam-se os tarados atrás das câmeras, porém, é inacreditável, mas

preciso respirar fundo e analisar
esta sodomia com calma e frieza,

vejamos quem está sendo perfurada por estes mascarados, deve ter mais de trinta anos, não me serve, devolvo a revista à pilha, observo a papelama ao meu redor, centenas, milhares, dezenas de milhares de revistas, com a sorte que me cabe, só no derradeiro exemplar encontrarei o que busco, ah, por Nietzsche, será mesmo necessário, não será acaso melhor escrever um novo romance e, isso, isso, Edmundo, e aí submeterás aos chulos, na sua miserável penúria intelectual, os quais te ignorarão, tu sabes, tu leste Honoré, hoje em dia, para triunfar, é preciso ter relações, hoje e sempre, meu caríssimo Honoré, hoje e sempre, e não sou definitivamente homem de cafezinhos, homem de sorrisinhos, homem da ginástica social, do alpinismo editorial, pouco importa-me a crítica, importa-me ver minha ficção vencer,

e é irônico citar Honoré em meio
a este lixo pornográfico,

a vida escarrando a metáfora acerca do estado denegrido em que se encontra tudo, Honoré é uma ilha em meio a um oceano de sacanagem e superfluidade e egocentrismo narcisista e onanista, contudo, vamos, folheia mais uma, esta meretriz com sêmen escorrendo pela face deve ter quarenta anos, aqui apenas pederastas chupando-se, mereciam um tiro, no mínimo prisão, tenho de admitir que há beleza nestas três sapatonas tocando-se, contudo não é o meu objeto e, oh, chego a sentir um calor constrangido subir-me pela fronte, constranjo-me de mim mesmo por alegrar-me ao encontrar a foto desta menina sem pelos, suas tetinhas ainda em formação, um olhar capaz de ruborizar o degenerado do Nabokov, as pernas abertas, a saia de colegial, a mão levando o pirulito para a vagina, ah, contudo minha obra é maior, devo sempre recordar-me, não tenho do que envergonhar-me, este é um gesto de ficção, não sofro um traço de ereção, sinto repulsa até, todavia é o que procuro, alegro-me pelo objetivo alcançado, haverá mais destas aqui, deixe ver esta revista e não, não, nego-me a sustentar esta visão torpe, não me será necessário contemplar velhos decrépitos em cópula com crianças, preciso acender um cigarro, preciso tocar fogo nisto tudo, calma, calma, reflito: apenas fotos de meninas exibindo-se feito costela minga bastam, meu personagem excita-se com a juventude, sua questão é ter meninas para sentir-se eternamente jovem e poderoso, elixir da juventude, aí está: mirar velhos decrépitos e perturbados apenas fá-lo-ia perceber-se como múmia miserável, um espelho o qual quer evitar, portanto soco esta confissão criminosa em uma prateleira, sigo a busca, sim, esta japonesa, se não possuía quinze anos no momento do retrato, aparentará ter quinze anos mesmo aos setenta, esta serve-me, já são duas e um pensamento nauseante assola-me, um estremecimento incontrolável percorre minha espinha, espalhando um descontrolado calafrio, ah, por Nietzsche:

175

são todas revistas usadas,

ah, deveria ter vindo de luvas cirúrgicas aqui, contudo, mais cedo ou mais tarde, terei de impregnar as páginas de meu mais novo acervo com minhas digitais, meu sêmen, e esta revista, a qual ergo com a ponta dos dedos, parece servir-me também, *Teen Core*, e,

, quantas revistas um tarado terá em seu acervo?, observo o pervertido, provavelmente com o membro rijo em função da boa venda e da presença de alguém tão insano quanto ele, contabiliza meu rancho, não me olha nos olhos até porque permaneço com os patéticos óculos escuros, soma, soma, soma, depravado, o bom é que este lixo vende-se praticamente aos centavos, com o que ganhei comercializando seis *Heranças dos mortos* lá na rua da ladeira, vinte e um mirréis, devo pagar esta compra e quiçá ainda tomo um trago em alguma birosca fétida aqui nas imediações, ele sorri-me, por que é que sorri, por que nunca vendeste tanto de uma vez, ou é de escárnio com minha doença, pois saiba, é ficcional, meu caro, estás apenas regozijando-te com algumas linhas do maior romance jamais escrito, com a preparação dele e, Desculpe: quanto?, sou obrigado a perguntar, ele responde-me que dezoito mirréis e setenta centavos, junto meus pilas, deposito sobre o balcão sem tocar esta madeira sabe-se lá crivada por que vermes, quero respirar fundo, mas não o faço, recebo o meu troco, infelizmente tocado pelas mãos deste ordinário, não agradeço, recolho minha sacola verde, felizmente sem nenhuma logomarca, eles sabem que ninguém se orgulha de vir aqui, dou-lhe as costas temeroso por dar as costas a qualquer um em um ambiente destes, uma faca, um abraço tarado, uma corda, uma martelada, uma empalada, qualquer coisa pode atacar um homem em um ambiente destes, recebo apenas um Boa tarde, saio, vejo a luz do sol filtrada pelas lentes escuras, dou alguns passos, viro a esquina, vejo a rodoviária da cidade, já posso desfazer-me do disfarce de tarado sacana, tiro os óculos de sol, recoloco os de grau, retiro o boné, meto tudo na sacola, espero concluir que este acervo é-me suficiente, ônibus, caminhões, gente miserável por todos os lados, o viaduto que é um verdadeiro condomínio popular a céu aberto, esta cidade é cada vez mais abjeta, ainda assim vou para casa caminhando, não estou longe, respirar fundo a toxina dos veículos com suas fumaças pretas será mais salutar do que o que acabei de experienciar e ainda poupo uma meia dose de conhaque, um punhado de Hilton, economizando na passagem do transporte público, a barafunda de vozes e resíduos aos poucos funde-se aos meus pensamentos, acendo um bom Hilton.

> **Testemunha: Deoclécio Kurtz,** 63 anos de idade, aposentado, residente na avenida Farrapos, 790/12, Porto Alegre.

J: De onde o senhor conhece o réu? **T:** Doutora, ele é, era, da nossa turma lá do bar. **J:** Lá do bar? **T:** Como é que eu posso lhe dizer. Tem o Tinoco's, né? O bar que eu, o Ananias, o Buscapé, todo mundo vai lá jogar conversa fora, desestressar. O Doutor era da turma. **J:** Desculpe, o Doutor? Quem é o Doutor? **T:** Ô, Doutora, o Doutor, o Edmundo. **J:** O réu? **T:** Ele. **J:** Por que esta alcunha? **T:** Por que o quê? **J:** O apelido do réu, poderia explicar? **T:** Ih, nem sei quem é que começou. O Doutor. Mas ele era assim o nosso historiador, né, contava muitos causos sempre, boa conversa, e quando não contava história, tava lá, lendo, escrevendo nuns cadernos, e falava todo cientista, bonito, com os esses e os fostes tudo azeitado no lugar, tipo intelectual, compreende? **J:** Ah, certo. Mas e o senhor tem consciência do porquê de estar aqui hoje? **T:** Pois é. Que loucura, tchê... Ele chegou naquele dia lá no Tinoco, contando que ia fazer uma longa viagem urgente. Só que daquele jeito dele de filme de suspense, de não esperar molhar o bico, emendou que se a polícia aparecesse não era pra dizer que a gente tudo ali conhecia ele. Primeiro eu ri. Mas então olhei ele, e ele tava mais sério do que todas as vezes. E, olha, a turma não é de dar mole. Logo cai na zoeira, galhofentos, mas ficou todo mundo meio assim de perguntar, né? Polícia, todo mundo fica mais cabreiro. **J:** E ele disse por que deveria fugir da polícia? **T:** Doutora, o Doutor contava muita história. Às vezes cheirava a lorota. Às vezes não, mas ele contava e a gente dava corda e era bom, entende e... **J:** Desculpe, seu Deoclécio, mas ele disse por que precisava fugir? **T:** Era o que eu ia lhe dizer, Doutora. A gente, acho que todo mundo, só posso falar por mim, mas no caso acho que todo mundo ficou com um pé atrás. Esse negócio de polícia, ninguém perguntou não. Deixamos passar. Então ele disse bem assim, "cometi uma asneira sem precedentes" e que ia sumir por uns tempos, se bem que ele já andava mais sumido nos últimos meses, mas aí pagou uma rodada de despedida e todo mundo se animou. **J:** Então ele não informou a vocês o motivo da fuga que tencionava perpetrar. **T:** Não, senhora. **J:** E ele havia frequentado o bar no dia anterior? **T:** Não, senhora. **J:** Mas ele frequentava diariamente? **T:** Sim, mais ou menos. É como eu lhe disse. Há muito tempo sim, mas, no caso, de uns tempos pra cá, não. Vinha bem menos. A gente até mexia com ele, e ele dizia umas respostas que, vamos combinar, a gente não entendia bem mas tava na cara que tava aprontando. **J:** Aprontando? **T:** É, sabe, a dona Bárbara que me perdoe, não nos conhecíamos, nem sabia na época que o Doutor era casado, mas todo mundo já sabe a história mesmo e... tava na latinha dele que tava assim, com um caso, de chamego, essas coisas. O telefone tocava e ele saía. A gente perguntava por onde tinha andado e ele respondia que não devia explicação, mas tinha um sorriso assim que, essas coisas a camaradagem percebe, não precisa dizer. Era mulher na certa. **J:** Ok. Passo a palavra à Defensoria Pública. **D:** Obrigado, Meritíssima. Seu Deoclécio. Então o senhor falava de camaradagem, aquela coisa, a velha turma, não é isso? **T:** Isso, parceria de anos no bar. Tem sujeito ali que não lembra o nome da patroa mais, mas bate ponto todo dia no Tinoco e chama todo mundo de meu irmão, pelo apelido, pro senhor ter uma ideia. **D:** Perfeito. E o senhor diria, então, que o Edmundo, este homem que hoje se apresenta aqui diante da justiça, era um velho camarada, um amigo fiel de todos? **T**: Do jeitão dele, né? Nunca precisou salvar minha vida, nem nada, mas era da turma. **D**: Mas estava sempre lá, nunca faltava, faça chuva ou faça sol, sempre no convívio com a velha turma? **T**: Isso sim. Já há um tanto assim de tempo que... **D**: Desculpe interrompê-lo, mas sentem falta da sua presença? **T**: Bah, fica até meio chato dizer, né? **D**: Diga, fale, não é crime. **T**: É, às vezes a gente comenta, quando dá um silêncio daqueles, maior do que o tempo de todo mundo tomar um gole, sabe, a gente comenta que podia ser a hora de uma história do Doutor, mas, ah, também, olha o que ele fez, ninguém tá defendendo isso, pelo amor de deus. **D**: Não, claro que não. No entanto, seu Deoclécio, vocês o conheciam há muito tempo, partilharam poucas e boas, me diga, o senhor relatou que nos últimos tempos Edmundo diminuíra sua frequência ao, como se diz, point da turma, correto? **T**: Foi, foi. **D**: Baseado na sua longa convivência, na percepção, no olho no olho, o senhor diria que, nos últimos tempos, ele, além de diminuir as idas ao bar, também havia demonstrado outra mudança de comportamento? **T**: Dá, dá pra dizer que sim. **D**: Fale mais, ele estava mais quieto, ou mais agitado, ou mais nervoso, ou mais feliz? **T**: Olha, acho que tava mais nervoso sim. É como eu disse antes. Apitava o telefone do homem e ele saía correndo, tipo cachorro quando ouve assobio. Também contou, ele adorava contar histórias, o causo dum amigo, depois a gente foi perceber, que tava sendo chantageado "por uma criança", era "uma criança" que ele dizia e falava nessa história dos erros do cara, de como ele "se torturava"... **D**: Parecia que estava sufocado, precisando desabafar? E reagindo com paixão, como em um primeiro amor? **T:** Agora que o senhor diz... Lembra até gente da idade da minha neta. Quando tá de namorico no telefone. **D:** Ótimo, então Edmundo, atormentado e apaixonado, diríamos assim, passou a beber mais também, para afogar as angústias, posso inferir isso? **T:** Não entendi, Doutor. **D:** Posso concluir que Edmundo passou a beber mais para esquecer tamanhas angústias que hoje sabemos que o assoberbavam? **T:** Ah, não. Isso não. **D:** Não? Passou a beber menos? **T:** Não. É que o Doutor sempre foi bom de copo, esse aí, olha, ô. **D:** Ah, ele sempre bebeu muito? **T:** Olha, tava sempre lá com o cigarrinho e o conhaque e a cervejinha. E, se faltava o conhaque, ele fazia cara feia, mas já pedia uma caninha. Não tinha ruim não. Era de fechar o bar. **D:** Então, embora não seja uma alegria constatar que o homem estava de certo modo entregue ao álcool há anos e anos, não podemos dizer que o fato de ele haver bebido na noite de dez para onze de agosto, quando se deu o fato, seja uma anormalidade, o senhor concorda? **T:** É, estranho era ele não tomar uminhas. **D:** Sim, ele bebia todos os dias. E o senhor já presenciara Edmundo dizer que ia beber porque precisava de coragem ou motivação ou por alguma finalidade? **T:** Não. Isso não. Bebia porque bebia. Porque gostava. Às vezes porque tava feliz com alguma história e queria fazer brinde, essas coisas. Mas não, isso aí que o doutor perguntou, não. **D:** Perfeito. Obrigado, seu Deoclécio. Sem mais perguntas, Meritíssima. **J:** A promotoria tem a palavra. **P:** Obrigado, Meritíssima. Obrigado, seu Deoclécio. Serei breve, já entramos na noite, a justiça não pode ter pressa, mas sei que já estamos todos cansados. Por isso, serei breve. Seu Deoclécio, diga-me, diga-nos, diga ao júri apenas uma coisa: o senhor dizia que o réu, consumidor contumaz de álcool no bar referido, que este homem, nos últimos tempos, relatava o drama de um amigo, que estava sendo "chantageado por uma criança", como também consta na folha setenta e sete. **T:** Sim, senhor, doutor. **P:** Falemos um pouco mais desse, entre aspas, causo do réu. Ele chegou a, em algum momento, contar-lhes a solução, a ideia, o modo como o dito amigo pretendia resolver a chantagem da menina? **T:** É, aí é que tá. **P:** "Aí é que tá"? Pode nos dizer o que é que "tá"? Melhor, conte qual era a história e como o dito amigo pretendia resolver seu problema com uma criança. **D:** Pois é, doutor, é até meio chato falar isso aqui. **P:** Lembre-se de que o senhor está sob juramento. Pode negar-se a responder, mas se responder tem de fazê-lo com toda a verdade dos fatos. **T:** Pois é, eu sei. Então. É que no caso o Doutor... **P:** Eu? **T:** Não, o Doutor. **P:** Ah, o réu? **T:** Isso, ele, então, contou várias vezes desse amigo que tinha, tipo, como é que se diz, essas coisas de sacanagem, de andar com de menor, sabe? **P:** Com crianças? Desejo por crianças? **T:** Não, criança assim de parquinho, de brincar de boneca, ele sempre dizia que não era. Que era, no caso, ele falou umas vezes, assim como debutante, complicado isso... E que o tal pagava pra sair com as meninas... E, pois é, daí tinha se enrabichado com uma que era assim, mais namoradinha, tava se fingindo de rico pra menina namorar ele, só que ela apareceu grávida. Era essa a história mais ou menos, a menina queria dinheiro, casar, não lembro bem. **P:** Entendi. Mas e qual a solução que o réu alegava que o seu dito amigo pretendia encontrar? **T:** Vixe, pois é, ninguém lá disse que tinha que fazer isso. **P:** Ninguém disse o quê? **T:** Doutor, só quero deixar bem preto no branco, no caso, que ninguém bateu palma, disse pro Doutor que o cara tinha que fazer as coisas e tal e coisa. **P:** Mas que coisas, seu Deoclécio? **T:** Ai, Doutor. Assim, ele falava, mas era conversa, papo, que o sujeito tava em parafuso, tinha esposa, não tinha onde cair morto e que tava pensando assim, deus me livre, em dar uma surra, um susto na menina pra ver se ela perdia o filho, ou, ele falou bem assim "dar um jeito nela, caso ela não se convencesse do que era melhor para todos". **P:** Dar um jeito nela? Se convencer do que é melhor para todos? Ele dizia que o seu dito amigo pensava nessas hipóteses? **T:** (Fez que sim com a cabeça). **P:** Muito obrigado, seu Deoclécio, o senhor foi muito corajoso. A justiça agradece. Sem mais perguntas, Meritíssima.

MEMÓRIA DE BOTECO, 20 DE ABRIL DE 2010

Atenção: uma pergunta:, eu anuncio e os platelmintos criados em cachaça miram-me todos, Uma pergunta: acaso, meus caros, já lhes ocorreu que esta nossa rotina pode ser um álibi?, e noto nas suas expressões o legítimo confronto do tupi-guarani com o idioma do homem civilizado, ignoro suas borrachas confusões, prossigo, Ou melhor: eu diria um salvo-conduto e calma, calma, e ergo professoralmente meu indicador, uma batuta silenciando a desastrosa orquestra das suas dúvidas e, incontinenti, prossigo, Imagino que suas esposas ou companheiras não mais deem-se ao trabalho de perguntar para onde vão vocês ou de onde vêm, pois nas suas fêmeas mentes percebem-nos como vira-latas desdentados e inofensivos os quais podem sair e rondar e chafurdar, contudo, creem elas: sempre retornar-se-á à coleira e à ração e à casinha e,

antevejo algum protesto de algum
belicoso espírito macho,

portanto, pigarreio, sustento meu discurso e a atenção da bebalhada, Elas — todas elas — creem saber onde estamos e que voltamos sempre e aí reside nosso salvo-conduto:,

o Taxista-só-pode-ser-taxista não
sabe o que é salvo-conduto,

: Tu, aponto cinematograficamente a esmo para minha multidão
particular, Tu podes ir aonde quiseres e realizar o que desejares dentro deste parêntese cronológico no qual estamos suspensos, e ouço o
primeiro inevitável e infame chiste, estava demorando, alguma coisa
com parente de quem, retomo as rédeas, batendo o copo na mesa,
explico-lhes didaticamente que, Intento dizer-lhes que neste período
de tempo no qual se supõe diariamente que todos nós estaremos
aqui no Tinoco's; Neste período de tempo tudo lhes é permitido,
meus caros, sorrio dissimuladamente, pergunto se entendem, alguns
fazem que sim, outros olham para os lados, pois, ignorantes, têm
medo de encarar meu olhar, porém já sei que os tenho, prossigo, Por
duas três quatro horas podes estar entregue a cartas ou a ilícitos ou a
atividades de luxúria e lascívia ou até cometer um crime,

o Do-boné-da-Goodyear-e-bigode
retorce-se na cadeira,

haverá um assassino aqui, um criminoso, não importa, o que importa é enfiar bem enfiada a semente indicial na cabeça dos batráquios,
Quero dizer e vejo que já me compreendem e quero indagar-lhes
se não é evidentemente plausível que um de nós vez ou outra deixe
de comparecer a este espaço para praticar atividades inimaginadas
sem no entanto provocar qualquer desconfiança nos seus lares, miro
todos, respiro, prossigo: Afinal é lei pétrea que aqui estarão todos
os dias e, confiro suas atenções idiotizadas, Se acaso permanecem
em seus domicílios são até interpelados sobre o porquê de lá estarem e não aqui, e saco um bom Hilton, observo e atesto, pelos seus

semblantes, que a tarefa está cumprida, acendo meu cigarro, dou uma profunda tragada e mais acesa do que a brasa está a curiosidade nos olhos dos meus interlocutores, miram-me, miram-se, pois entenderam, mesmo que parcialmente, o que lhes disse, contudo não o porquê, há chistes, comentários pairando na névoa feita de gordura, suor e perdigotos, é-lhes também uma deixa para falarem mal de suas esposas, praticam este seu adorado esporte enquanto os observo, eis que o Funcionário-de-cartório decide mirar-me, solto a fumaça do cigarro e ele pergunta Doutor: tu já andou aprontando assim, né, e sorrio-lhe, ou será o outro Edmundo quem lhe sorri, misteriosamente, assim espero, assim tento, contudo sei que sorrio, pois percebo a narrativa cravando raízes na mente do Funcionário- -de-cartório e dos outros que observam a retomada do diálogo,

Eu? Tu achas?,

e não lhe respondo, e deixo a dúvida como este cheiro de fritura, pairando no ar e talvez nauseando as ideias deles, pois precisam de certezas fáceis, do contrário são obrigados a pensar no tema, e é isso que tentam fazer à base de comentários pretensamente instigantes a meu respeito, de meu comportamento, peço uma cerveja mais a Tinoco, apalpo meus trocados no bolso, creio ser-me outorgada mais esta, tateio também a ampola de Epocler, está tudo bem, indago-lhes se já contei acerca de um amigo o qual procurava desesperadamente uma carta em sua casa a qual tive o prazer de ajudar-lhe, via método dedutivo, a encontrar, e assim mudo de assunto, entretanto é evidente e cristalino, está impresso nos olhares dos meus borrachos que não modifico a dúvida que plantei nas suas mentes, refletem sobre o salvo-conduto, sobre o álibi, sobre porquês, sorvo um longo gole de cerveja morna.

MEMÓRIA EXPLORATÓRIA, 21 DE JUNHO DE 2010

Avenida Assis Brasil, é melhor familiarizar-me com este trajeto, percorrê-lo-ei daqui por diante — e até quando e por quantas vezes —, um flâneur do século vinte e um, flâneur herdeiro de Juscelino, flâneur do IPI reduzido, do pré-sal, queimando combustível a esmo para produzir a ficção, o que não me ajuda é este hediondo tráfego, vou buzinar, não, não vou, por que tanta gente nesta direção, sinto-me em meio a uma rota de refugiados, porém fugindo de onde para refugiar-se onde, evidente que é uma missão de guerra viver em Porto Alegre, contudo fugir pela Assis Brasil para Cachoeirinha, Canoas, Alvorada?, rá, é como sair da bosta para o estrume, quem orbita as fezes vem a ser o quê, mosca na melhor das hipóteses, não há, ao redor de Porto Alegre, cidades satélite; apenas cidades-mosca, azar o de Babi, vou acender um cigarro, um Hilton, sim, minha cara, vou defumar o carro, quiçá caiam cinzas no tapete, é um Uno velho, uma Peça de museu, como dizes, porém lembra-te: é meu. Pouco se me dá se rachamos as despesas de imposto, se não puder dar estas baforadas para enfrentar esta fila de espera para solicitar asilo em Cachoeirinha e aguentar este rádio, melhor desligá-lo, e quem me dera ter ao meu dispor um doze-avos da credulidade, da virgindade ficcional da qual dispunha Orson Welles em mil novecentos e alguma coisa para suas transmissões radiofônicas;

narrar *Porão sem fim* para uma pátria
inteira pelas ondas do rádio,

milhões, crédulos, porosos à minha ficção, cenário ideal, idílico, para
um grande romancista, e, oh, avançamos dois metros, parabéns, Tupiniquinlândia, compramos automóveis para ficar parados dentro deles,
quem sabe mudo-me para este veículo e poupo aluguel, que tempos
escatológicos estes em que calhei de sobreviver, ficar entupido nestas
Assis Brasis, sou de outro tempo, do tempo de Fiódor, Honoré, na pior
das hipóteses, de Orson Welles, último momento em que tecnologia
e arte se abraçaram, ai de mim, poder narrar a grande ficção para
pessoas dispostas a crer, esta é uma utopia contemporânea, pois todos
estes ditos avanços e progressos informacionais, os quais mais desin-
formam do que informam, são de fato verdadeiros retrocessos para a
grande e incontornável arte da ficção; pretensos escribas, protoleito-
res, essa massa ignóbil e cataléptica, essa macacada a qual se julga lite-
rata e esclarecida, estão todos mergulhados até a medula neste oceano
de câmeras e realitimbecilidades e biografias, um arsenal idiotizante
o qual embrutece as imaginações, anestesia a capacidade de crer, e
não é preciso retroceder ao começo do século para;

melhor ultrapassar este ônibus e, não
buzina, motoqueiro, melhor ficar aqui,

não ultrapasso, não avanço, solto uma baforada, recordo-me de meu
pai, um dos sujeitos do seu tempo mais incapazes de lidar com a ficção, e ainda assim até mesmo ele era capaz de descrever aos amigos
lances futebolísticos acerca dos quais havia apenas ouvido a distante
locução radiofônica, se locutassem que marcianos haviam pousado
no Maracanã, por certo meu pai criaria esta história na sua cabeça

e ela se tornaria real e ele a difundiria em imagens vivas como as de Raskólnikov perpetrando o homicídio, não, não, não urgia a ninguém assomar correndo a algum equipamento de última geração em busca de um vídeo comprobatório do fato narrado, meus borrachos de estimação necessitam sofregamente ver e rever e trever para crer os lances do futebol, as fofocas institucionalizadas do Jornal Nacional, bando de São Tomés desconfiados, incapazes de entregarem-se ao prazer da fábula, Orson Welles talvez tenha sido o homem mais feliz o qual jamais pisou neste planeta, anda, Fusca, imagine: um país todo disposto a se deixar levar pela narração de Welles, um Tinoco's na milésima potência embasbacado com o poder da imaginação, contudo, ah, contudo terei minha plateia, aos poucos, indício por indício, não uma hecatombe ficcional como esta do americano, entretanto, acho que permaneço nesta pista para conduzir-me a Cachoeirinha, sim, a placa confirma: Cachoeirinha em frente, sei que um jornal, um tribunal, um sistema cartesiano de causas e efeitos averbarão minha escrita nua, despida de papel, meu caro Welles, tu sorrirás na tua cova, e eu, espero, no banco dos réus e, por Nietzsche, enfim a fila de acesso ao purgatório decide fluir, não sabia que a Assis Brasil convertia-se em autopista, muito bem, piso cautelosamente no acelerador para não despender demasiado combustível e,

isto sim, se eu registrasse, tu poderias
chamar de inverossímil, Tatiana:

sinto agora uma espécie de calafrio na espinha ao adentrar esta estrada a qual provavelmente efetua a ligação derradeira entre Porto Alegre e Cachoeirinha, seria um trabalho artístico convencer que algum personagem alguma vez na vida já experimentou tal emoção insólita, no entanto, em um livro que embaralhasse minha vida real com um mínimo de ficção como adoras, Tatiana, aí seria possível, pois "o autor viveu isso", ah, Tatiana, sua inepta, só não pastas porque teus ancestrais símios optaram pela posição bípede, e aqui estamos, terrenos baldios por todos os lados, haverá cadáveres imiscuídos nestas macegas todas?, há um viaduto, passo por baixo do viaduto reduzindo a marcha, visualizo o cenário decadente de pichações, de degradação, será aqui também, nas madrugadas, uma cena frequente de crimes passionais ou frios ou fúteis ou fortuitos, tanto faz, darei a narrativa que eu quiser quando o crime certo surgir, o que importa são estes cenários ermos, esperando por uma jovem morta, deixo o viaduto no retrovisor, sigo em frente e, feliz desolação,

a seta aponta Cachoeirinha
como destino inevitável,

tornar-te-ei, minha cara Cachoeirinha, o berço da maior ficção brasileira, e, FISCALIZAÇÃO ELETRÔNICA, e agora noto esta pequena elevada com esta pinturinha provinciana e alegroide a decorar as muradas e meios-fios em azul e branco, deve ser alguma espécie de marco de fronteira, sei que em breve visualizarei um simplório pórtico, um Bem-vindo a Cachoeirinha, desço a elevação, perscruto cada detalhe do meu cenário, percebo a estrada se transformando em avenida, creio estar em solo cachoeirinhense, muito bem, não há pórtico coisa nenhuma, não cometeram a hipocrisia de desejar as boas-vindas, ora, aqui ou em Porto Alegre, em qualquer reentrância desta província amaldiçoada pela história e pela genética e pela arrogância miserável, apenas tem-se o direito de desejar boas idas e, e preciso desbravar a cidade, compreendê-la, será possível adquirir um mapa da cidade?, mas que fazer primeiro, estaciono no acostamento, meto a mão no bolso, não quero moeda, não quero cigarro, quero estes papeizinhos que trago com minhas memórias, vejamos o que é imprescindível para os próximos passos,

— enegrecer os vidros do carro,

não, isto não será feito hoje, tampouco aqui, muito menos antes de ganhar mais algum dinheiro, o que escrevi aqui?,

— descobrir escolas da cidade,

sim, isto é importante, fundamental marcar minha presença, vamos, ligo o pisca, retorno à pista, esta mania histérica dos gaúchos de buzinar, Freud refaria sua definição de histeria acaso tivesse vivido em Porto Alegre no século vinte e um, contudo não lhe seria permitido realizar sua obra em Porto Alegre, não há espaço para grandes mentes em Porto Alegre ou no Brasil e aquele posto de combustível: é ali que começarei a desbravar Cachoeirinha, estes frentistas são primos de taxistas: adoram posar de guias das regiões, eis o seu orgulho: saber onde é mais fácil fazer um retorno, basbaques, entretanto, benditos basbaques, adentro o posto, desligo o motor, deixo de gastar gasolina por alguns instantes, um Guia Oficial de Cachoeirinha vem em minha direção, flanela em punho, boné amassado, rodopio a manivela com esforço, gotas de suor brotam em meu sovaco, não recordava-me do trabalho de estiva que era abrir este vidro, abro enfim, o basbaque já pergunta indigenamente, sem construir uma frase, se Gasolina?, e eu penso Os jesuítas fracassaram, eles seguem índios, mim Tarzan, tu Gasolina, contudo digo-lhe que Não, digo-lhe que Preciso de uma informação, e vejo-o aprumar-se como se estivesse metido numa fina fatiota e não em um imundo macacão com mais graxa e suor do que tecido, o senhor catedrático em Cachoeirinha aguarda a questão definitiva que lhe proporei, Vim buscar uma sobrinha no colégio e não encontro a instituição, ele nem sequer pensa, ilusão desejar que o fizesse, incontinenti já está-me dizendo e apontando a Escola Municipal Dyonélio Machado, confirmo ser esta, ele começa a descrever-me direitas e esquerdas e uma padaria de toldo verde, será fácil encontrar, assevera, meneio a cabeça afirmativamente, dou a partida, agradeço, quando minha foto surgir no jornal, quiçá, meu bom guia, tu tenhas um estremecimento, pois indicaste ao atormentado Edmundo onde encontrar adolescentes em Cachoeirinha, imagino que aqui eu deva converter à direita, e agora à esquerda, perco-me e, não, não, está lá: vislumbro o toldo verde, estou prestes a estacionar o carro em frente à Escola Municipal Dyonélio Machado, confiro as horas, são quatro da tarde, estacionarei, acenderei mais um bom Hilton, tomarei minha ampola de Epocler para apaziguar minhas entranhas, sim, sigo nervoso, a palpitação retumba em minhas veias, e como não me encontrar neste estado, ali está a escola, nenhum movimento por enquanto, manobro o carro, desligo-o e, como um perverso personagem de uma triste saga urbana, Edmundo observa pervertidamente a saída da escola, esperando que meninas inocentes, porém borbulhantes de hormônios, deixem a aula.

MEMÓRIA ENGRAVATADA, 26 DE AGOSTO DE 2010

Quanto estarei economizando aqui?, ao menos uma, quiçá duas parcelas para a aplicação das películas que enegrecerão os vidros de meu automóvel, é triste a vida do escritor travestido de revisor de texto, ah, tudo a que necessito sujeitar-me para avançar em meu intento, para poder perguntar, mesmo em silêncio,

e agora, Tatiana, onde está
a inverossimilhança,

contudo, morde-me a consciência a dúvida sobre o investimento de aqui estar, sim, deixo de gastar no Tinoco's, sim, estou bebendo este uísque burguês de graça, não ando em condições de pegar a revisão de *A significação do silêncio em Milan Kundera: aproximações teóricas com Antoine Ferfensk*, a qual seria insuportável como sói serem todas essas regurgitações da academia, entretanto seria o valor necessário para investir nas películas para o vidro do carro, não posso ir a motéis sem elas, mas como pegar este trabalho se é urgente desbravar mais e mais a cidade de Cachoeirinha no final de semana, ainda não posso fazê-lo ao longo da semana, ainda não é hora de levantar suspeitas demasiadas, porém, ai de mim, há quantos anos não era estrangulado por protocolos do bem-vestir,

Ed: faz o favor de botar
gravata só dessa vez?,

o chefe de Babi alimenta ambições políticas com jantares erigidos sobre dinheiro não sei de onde, contudo quem paga a conta sou eu, mastigo uma canoinha de presunto e fios de ovos e quase sufoco-me, esta gravata deve ser tamanho infantil, demoro um gole de scotch grã-fino para empurrar a canoinha esôfago abaixo, Babi desvia os olhos da instrutiva conversa sobre novela, cabelo ou dietas para repreender-me com sua mirada oblíqua, ora, fizeste-me vir até aqui ser vaquinha de presépio do teu chefe, tenho que ter alguma compensação, minha cara, ou vais me ofertar um fellatio quando chegarmos em casa, ou o quê, que pensas, vives escarrando em minha cara que ganhas o teu próprio dinheiro, todavia agora necessitas de mim, e ainda bem manso e comportado, para não Ficar chato, porque

Todas as gurias vão com seus maridos,

e agora entendo a função simbólica destas gravatas, é para exibir a coleira, o cabresto com que nos trazem aqui, teus machos reprodutores, apesar das incapacidades de uma ou de outra, estamos na Expointer, hoje é dia de mostrar seus touros, seus bichos, presos nestas coleiras sufocantes que, ah, só pode ter sido obra de um veado francês inventar que isto é elegante, e sinalizo ao garçom, e ele pousa mais um uísque 12, ou 18, não saberia reconhecer, fuzilo Babi com um olhar nada dissimulado, ela no caminho para cá dizendo-me que eu não poderia beber, pois haveria de dirigir na volta, ora, Tu que bebas água então, eu lhe disse, e ela saiu-me com esta, que mesmo que ela não bebesse, mesmo assim, não se disporia a conduzir meu automóvel, pois ele está Nojento; nojento foi o que disse a peposa cada vez mais pequeno-burguesa da minha companheira, quem te conheceu no Bar do Beto derrubando chope a braçada que te reconheça hoje, minha Marquesa Babi, que está sentada sobre o dinheiro e não sabe o que fazer com sua fortuninha, chegou a dizer-me que comprará um automóvel para si, já fez os cálculos, alugará uma garagem no posto da esquina,

Vou ter mais autonomia,

e eu quase lhe disse que autonomia não está dentro de um automóvel, minha cara, está onde tu, tuas sorridentes colegas de trabalho e todos aqui supõem ter um encéfalo, é ali que está a autonomia, não adianta ter um carro para ir beber com as gurias e retornar para casa para lixar unhas e ver novela e fazer saladinhas e ir às seis da manhã a um destes envernizados estábulos de humanos para fazer ginástica, complexo de burro de carga, pagar para sofrer, isto é culpa do catolicismo, todos querendo levantar a cruz mais pesada, onde já se viu maratona, correr quarenta e dois quilômetros por nada, não é para fugir, não é para se salvar, é por prazer, este mundo está definitivamente em contagem regressiva, porém ainda assim tenho de agradecer este hábito matinal e soldadesco de minha companheira, aufere-me paz durante doze ou mais horas, agradeço-te, meu amor, e sorrio para ela e tomo mais um longo gole de meu uísque pago com meus impostos sonegados, por certo este desgraçado bodoso com síndromes napoleônicas está financiando isto com a caixinha dos CCs, fato incontornável, e só um sueco ou um esquimó duvidaria disso, eu, de minha parte, peço ao garçom mais uma restituição líquida do meu imposto, Babi mira-me novamente, aceito um canapé que pode ser de qualquer coisa e é certo que nos servem este monte de coisas para que comamos menos do prato principal, porém não almocei hoje, meu futuro deputado, ou senador, prepara-te, eis a minha cesta básica,

soubesse eu desta opulência
toda e traria uma garrafinha,

bom seria se pudesse levar uma garrafa deste uísque, bom seria deixar este ambiente com os bolsos da fatiota cheios desta comida e fazer economia suficiente para, de uma vez por todas, deixar meu automóvel apto para incursões mais drásticas no cenário de minha história, o quê?, Babi indaga-me se conheço o Fernando, observo o basbaque ao meu lado, cabeça raspada com cara de neonazi após um jantar com o neoführer, bochechas vermelhas, orelhas vermelhas, deve estar se afogando no uísque e observo a mesa: não, é champanha mesmo, novo-rico, ou veado, ou as duas coisas, e miro Babi, e ela está mostrando-me uma japonesa, dizendo qualquer coisa sobre Esposa do Fernando e "Esposa do Fernando" e "Conheces o Fernando" e o que queres que eu responda, que sim, que conheço o Hans Fernando, espancamos judeus e negros à noite nos finais de semana, por Nietzsche, Babi, que tipo de pergunta é essa, se conheço o Fritz Fernando, sorrio ou tento para o tal Adolf Fernando, que, deste tamanho, comporta-se como uma criança retardada no primeiro dia do jardim de infância, precisando que lhe apresentem um amiguinho para que não fique sozinho ou traumatizadinho, nazi idiotizado, não consegue ficar só e quieto com tuas ideias e tua champanha, queres que eu preencha teu vazio neural com qualquer asneira sociossimpática, miro Babi, ela sorri amarelo, incentivando-me a desperdiçar sentenças com o Goebbels acanhado ao meu lado, tomo um gole do meu scotch, queres que eu socialize, Babi, eis o preço, bebo mais,

Então tu é casado com a Babi,

miro Armando, Dilermando, qual era mesmo o nome do Adolf ao meu lado, não, Hitler era um sujeito inteligente, de ideias originais, contudo penso no que responder-lhe, queres a sério saber sob que tipo de contrato eu e Babi fingimos amarmo-nos ou é uma pergunta qualquer para que eu te diga uma coisa qualquer e nossas bocas se movimentem de outras maneiras que não mastigar e sorver, quiçá, meu bom Heinrich ou Hermann, quiçá seja por isso que nossas fräulein incitem nossa conversa, para que não possamos dar prejuízo demasiado ao ambicioso chefe delas, se consumirmos demais, o neopolítico vai aumentar o desconto delas em folha, é isso, e aquiesço com a cabeça e nem sequer posso devolver-lhe a simpática pergunta pois, um: não sou um jegue, penso antes de ruminar vocábulos e; dois: não cogito como possa se chamar a tua japonesa, caro Joseph, posso perguntar-te, para prosseguirmos em nosso elucidativo diálogo, qual é a ideia de vocês, uma nipônica, um nazista, querem parir um mussolininho, porém não compreenderás a questão, e apenas sustento mais um, dois segundos de olhar e quase escapo, contudo és rápido, Bonito jantar, comentas, e sei que não queres ouvir meus conceitos estéticos, sei que não queres saber que bonito seria se abocanhasses esta bandeja de salgadinhos de uma vez só e atopetasses tuas bochechas e engasgasses e tivesses um ataque e pusesses fim a esta tortura sociogastronômica, permitindo-me pensar, mesmo que sem anotar, em quando frequentarei motéis em Cachoeirinha, em quando lançarei pistas aos meus borrachos, na notícia de ontem, Elisângela, dezessete anos, morta a tiros, não fossem os tiros poderia ser ela?, não sei, contudo, se pudesse ser ela, ah, se fosse possível, miserável Edmundo, de nada adiantaria, eu não estaria pronto para abraçá-la, nem Edmundo suficiente existiria para tanto, e se amanhã o *Diário Gaúcho* trouxer a morta ideal, preciso pensar nisso, e, oh, salvo pela ambição política: o escroque do chefe da Babi pede a palavra, discursará, vamos fingir que prestamos atenção, é o preço que se paga pelo prato principal, sorrio para Himmler, ele ergue sua tacinha de champanha, idiota.

MEMÓRIA DIALOGADA, 9 DE OUTUBRO DE 2010

Sinto meus passos trôpegos de álcool e coragem, preciso controlar meu equilíbrio corporal, pronunciar as palavras bem pronunciadas, foi abjeto voltar a revisar um dito livro, dito de literatura da Record, imagino por que aperto estavam passando para enviar-me este *Sombras de mim*, em lugar de *Fábulas do elefante Teleco*, dá igual, se analisar com frieza e intelecto, são obras infantiloides ambas, porém este *Sombras* desse Flávio Peixoto, jornalista carioca de quinta categoria, dramaturgo e outros carteiraços, o qual escreve um romance sobre um jovem jornalista e dramaturgo, por Nietzsche, vem emplastado por este rançoso verniz da convecção literária vigente e, pois, sigam enfiando-me goela abaixo estas missivas de Orkut disfarçadas de literatura, porém, pagando-me por isto, sigam por esta trilha e assim alcançarão a verdadeira ficção sem perceberem, esta garrafa de champanha que trago aqui tem o vosso patrocínio e, claro, de meu suor e de minha náusea, contudo veio a calhar o cheque de vocês,

champanha, tomates secos, rúcula, brócolis,

passei quarenta anos de minha vida sem saber que isto fazia parte do dia a dia, bem como sem imaginar que diários ególatras fossem romances, imagino que esta seja a dieta do escritor contemporâneo da republiqueta dos bananas, é isso, yes, nós temos os bananas, muitos bananas, os quais adoram arrotar estes sabores, até o Tinoco's agora serve uma empada de espinafre e ricota, houvesse fio nas facas daquela espelunca e eu teria cortado os pulsos ao descobrir aquilo, vai apodrecer no balcão, entretanto, eis-me aqui, champanha em punho, necessário hoje, admito, em frente à porta de casa, firmo o passo, preciso demonstrar naturalidade, este é um capítulo decisivo,

Edmundo abre a porta,

como era de se esperar Babi não faz o menor movimento e desconcertá-la-ei, ser-me-á difícil sem o amparo de um bom Hilton, encho-me de ar e coragem e Boa noite, Babi, tudo bem?, Edmundo profere e ela nem precisa girar, na minha direção, o rosto vidrado no televisor para que eu anteveja o espanto que brilhará no fundo dos seus olhos, Oi, Ed, tudo, ela diz como que sopesando cada uma de suas palavras, e eu digo e Edmundo pergunta Estás fazendo o quê, ela mira o televisor, mira-me de soslaio, demonstra confusão entre uma resposta seca, irônica, ou em tom de trégua, não lhe dou chance, É que eu te trouxe uma surpresa, e faço Edmundo mostrar a ela a garrafa de champanha e sei que é como um violento bofetão em suas arraigadas certezas, ela não compreende e indaga-me se é alguma comemoração especial, se aconteceu alguma coisa, e espero estar conseguindo sorrir, ensaiei exaustivamente esta atuação pelos últimos quinze dias, sei que haverá a necessidade, em algum momento, de fazer improvisos, porém, por enquanto, tudo funciona, esperava alguma ironia da parte dela, entretanto, parece sincera a sua pergunta, Apenas quis fazer-te uma surpresa para conversarmos, ela ergue-se perguntando Está tudo, todavia Edmundo a interrompe erguendo novamente a garrafa, Posso abrir, indagamos a ela, É sábado e não estamos fazendo nada então pensei que, e ela vem em minha direção mexendo nos cabelos, dizendo que sim, que é estranho, que é uma novidade, o que houve, não quer aceitar meu personagem e é de se esperar e aí está o desafio narrativo e será lindo dentro de alguns instantes, quando a pobre Babi reconstruir a narrativa na sua cabeça e perceber causas e efeitos, o evento literário que aqui temos, ela passa por mim e está na cozinha, ouço a água da pia, vou até lá, ela lava taças, vira-se, algum sorriso, dizendo Estavam empoeiradas, sem uso; Então vamos usá-las, Babi, e,

já tomamos metade da garrafa, sobrevivo galhardamente às narrações insossas do dia a dia emocionante da funcionária pública concursada em cargo de gerência rodeada de futricas e intrigas medíocres as quais não movem um grão de poeira do mundo, e Babi fala e fala entusiasmadamente quiçá como na época na qual nos conhecemos e ela necessitava provar-me seu valor e interessância, mulheres e sua necessidade de afirmarem-se não apenas como mulheres, entretanto também na condição de seres racionais, como a idiotizada da Tatiana Fagundes regurgitando Verossimilhança; Crise do real; Construção narrativa e fala, fala, fala, Babi, falam, falam, falam, todas elas, meneio a cabeça como a dar-lhe corda, mal sabes tu, minha companheira, e Edmundo serve-lhe maliciosamente mais um tanto da champanha, ela ri que vou embebedá-la, tento fazer Edmundo sorrir-lhe em resposta, e devo estar sorrindo mesmo a pensar que tu não sabes, contudo esta tua narração infinita de sofrimentos miúdos e desinteressantes, se acrescida de alguns maneirismos estilísticos contemporâneos, uma dúzia de palavrões e cenas de sexo, poderia ser um livro que a digníssima Record enviar-me-ia para revisar, quiçá dessem-te um Jabuti ou um Açorianos,

a tensão da mulher contemporânea em
um cotidiano de tédio e paupérrimos eteceteras,

estaria na orelha de burro do teu livro, Babi, e bebes e dizes que a comida chinesa está quase chegando e agora produzes mongoloidemente como o gênio do supervalorizado James Joyce, pois vais dos teus dramas da repartição para a comida que está chegando para o comentário sobre o sabor do champanha para dizer-me, agora, que tua mãe ligou, eis o que os sequiosos por novidades e ouros de tolo chamam de fluxo de consciência e não passa, em verdade, de falta do que dizer, descontrole das ideias, diarreia neural, apenas isso, e eu tenho muito bem pensado o que dizer,

Babi,

Edmundo interrompe-te, fitas-me, e prossigo, e quiçá o constrangimento pelas asneiras as quais direi com Edmundo acabem emprestando ainda mais verdade a esta cena e, Estive pensando sobre nós, e tu sobressaltas-te, Como assim, queres saber, O que foi, e dizemos-te Calma, e eu sorvo um longo gole deste refrigerante que entorpece pederastas e mulherzinhas, anseio por um bom conhaque, no entanto, não era possível encaixá-lo neste momento da narrativa, com engulhos no estômago, ranço no esôfago, faço Edmundo avançar, Há tempos lembro que falaste sobre o esfriamento de nossa relação, e tu agora desvias o olhar subitamente tímida,

Babi,

eu, Edmundo te chama novamente, oh, o que é que vou dizer a seguir, é como se minha alma descolasse de meu corpo e é ótimo que assim seja, posso ver o personagem Edmundo agindo nesta ficção, Tu tinhas razão e fui um tolo em não perceber, e queres dizer algo, porém interrompemos-te, não permito que estragues o texto, Não podemos botar fora tudo o que construímos e eu sei que tivemos momentos difíceis porém, e um Ai Ed é suspirado no ar, não consigo traduzir-lhe, se cheio de cansaço ou de esperança, ou as duas coisas, Estive pensando, retomo, Edmundo fitando profundamente teus olhos confusos, Vamos investir em animar nossa relação, e os olhos arregalados, a boca entreaberta, não cogito o que podem significar qualquer destes teus movimentos e tomas um gole de champanha, isso, prepara-te, Babi, pois agora vou até o final, Estive pensando se já cogitaste a possibilidade de, e silencio, Edmundo sustenta o silêncio, e balanço negativamente a cabeça de Edmundo, respiramos fundo e voltamos a te mirar enquanto sonho com um Hilton poderoso inflamando meus pulmões, Cogitei o quê, tu perguntas, e sim, o silêncio funcionou, sorvo mais um pouco deste líquido asqueroso e afeminado, como a tomar coragem,

Já ouviste falar em — como dizem
os franceses — ménage a trois?,

e é como se tu, Babi, enfrentasses Mohammed Ali, poderia abrir contagem de dez segundos e creio que não reagirias, todavia, não posso oferecer-me tal luxo, é mister que o texto prossiga, para que o nocaute seja incontestável, inapelável,

Soube de meninas que aceitam participar
destes jogos de modo profissional e,

sigo na narrativa, Edmundo te relata ter ouvido dizer que são jovens
e rijas e atraentes, e observo a estranheza no teu franzir as sobrancelhas, Edmundo reforça a questão da discrição e afirma Possuo meios
de fazer os contatos, e noto como moves as mãos inquietas, pegas e
soltas da taça, estás atordoada, abro a boca e Edmundo enfileira mais
uma dúzia de frases esculpidas para este momento, reforçamos que
são jovens e lindas, e então reages, Não tô entendendo; Chamar prostitutas?; Desde quando tu?, a língua dissolvida em champanha não
dá conta da torrente de perguntas e ressentimentos que jorram de
dentro de ti, preciso manter minha calma, a calma de Edmundo, não
sei onde isto terminará, o ponto final, sei, não me pertence de todo,
e ouço-te falar, enquanto elaboro mais alguns argumentos canalhas,
agora é preciso fazer força para não sorrir ao ouvir-te, em um misto
de dúvida e certeza, questionar se frequento Putas, dizes Putas, vejo
que crias a história na tua cabeça, e sinto o doce sabor da desforra, e
é só o começo, perguntas e perguntas muito, desejas saber mais do
que tenho para contar, não queres ligar o televisor agora, é, a Globo
não te oferece isso, Babi?, e por isso quero brindar, contudo, não posso, com a cabeça faço Edmundo negar veementemente tuas acusações travestidas de perguntas e bebo a champanha como se fora um
conhaque, tu gritas, Babi, tu gritas e eu, Edmundo, eu.

> **Testemunha: Getúlio Borba**, 43 anos de idade, casado, policial civil, lotado na 2ª Delegacia de Polícia Civil de Cachoeirinha.

J: Oficial, o senhor lembra onde estava e o que estava fazendo na madrugada do dia onze de agosto de dois mil e doze? **T:** Sim, senhora. Estava de plantão na DP. **J:** E aconteceu algo que o senhor julgue anormal, dentro da rotina do trabalho em um plantão policial? **T:** Então, foi sim, teve sim. **J:** E o senhor poderia narrar este ou estes eventos? **T:** Olha, eu não vou me recordar o horário do ocorrido, mas foi onde o telefone tocou e... desculpa, doutora, mas antes, é assim: a gente, nós da DP, a gente passa as ocorrências para a imprensa, compreende? **J:** Sim? **T:** O colega Carlos Antônio, plantonista antes de mim, já havia efetuado o procedimento, onde que não havia ocorrências novas no meu plantão e o telefone tocou e um indivíduo dizendo-se da imprensa, do DG... **J:** "DG"? **T:** O Diário, o Diário Gaúcho. **J:** Certo, prossiga. **T:** Então, aí o indivíduo perguntou pelas novidades do plantão e foi onde eu estranhei porque era tarde, ou cedo demais para ligarem, eles têm o fechamento da edição, que é lá pela meia-noite e... e também era sempre uma menina, Mariana, acho, é, Mariana quem efetuava o contato com a gente, então eu perguntei "e a Mariana, quem está na linha?". **J:** E então? **T:** É. Aí que o indivíduo esse disse que a Mariana estava doente, e que ele era, não recordo o nome... **J:** Edmundo? **T:** Não. Foi outro nome. Mas ele precisava saber mais informações do "caso Keyla dos Santos Sampaio", que foi assim que ele disse, "caso Keyla dos Santos Sampaio". **J:** E o que o senhor disse para o indivíduo? **T:** É. Foi onde eu disse que não sabia nada e aí foi estranho porque ele sabia, ele disse "o caso do assassinato da menina nas imediações da avenida Francisco Ferrari na noite de ontem", e então eu inquiri o cabo Amorim, que estava comigo no serviço, e ele confirmou o ocorrido, mas que não tinha nada para contar e eu disse isso para o indivíduo que consequentemente me indagou sobre suspeitos, "E os suspeitos, o senhor já pode revelar seus nomes?". Eu informei que não havia suspeitos. **J:** E foi isso? **T:** Não, senhora. Teve mais. **J:** Conte, por favor. **T:** É que nem sei se deu uma hora depois, e o mesmo indivíduo, pois eu reconheci sua voz, efetuou novo contato, com o mesmo objetivo. Queria saber se havia alguma novidade do "caso Keyla dos Santos Sampaio". Eu achei estranho e perguntei por que ele estava querendo saber. **J:** E o que ele lhe respondeu? **T:** Ah, alegou que era da imprensa, que era um crime de "grande repercussão" e foi onde eu... **J:** O senhor? **T:** Não, foi onde que não sei bem como explicar a situação, se é correto dizer e... **J:** Lembro que o senhor está sob juramento. **T:** Sim, senhora, pois foi que eu disse que o caso esse sobre o qual o indivíduo averiguava nem era, não ia estar sendo assim de grande repercussão, que não ia dar em nada e... **J:** Por que o senhor disse isso? **T:** Ah, doutora, é difícil, a gente sabe. Era final de semana, ia ter mais ocorrências como aquela, o efetivo é baixo, não tinha evidências na cena, segundo o que o colega havia me informado... eu não deveria ter dito isso a ele, ao indivíduo, mas disse. **J:** E aí ele desligou? **T:** Não. Ele perguntou se eu tinha certeza de que a ocorrência não **era** de repercussão. E eu respondi que isso eu não podia afirmar, mas que honestamente com toda a sinceridade nós íamos nos esforçar com muita dedicação no sentido de, a senhora entende, não sei se... **J:** Certo, certo. Mas e então? **T**: Então teve mais. **J**: Mais o quê? **T**: O indivíduo efetuou mais contatos. Sempre sobre esse assunto. Se tinha alguma prova, se tinha diligência na rua, se... aí eu me alertei, opa, tem coelho nesse mato, eu me disse assim e efetuei o contato com meu superior, relatando os ocorridos e solicitando autorização para averiguar, se o indivíduo ligasse de novo. **J**: E o que ocorreu? **T**: Eu obtive a autorização e foi onde o indivíduo ligou de novo, e a DP tem bina, e eu registrei o número utilizado, o mesmo das outras vezes. E não era o número do DG. Então liguei para o número, um celular, e atendeu a voz do indivíduo, e eu solicitei ao colega, o cabo Amorim, que falasse no meu lugar e perguntasse quem era. E o indivíduo respondeu que era Edmundo Dornelles, isso eu lembro bem. Então o cabo Amorim indagou, "Mas esse não é o telefone do estagiário do DG?". Aí o indivíduo se atrapalhou todo, disse que também era, mas que o outro, que não existia, estava no banheiro. O cabo Amorim disse que esperava. Então ele desligou. **J**: O senhor ouviu isso tudo? **T**: Sim, estava no viva-voz. **J**: E então o senhor avisou seus superiores? **T**: Não, ainda efetuei mais um contato, só que do meu telefone pessoal. E aí não atendeu. Tentei muitas vezes e não obtive retorno. Parece que foi onde que ele estava detido em uma blitz. **J**: E foi isso? **T**: É. Foi. Então emiti a informação aos superiores que desencadearam uma operação de inteligência. Cruzaram os dados com a outra DP, onde que o indivíduo, o acusado, então, tinha estado detido. Por uma coisa de nada que não pegamos ele ali mesmo. **J**: Certo. Mais alguma coisa? **T**: Não, senhora. **J**: Obrigado, oficial Borba. Passo a palavra para a Defensoria Pública.

MEMÓRIA OBSCURECIDA, 13 DE DEZEMBRO DE 2010

Digo-lhe que é por segurança, e o basbaque responde-me Show, já não cabem nos dedos de minha mão as vezes nas quais ouvi, na última meia hora, esta letárgica e polivalente expressão, Mas não quer colocar umas rodas show também?; Faço um descontinho show; Tamos com uma promoçãozinha show nuns sons que são; ah, meus índios e seus limitados dialetos, certos estão os portugueses em ignorarem a nossa variante, deveriam era ter-nos saqueado com mais velocidade, abandonado este buraco negro de razão ao tupi-guarani e à língua-geral, deixá-los todos ainda de tanga, contudo justificam as piadas os lusos, burros, aqui ficaram, estúpidos, faliram moral e financeiramente, e ele pergunta como vou querer fazer o pagamento da película dos vidros e digo-lhe que pagarei à vista e só eu sei o quanto me custa este à vista, os sacrifícios todos, porém há de ter um significado maior e, antes que elogie minha forma de pagamento dizendo-me show, indago-lhe se é permitido fumar aqui e ele, com seus óculos escuros, mesmo assim, consegue expressar certo pânico e agora não dirá show, diz-me De jeito nenhum bróder, e explica-me com um orgulho de feira de ciências de primeiro grau a sorte de químicos e inflamáveis com os quais opera neste pedaço de submundo, devem ser os gases tóxicos que intensificam sua brasilidade, sua estultice genética, e vai buscar um recibo ou qualquer coisa no balcão multicolorido, tapado de decalques Bombsom, Nitro, Booster, Roadster, a epilepsia deve ter sido gerada em um espaço como este, e esta minha obra sem título, onde colocar o título em um romance sem papel, esta minha obra tem-me conduzido aos lugares mais inusitados, eis-me o Flâneur precário, flanando pelo Partenon, porém o Partenon de Porto Alegre, aqui não há charme, epifania, redenção, apenas a TchêTunning Audio Car Service, e idiotizados com este bloquinho na mão e seus óculos escuros os quais espelham e denunciam meu enfado com a parvalhada universalizada, penso em dizer-lhe que desejo que os vidros fiquem como a lente de seus óculos, contudo não gastarei minha astúcia, meu bom humor, muito menos minha saliva com este lesado, é capaz até de o anormal nem sequer entender o jogo, e eu ver-me explicando-lhe a piada, em uma tortura de fazer inveja a chineses, inquisidores, ditadores e esposas, pergunto-lhe quanto tempo o serviço exigir-lhe-á, Duas-três-horinhas,

horinhas,

então deve ser mais rápido do que duas ou três horas de tamanho normal, penso em indagar-lhe, porém, por óbvio, não o faço, aquiesço com a cabeça, e o que fazer nesta região por duas-três-horinhas, pego o *Diário Gaúcho* esquecido no balcão, saio da loja, ah, que alívio inominável, afastar-me da frenética batida sonora que embala o trabalho debiloide do homem-show e sua equipe de retardados, esta martelada sincopada a qual eles chamam de música, por certo deve ser um dispositivo de segurança mental para impedir o vicejar de qualquer sorte de pensamento, tum-tum-tum, uma trava cerebral, uma hipnose, o tum-tum-tum-tum, grave, martelando o microencéfalo a cada tentativa de sinapse, é melhor até o ruído deste freio de ônibus, esta buzina, a matraca destas duas velhas que passam a falar sem ouvirem-se, tudo é mais audível do que aquele atestado tribal dos tupiniquins os quais pensam que uns óculos de sol e camisetas fluorescentes são alguma certidão de civilizagem, permanecem todos selvagens à paisana, eis o fato, sentar-me nalguma birosca da

Bento Gonçalves, avenida a qual parece fazer um esforço estético para recordar-nos que homenageia os Farrapos, os abestalhados são Farrapos humanos, as fachadas são Farrapos de cimento, não, não me sentarei, é prudente evitar o risco de gastar os poucos mirréis que me restam, caminho, caminho, posso sentar-me naquela praça imunda para folhear este subtabloide, ler sua seção policial, contudo, de que adianta ler isto hoje, Edmundo, acaso encontrasses o crime ideal, uma menina, dezesseis ou dezessete anos, carbonizada, em um espaço ermo, sem suspeitos, acaso o mundo oferecesse-te esta péro-la, estarias pronto?, tens consciência de que não, ainda não adentras-te um motel em Cachoeirinha, há tanta narrativa por produzir, Babi, está desconfiada, é verdade, porém, e teus borrachos, e tua família, e as provas, esquece, Edmundo, não abras este jornal, é melhor que o crime perfeito não esteja aí, assim aumenta a probabilidade de ocor-rer no futuro, pensa nisso, paro na esquina com a Luis de Camões, observo o trânsito, eis a homenagem que fazemos ao fundador de nossa língua, eis o valor do nosso idioma nesta província, buzinas, gentalha sórdida, imagino que este crioulo molambento careca que vem atravessando a rua, acaso indagado, respondesse-me que Luis de Camões, claro que tem ciência de quem é, é a rua que faz esquina com a Bento, eis o fim da tua epopeia, meu caro Camões, é isto que tua obra significa, referência apenas para o trânsito, eis a literatura, meto a mão no bolso, saco um maço de Hilton, restam-me três ci-garros, preciso fumar lentamente, olho as horas, ainda não passaram nem quinze minutinhos, deveria ter trazido um livro de Fiódor.

MEMÓRIA SOLITÁRIA, 13 DE JANEIRO DE 2011

Quarenta hediondos mirréis por três horas para uma fornicada não deixa de ser uma medida de higiene, quiçá de saúde pública, repele uma parcela dos platelmintos, veda-lhes acesso à alcova, contudo os bárbaros acaso exigem motel, lençóis de cetim, camas redondas, insinuações eróticas para se reproduzirem?,

são vermes: parasitas:
reproduzem-se a céu aberto,

em vielas, esgotos, nas suas malocas, becos, matagais, bichos no cio, entretanto, quarenta cruzeiros, e não são os chulos dos índios metidos a gente que terão que investir esta bagatela, sou eu, e estaciono em frente à cancela, demoro-me um pouco para baixar o vidro do carro, o vigia deve estar observando-se no reflexo espelhado da película negra a qual protege minha privacidade dentro do automóvel, fiz bem em investir cinquenta paus por fora para aquele anormal aplicar uma gradação acima do permitido pela lei, isto há de ajudar-me em muitos sentidos, baixo primeiro uma fresta do vidro, viro-me para o banco do carona vazio, apenas a sacola com uma garrafa de conhaque, pão, mortadela, e então faço o esforço, tento repelir minha racionalidade e Edmundo visualiza uma adolescente excitada ou amedrontada ou excitada e amedrontada ocupando o assento,

Edmundo vê sua minissaia mais curta do que os bons costumes recomendam, quiçá estejamos reparando um destes bovinos anéis preso ao nariz ou ao umbigo o qual escapa das parcas vestes as quais ela julga sedutoras quando somente são poucas, ela masca chicletes, e Edmundo sussurra-lhe, e eu cuido para que seja de modo audível para quem está do lado de fora,

Fica quieta agora pois já vamos entrar,

pigarreio, elevo a minha cabeça de Edmundo à altura da fresta, meus cabelos de Edmundo tocam o teto do automóvel, baixo menos de um palmo o vidro, apenas o suficiente para que o vigia trave contato visual comigo, com Edmundo, tento demonstrar-lhe que dentro do automóvel há um homem envolto em segredos, abro a boca, falo apressadamente e Edmundo pede-lhe um quarto, o sujeito oferece-me com garagem e sem garagem, diferença de cinco mirréis, não titubeio, necessito da garagem para minha guria não ser vista por testemunhas, é claro que Edmundo não lhe dirá assim, isto seria um mau diálogo,

Garagem, por favor,

ele dá-me uma chave e agora oferece um papel quadriculado como se eu fosse jogar batalha naval no quarto, e não era mau ter esta opção, Edmundo agradece-lhe sem fitá-lo nos olhos, como se temesse encarar alguém, vou fechar o vidro, porém,

Primeira vez, senhor?

O vigia indaga, demonstrando ser bom fisionomista ou ter pouco movimento no seu trabalho, ocupação desprezível: oito horas diárias observando rostos excitados, lânguidos, luxuriantes, quiçá seja um punheteiro, masturbe-se imaginando as fantasias alheias, Sim, digo-lhe e Edmundo completa que Aqui é a primeira vez, então ele alcança-nos mais um papelucho, um cartãozinho, fecho o vidro rapidamente, engato a primeira marcha, observo o que diz no papelzinho

Cartão Fidelidade Motel Aconchego —

Marque 10 estadias e ganhe 1 estadia de 3 horas (domingo a quinta--feira) no apto simples. (bar não incluso), e não é que o acaso, meu irreparável inimigo, sorri para mim, este cartão o qual eu não portaria nem em meus mais tenebrosos pesadelos, quem me conhece o sabe, portanto será inevitavelmente integrado à minha narrativa, será uma bonita prova, além de uma boa economia daqui a dez visitas; olho as horas, dezenove e vinte e sete, vamos lá, tenho de ficar até às vinte e duas e vinte sete impreterivelmente, comer meu pão, tomar um trago, vinte e duas e vinte e sete, um bom horário para Edmundo devolver uma adolescente em casa, quiçá passar no Tinoco's, este calor está infernal.

NA MEMÓRIA, 3 DE MARÇO DE 2011

Nove, oito, zero, cinco, nove, quatro: salvar: nome do contato, nome do contato, devo registrar Edmundo, ou um apelido mais carinhoso, como uma adolescente chamaria o homem o qual deságua suas fantasias sobre a sua juventude, Meu Macho, Papai, Amorzão, Tigrão, quiçá apenas Paixão, paixão, ingênuo e fogoso ao mesmo tempo, uma brincadeira de Barbies sem censuras ou limites, digito: pê, a, i, xis, til, a, ó: salvar: está salvo, agora vamos ver: contatos: paixão: chamar: está chamando, todavia não toca, haverei gravado meu número erroneamente, não, agora sim, está tocando aqui no meu bolso, saco o telefone; perfeito; desligar. Perfeito. Agora com os dois aparelhos nos bolsos, tateio a tecla no telefone do bolso esquerdo e pressiono-lhe cuidadosamente por duas vezes, aguardo: aguardo: aguar, eis a vibração no bolso direito, impecável, impecável, isto sim será de grande efeito e, pronto, agora posso deixar esse posto avançado do inferno que é este banheiro do Tinoco's, uma jaula de orangotangos abandonada não seria mais imunda, o banheiro da rodoviária no carnaval não conseguiria ser pior, estes animais descarregam toda sua psicose aqui e esta maçaneta a qual sempre gira em falso como a testar nossa capacidade de apneia, quem frequenta esta cloaca está pronto para mergulhos abissais sem o auxílio de qualquer equipamento, pronto, destravou, e esta fragrância de fritura no ar da espelunca torna-se uma fragrância de primeira grandeza em contraste com o sulfuroso ambiente o qual deixo apressadamente para trás, já vou acendendo um bom Hilton para fumigar meus pulmões, passo pelo balcão fazendo sinal para pousarem mais uma cerveja em minha mesa, uma cerveja deixada pela metade, inequivocamente, é algo bastante simbólico neste consulado dos alcoólicos anônimos, e assim será, este espaço é imundo, entretanto não há gota de bebida no chão, os anormais lambem, aspiram o piso caso algo respingue ou nem dão tempo de a gota tocar o chão, no intervalo entre a mesa e o piso devem contorcer-se para salvar um mililitro de vício líquido, e chego à mesa junto com minha cerveja, o idiotizado Do-boné-da-Goodyear--e-bigode, antevejo, estremece de prazer com seu humor da APAE e,

Demorou, Doutor, tá tudo bem?,

faço ouvidos moucos, agora és minha enfermeira, minha mãe, para controlar meus minutos no banheiro, meu caro fiscal sanitário, para o inferno, seu estólido, basbana, ignóbil, sirvo uma cerveja, a gentalha tem este prazer escatológico de investigar o que os outros fazem no sanitário, se um dirige-se para lá, os outros ficam mais atentos do que soldados em uma trincheira, o que lhes importa se alguém defeca ou urina, o que se modifica no estado de coisas, vocês fazem isso constantemente pela boca, pelos poros, em público, e sorvo longamente minha cerveja e observo o chulo murchar no seu bom humor, mas isto é uma montanha-russa da idiotia, eles já gritam sobre futebol, a convocação, Neymar, Ganso, Pato, estão falando de uma equipe ou de uma chácara, Neymar: o caseiro que cuida dos gansos e dos patos; não desejo dizer-lhes nada hoje, preciso concentrar-me, já passa das vinte e uma, é mister perceber a deixa ideal, onde encaixar esta instigante cena, um toque de telefone é outra coisa que excita estes hipopótamos atolados no seu banhado de cachaça, um aparelho toca e põem-se ansiosos, esperam que do outro lado da linha esteja o Obama, o treinador da seleção, não faço ideia, contudo é perceptível: basta um toque de telefone sobressair-se à algaravia cotidiana e eles todos aquietam-se como se o telefone alheio pudesse trazer-lhes uma chamada, uma informação vital, e, no entanto, por óbvio, nunca lhes diz respeito, contudo, espreitam os ratos alcoólatras, roedores de migalhas de fofocas, querem uma mínima deixa para espezinhar o outro neste jogo infantiloide e sádico que é a média das amizades masculinas desde as primeiras palavras até o leito de morte, amizade como um sinônimo de pisotear o saco alheio até achatar os escrotos e a paciência, sem dó, um combate eterno, e aquiesço com a cabeça seja lá a asneira que estejam proferindo e agora percebo: o Funcionário-de-cartório ergue seu copo, vai batê-lo de encontro à mesa, um orador grotesco exigindo atenção em um debate insano, é o momento, preciso da sincronia perfeita, meto a mão no bolso direito, dois apertões no botão exato, o copo do ordinário choca-se contra o tampo, a boca mole, prestes a expelir perdigotos tamanho família, a apresentar a cena infame da língua molenga cheia de veneno e estupidez, a boca dele entreabre-se e, oh, por Nietzsche, Fiódor, Leão, Honoré, sublime momento:

meu telefone de Edmundo toca,

e alerta todos, a turba, incontinenti, mira-me, aguardo mais um toque e Edmundo demonstra-lhes falta de familiaridade com o momento, lanço um último olhar de soslaio para a caterva, desligo o telefone no bolso esquerdo ao mesmo tempo que Edmundo saca o do bolso direito, perfeito movimento, Edmundo atende a ligação e, Alô (pausa providencial, sinto-me uma apetitosa carniça cercada por um bando de esfomeados urubus, diminuo o tom de voz), Não posso falar agora (Edmundo baixa a cabeça como a esconder-se, mais uma pausa, levo a mão ao bocal, com um discreto movimento de olhos percebo a SS pronta a me fuzilar), Já vou ao teu encontro (Edmundo desliga e); levo o telefone ao bolso, Edmundo empina açodadamente o gole restante em meu copo e, com uma dor furiosa e arrasadora fulminando minha alma, observo a meia garrafa de cerveja que sacrificarei aos infames, meus borrachos de estimação erguerão brindes e sarcasmos assim que eu lhes der as costas, e é o que eu e Edmundo fazemos, sem dizer nada ergo-me do assento, começo a deixar o ambiente, um, dois, três, quatro e a pergunta demorou mais do que eu julgava, entretanto ei-la, não distingo a voz, apenas sei que me indaga se já vou, tão cedo, deixando cerveja, viro-me, respiro fundo enchendo o pulmão de gordura e podridão e concentro-me, preciso que me saia natural, como saem as frases que lapido sobre o papel em meus romances,

Por acaso casei com vocês, meus caros,
para dever-lhes explicações?,

Edmundo indaga-lhes em tom provocador e é como jogar bananas na jaula, bosta no mosqueiro, adoram estes chistes medíocres, os quais lhes permitem discutir indefinidamente sobre a sexualidade de um e de outro, quem acaso contraiu matrimônio com quem, ouço: Deus-u-livre casar com um barbado feio desses; e dão risadas os meus borrachos de estimação, provavelmente antecipando o sabor da cerveja gratuita que lhes deixo, pela qual digladiar-se-ão sem sombra de dúvidas, que se afoguem em meia cerveja; em passo firme, demonstrando pressa e decisão, deixo a nuvem de banha que paira eternamente no Tinoco's, Edmundo adentra meu automóvel de vidros negros, antecipo a facada de mais um dispêndio de combustível, entretanto vamos lá: dou a partida. Cachoeirinha, teu flâneur motorizado está chegando.

MEMÓRIA BROCHANTE, 18 DE ABRIL DE 2011

E é como escrever um romance, ou melhor, é escrever um romance; apenas, contudo, não será rastreado à primeira vista por um (em estado) crítico-literário qualquer, entretanto aí residirá a glória, meu avassalador triunfo sobre este sistema espúrio: quando os camundongos vesgos, com suas lesmas no lugar de encéfalos, puserem-se a apedrejar-me junto com toda a opinião pública, ah, que gozo, quando somarem cada pequeno detalhe, cada rastro que espalho e espalharei pelo mundo como se espalham frases significativas em uma página, depois em outra, depois em mais uma para que o leitor, ao fim, precise segurar o queixo ao perceber que tudo eram tijolos de uma grande e perfeita construção, sim, quando isso se der, minha vendeta estará concluída, e esta espera nesta botica cachoeirinhense será recordada com júbilo por mim, pois eis aqui mais um episódio o qual apenas o olho clínico do verdadeiro artista da ficção e do exímio leitor é capaz de perceber e preencher com significado e quiçá esta velhota mal-amada, mal parida, que me mira e me julga com estes olhos de catarata, esta velha já reconheça-me Edmundo de minhas, suas, nossas andanças, aos poucos vou me fazendo ser percebido nesta subprovíncia a qual converto em personagem, e a velha segue fitando-me e abre os lábios, preparo-me para sentir o bafo da morte iminente que ela expelirá, será que Edmundo já lhe incute temor, perguntar-me-á o que faço por aqui, ameaçará Edmundo, que deixe sua cidade ou alertará a polícia, o que tem ela, e

Essa é a fila dos idosos, moço,

demoro ainda alguns instantes para traduzir os fonemas que escorreram pelas bordas destes beiços de puxa-puxa, ela ergue seu monte de rugas e pintas com unhas nas extremidades, em um esforço o qual talvez seja o derradeiro, tamanha a demora, tal o estremecimento de seus braços flácidos e asquerosos, aponta com seu dedo caricato de bruxa má para o caixa, viro o rosto e vejo, está lá escrito o que ela tentou dizer-me, miro a outra fila, sete humanoides e suas chagas, vieram comprar genéricos para suas doenças populares, volto a fitar a velha, as pelancas de seus lábios tremem, quiçá ainda não seja o momento de indispor-me, de Edmundo expor-se, não sei, ela diz,

Vou chamar o segurança

velha deprimente, eis teu prêmio por aguentar oitenta anos de indignidade sobre tuas paletas: ter filas menores na hora de comprar remédios para teu acúmulo de dores e horrores, vais ficar muito felizinha se eu sair daqui?, ou teu cérebro em degradação não é mais capaz de registrar conquistas?, contudo não, Edmundo é um homem tarado por menininhas, não me indisponho tão facilmente à luz do dia quando sóbrio, não será aqui, às quatro da tarde, que meu personagem, constrangido por suas furiosas paixões, revelar-se-á um animal incontrolável fragilmente domesticado pela turba civilizatória, não, seu drama virá aos poucos; porém obrigado, vovó de Cro-Magnon, pela oportunidade de construir uma cena pirotécnica, memorável, todavia desnecessária, eis a maturidade do romancista, Tatiana Fagundes: dispensar o mero efeito, trocá-lo pelo detalhe indispensável, sacrificar ao grande texto a narrativa fácil como a dos teus continhos juvenis; e a velha começa a se contorcer, amanhã conseguirá terminar a rotação de todo o corpo para chamar o vigia para socorrê-la, troco de fila, posiciono-me atrás de um ser doente, sinto o odor nauseabundo do seu organismo podre, era bom ter algo para ler por aqui, melhor não, melhor pensar, sim, faço a compra, e onde perderei esta nota fiscal, no automóvel, em casa, quiçá dentro de casa seja melhor olvidar um comprimido e, no interior do automóvel,

, enfim terminou a longa procissão dos leprosos sem Cristo, avanço e, na voz mais decidida que consigo entonar, Edmundo pede à guria do caixa, Minha querida: por favor: uma caixa de Viagra, e era patente que isto aconteceria:

julgas minha masculinidade,
minha virilidade, não é, guria?,

tua imaginação adestrada por símbolos televisivos de fácil digestão cerebral não tem mais o dom da ficção, não te deleitas em pensar em mil narrativas a partir deste singelo pedido de um cliente, podias supor um sexo grupal iminente e ruborescer as faces, ou apiedar-te de mim por imaginar que possuo um avô tarado o qual me fez seu último pedido, ou mesmo que sou um pervertido por meninas púberes as quais exigem mais intensidade sexual do que um homem de cinquenta anos pode ofertar ao natural, no entanto vais buscar o remédio, provavelmente não contendo um sorrisinho sarcástico, um comentário com uma taipa do estoque, como se tua vidinha sexual, com este traseiro gordo e mole ao qual nem mil viagras ou cimento restituiriam a condição erótica, fosse uma orgia perpétua de prazer e encantamento, por Nietzsche, se Darwin estivesse nesta farmácia reveria todo o seu vocabulário, a começar pela palavra Evolução, e lá vem a nossa mal esculpida Afrodite, já conténs o teu sorriso de soslaio, não é, minha cara, e,

São oitenta e dois com quarenta,

tento conter o impacto do achaque verbalizado por ela, Edmundo sustém a naturalidade, miro a fila atrás de mim, meto fundo as mãos nos bolsos, volto meus olhos para o balcão onde repousa a caixinha de remédio, as duas mãos socadas no vácuo dos bolsos, e ela indaga--me qual a forma de pagamento e gostaria de dizer-lhe que será com um revólver trinta e oito, ladrão que rouba ladrão, mais de oitenta mirréis, indago-lhe quantos comprimidos vêm na caixa, ela pega a embalagem e lê, No caso são quatro, arqueio minhas sobrancelhas, ela diz-me que, No caso posso ver se tem de dois no estoque, puxo o ar como se estivesse com um poderoso Hilton entre meus lábios, ela, prestativa, deve precisar vender desesperadamente para atingir metas ou apenas deseja humilhar-me de vez: além de impotente, és miserável, ela decerto pensa enquanto acessa o sistema eletrônico da loja, O de dois vai tá saindo por cinquenta,

Cinquenta para comprimido
+ quarenta no motel,

este processo vai custar-me uma verdadeira fábula, sorte que peguei emprestado o cartão Ipiranga da Babi, está toda entusiasmada com seu carrinho novo de nova burguesa, não reparará em um tanque a mais ou a menos na fatura, não sossega mais em casa desde que adquiriu seu automóvel próprio, vou encher o tanque, e a guria pergunta o que vou levar,

Infelizmente esqueci a
carteira em casa, querida,

improviso e Edmundo diz-lhe que volto amanhã e retornarei amanhã, quiçá esteja escrevendo certo por linhas tortas, afinal, amanhã esta desagradável terá a oportunidade de melhor imprimir minha fisionomia em seu microcérebro, lembrará de Edmundo como o sujeito que consome Viagra, o viagrólatra, eu e Edmundo deixamos a fila, seria oportuno amanhã encontrar umas jovenzinhas nesta farmácia para olhá-las cobiçoso, lascivo, enquanto compro os comprimidos azuis, oportuno será ganhar algum a mais neste mês, escrever para a assistente de Tatiana pondo-me à disposição?; comercializar mais uma caixa de *Heranças dos mortos* nos sebos de Porto Alegre?; vou tomar um trago em algum boteco aqui perto, rever estratégias, talvez, recostado a um balcão que fará a fórmica deprimente do Tinoco's parecer um mármore Carrara digno de condes, e, quem sabe, Edmundo possa comentar libidinosa e asquerosamente acerca das curvas dos corpos das jovens que passarem na calçada em frente ao bar, quem sabe pedir a opinião dos desocupados que lá estarão comigo, quem sabe lançar olhares oblíquos e tomados de malícia, quem sabe até um borracho local quererá brigar com Edmundo hoje.

MEMÓRIA A SER ESCRITA, 22 DE JUNHO DE 2011

Dá-me engulhos recordar a mão mole, o cumprimento lânguido, os dedos de pano, por que esta bicha, com sua echarpe, não é capaz de apertar a mão como um homem, medo de segurar minhas mãos com firmeza e nunca mais soltar, estes veados são mesmo patéticos, espero que não retorne nu, ou de hobby, querendo seduzir-me, ora, Acho que tenho alguma coisa para o senhor, e virou sua cara gordinha, de cavanhaque demarcado a régua e esquadro, biquinho de quem controla os gases intestinais e se foi, planando em passinhos leves, atrás de um caderno,

e sinto-me um gênio brilhante e um
atrasado mental desprezível,

minucioso ao limite: o diário de meu personagem, evidentemente, exige transparecer sinais de envelhecimento, precisa ter visíveis alguns anos de idade, ora, se o crime ocorrer no final deste ano, um caderno Tilibra comprado novo poderá gerar suspeitas, ser inverossímil no contexto, e digo-me: perfeita observação, Edmundo, impecável; contudo agora te vês aqui, imiscuído na maior concentração de pederastas por metro quadrado da cidade: a rua dos antiquários, que bichice repugnante e infinita, mais asqueroso que aquele cinema Guion ao qual aquela vez Babi convenceu-me a ir ver um filme argentino abilolado, a prefeitura deveria ser destituída por compactuar com uma aglomeração daquelas, e estes candelabros, sofás velhos, lustres imitando palacetes franceses, bonequinhas de porcelana, velhos cartões-postais, baixelas:

badulaques tresandando a naftalina,

envoltos pela nostalgia dos tempos em que os proprietários destes espaços brincavam com os sapatos e as roupinhas e as maquiagens das mamães superprotetoras e os pintos dos priminhos fanchões, saudades da aurora da infância, veados são nostálgicos e também arrogantes, trinta reais um caderno, Mas veja que é de tecido, disse-me o desviado da outra loja, sim, senhor, trinta reais por um caderno, deve ser o tecido do santo sudário e nem imagino quanto agora o Clóvis Bornay da vez tentará extorquir-me,

ao menos não acendeu uma cigarrilha,

e lá vem ele, traz dois cadernos nas mãos, espero que não sejam da década de cinquenta, que não possuam o tal valor histórico, como disse a outra bichona, e quiçá minha narrativa pudesse ser acerca de meu envolvimento com veados, isto seria um verdadeiro desafio: convencer o mundo de que eu, Edmundo, envolvi-me com transviados, porém não, não, veados não engravidam e isto será muito importante na construção da verossimilhança,

verossimilhança,

com seus frágeis oculozinhos redondos, a bonequinha fita dissimuladamente meus olhos enquanto para à minha frente, evito o contato ocular demasiado, agora estende-me os dois cadernos, devolvo-lhe logo um, sem observar sua reação provavelmente ofendida, apenas informo que O caderno é velho demais, ele balbucia tratar-se de Um achado, é Uma relíquia, esconde tu sabes muito bem onde teus achados, eu gostaria de dizer-lhe, contudo quero deixar logo esta gaiola das loucas, analiso o segundo caderno o qual ele oferece-me, possui sinais de uso, contudo não é demasiadamente velho, ah, o horror, o horror, a mãozinha de pano encosta em meu braço, procuro controlar-me, olho para a bicha, ele, talvez achando que me demoro muito, começa uma lenga-lenga afrescalhada acerca das vantagens do primeiro caderno, da década de setenta, evidências de estilo, características de época, afirma que nem se compara com este que tenho em mãos, agora — e não desgruda sua pusilânime mão de pano do meu braço —, reforça que o volume o qual tenho em mãos nem sequer é uma antiguidade, diz tê-lo encontrado por acaso dentro de um baú comprado de uma viúva, Nem tem tanto valor assim; e mal sabe ele que acaba de convencer-me a ficar com a não relíquia, pois deve ter a idade necessária para registrar algumas dores de 2008, sofrimentos de 2009 e, daqui para a frente, será um bálsamo poder exercitar alguma ficção por escrito nestas páginas, penso enquanto folheio a não antiguidade, observo suas folhas imaculadas e concluo:

nestas páginas levemente envelhecidas,
apresentar-se-á uma alma torturada,

uma vida comovente feita de incompreensão e, toca o sininho feito campainha da porta da loja, o pederasta lança seu olhar ansioso para o cliente que entra, volta a mirar-me com sua impaciência de guri criado pela vó, E então?, pergunta-me; digo-lhe que vou ficar com este, o mais novo, e indago o preço e, oh, bicha gulosa, indigna, primeiro dizias não ter valor, dizias não ser uma antiguidade; agora queres dez mirréis por uma porcaria de um caderninho encontrado ao acaso pelo qual não dispendeste nenhum valor, queres comprar tuas cigarrilhas e cerejas às minhas custas?, entretanto retruco indagando em tom negociador, Dez?, e ela faz olhar cansado, enfastiado, entediado com minha pergunta e nada diz, demora-se, quer cansar-me, mira por sobre meus ombros e grita num biquinho asqueroso dizendo ao outro cliente que já vai, e espero que a negociação seja breve mesmo, não suporto mais esta atmosfera e, na falta de uma resposta, como se o bundeador apostasse no meu esquecimento, retomo a negociação, Não podes fazer-me um desconto, e, com o mesmo olhar entediado, ele pergunta-me quanto quero pagar; ah, se fosse dizer-lhe a verdade, diria ao transviado que desejar pagar eu não desejo, meu caro, minha cara, gostaria de meter este caderno embaixo do braço e sair e pronto, contudo tenho uma nota de dez no bolso, se apresentar esta cédula a ele, certamente não quererá rebaixar o preço aviltante, saco a carteira à sua frente, vasculho o compartimento de moedas, somo, encontro mais duas cédulas de dois, refaço as contas,

Seis e setenta,

proponho e vejo o lento arquear e desarquear de sobrancelhas, como um falso susto em câmera lenta ou uma decepção de leitores de

Oscar Wilde, solta um suspirinho enojante, e diz, como se fizesse-me um favor, mostrando a palma da mão de pano, munheca de borracha, como se fosse segurar uma bandeja de cristais, Ok, e coloco meus trocos na sua mão, despeço-me de duas doses de conhaque, entretanto sei da importância deste investimento, não agradeço ao Bornay, quero sair daqui, afastar-me deste olhar que diz que não sou bem-vindo, e é bom não sê-lo, ora, por Nietzsche, pensas, meu bom veado, que anseio ser bem-vindo neste antro, pois saiba que não, ultrapasso o marco da porta sob o tilintar dos ignóbeis sininhos, deixo o antro, as echarpes, os falsos mármores, aquele devasso para trás, um estremecimento repulsivo percorre-me a espinha, como se emergisse da fossa, alívio e desgosto, estou na calçada da Marechal Floriano, acendo um bom Hilton, vou subir a lomba à direita; não; vejo uma praça: sentar-me-ei à praça, eis uma boa ideia, tateio os papéis cheios de anotações que trago nos bolsos, isto, esplêndida ideia, há um banco livre, dou uma baforada inebriante em meu cigarro, sentar-me-ei nesta praça de mendigos e velhos desocupados, sento-me aqui, miro um boteco do outro lado da rua, contenho-me: preciso salvar uns trocados, fico por aqui mesmo, estico as pernas, abro o caderno, admiro as jovens, quase imperceptíveis, manchas de amarelecimento em suas páginas virgens, saco uma caneta, sinto um pouco de frio no contato de minha mão com a superfície da página, um conhaque seria um excelente combustível, entretanto não, melhor concentrar-te, Edmundo: começa já a passar a limpo os episódios do passado inquieto de Edmundo, traz ao papel os sofrimentos verdadeiros de uma alma fictícia, mostra como é que se faz, escrevo:

MEMÓRIA ACONCHEGANTE, 17 DE AGOSTO DE 2011

Edmundo na parede, Edmundo no teto, Edmundo na outra parede, Edmundo na coluna, Edmundo em todos os espelhos desta sórdida alcova, sentado nestes lençóis por sobre os quais sabe-se lá que degeneradas cenas se desenrolaram, quais fluidos pútridos não se entranharam nas tramas do tecido; observo-me cercado de mim, meus cabelos começando a ganhar fios brancos, meu semblante marcado de cansaço e ansiedade e solidão, ou melhor, incompreensão, a marca do pensamento vivo: a incompreensão, como diria Fiódor, não me canso de recordar,

eu sou sozinho, eles são todos,

e no entanto vejo-me multiplicado ao meu redor, Edmundos vários de olhos sulcados e fundos por detrás dos óculos, múltiplas possibilidades de personagens e destinos, por que imitar a vida se é possível criá-la, movo a cabeça, e todos eles movem também, William Wilson exponencial, meus borrachos adoraram a história acerca de meu amigo e seu duplo no internato em Santa Maria, e agora seis Edmundos tomam um gole desta Kaiser quente, ainda restam-me cinco garrafinhas, este estoque tem de perdurar por mais duas horas, um Edmundo me encara, outros fitam-me obliquamente com o rabo dos olhos, outro, creio, dá-me as costas, o que veem eles?, quiçá o mais vivo personagem de todos os tempos, ou o autor desta obra, ou serão eles meus autores, e é melhor parar por aqui, antes que eu recaia nas baboseiras metafísicas, filosofias de cego como as do Jorge Luis Borges, ergo-me, não há muito o que fazer na solidão do Aconchego, talvez planejar os próximos passos e,

suítes de motel deveriam ter
computadores em vez de televisor,

e flagro um Edmundo sorrindo diante deste meu aforismo, o qual, entretanto, é mais do que mera frase de efeito: está prenhe de verdade; sim, um computador não me ia mal por aqui, agora me vêm estas modas de revisão eletrônica, códigos acerca de como marcar correções no processador de textos,

"Solicitamos aos colaboradores
atualizarem suas versões do software

para podermos aproveitar todos os recursos que certamente trarão mais agilidade e produtividade para o nosso trabalho", sim, muito bonito, lindos chavões, porém sejamos práticos, caras editoras, como se atualiza um programa pirata, digam-me como se faz isso e de mau grado fá-lo-ei, de muitíssimo mau grado, visto ser impossível prestar atenção numa revisão na tela do computador, ainda mais agora que a dona Record parece estar com produção demais ou retirando-me de meu castigo, enviando-me estas coisas insuportáveis de Cristóvãos Tezzas e Rodrigos Xerxeneskys e Altaires Martins com suas bundamolices umbigólatras, e para oferecer um mínimo de qualidade à revisão, já que a literatura não terá — não opero milagres e tampouco permitiriam se eu soubesse como operá-los —, é mister grifar, pressionar a caneta contra o papel, perceber o todo,

vamos aumentar a produtividade,

como se literatura fosse soja, para o inferno a produtividade, este ano colhemos uma supersafra de romances irrelevantes, romances trans-gênicos, de laboratório, impecavelmente nulos e homogeneamente insípidos, e a qualidade de uma revisão crítica e avalizada, onde fica com estas modernidades atrasadas e deslumbradas?; houvessem re-metido-me a prova física como nos nem tão bons tempos, ah, aí sim, aproveitaria estas três horas de Motel Aconchego para faturar mais umas duas visitas a esta minha alcova e de minha ainda inominada amante, então o jeito é pegar aquela dissertaçãozinha, *Aspectos do comportamento de tribo em salas de bate-papo virtual: um estudo de caso nos chats do UOL*, ao menos está impressa e, se o Motel Acon-chego não me oferta um computador, há uma mesinha: pego a glo-riosa investigação acadêmica, minhas canetas: coloco sobre a mesa: vejo os outros Edmundos ao meu redor fitando-me curiosos, há um Edmundo bem junto de mim, acendemos um Hilton, abrimos mais uma Kaiser, vamos ganhar alguns trocados;

, e o tempo se dilata em espaços como estes, ainda preciso permane-cer meia hora nesta espelunca repulsiva com cheiro de sexo barato e apressado, não posso deitar nesta cama, não devo correr o risco de adormecer aqui e quiçá ter de despender um valor extra por ultra-passar as três horas contratadas, não, não, não suporto mais revisar por hoje, resta-me ao menos uma garrafinha,

                           ligo o televisor como um
                            humanoide medíocre,

assistir a uma tevezinha para passar o tempo, rebaixo-me à média
baixa dos meus contemporâneos e avanço os canais, tudo parece tão
rasteiro, tão sórdido, para que cinquenta, cem, duzentos canais, fizessem apenas um e, não posso crer, que canal era aquele?, não: não
era este: é este: não: nem este: é,

                       Tatiana Fagundes no televisor?,

onde aumenta o volume neste controle remoto, o que esta anormal
está fazendo aí, que asneiras estará proferindo, e, aumentei o volume,
eu no motel com Tatiana Fagundes, nada mais natural, ela tentou
cravar-me, empalar-me, e, que canal é este?, TV Senado, mas o quê, a
pilantra descobriu-se tão pilantra que enveredou para a política, não,
o velho que conversa com ela nestas poltronas acarentas segura um
livro, mostra para a câmera,

                         Hoje vamos falar com a jovem
                      revelação da literatura: Tatiana Fa,

era só o que me faltava, por que não dão logo um tiro bem no meio
de minha humilhada face, Tatiana, teu livro na TV Senado deveria
ser motivo de CPI, "jovem revelação", isto é repulsivo ao extremo,
aquele varal de continhos adolescentes mal-ajambrados e encolhen-
do diariamente à luz do sol só é revelação da penúria na qual nos

encontramos, Anton Tchekhov, Edgar Allan, os mestres do gênero, neste momento, devem procurar meios de morrer novamente em suas tumbas, lamentável o poder público rebaixar-nos a esse nível, elegeram e reelegeram um analfabeto, agora sua Sancha Pança, que se exige presidenta, presidanta, vou reclamar de quê, e, Minha principal preocupação é construir personagens humanos e tipos verdadeiros, a idiotizada regurgita cheia de sorrisinhos, pressiona seus óculos mágicos contra o rosto, não, Tatiana, estes óculos não te fazem mais inteligente, para isso é necessário pensar, Certamente devo muito à minha experiência com grandes escritores, diz ela e começa a arrotar:
Cristóvão
Cíntia
Luiz
Marcelo
Ana
Cosme
Eleutério,
ah, por Nietzsche, é o seu supremo gozo chamar pelo primeiro nome estes engambeladores institucionalizados pelo maior grupo editorial do Brasil, não, Tatiana, pois digo-te, ignóbil: poderias chamá-los pelos apelidos de infância que isto não te faria íntima das letras e, ai de mim, ela segue, Sim, o trabalho como editora é muito exigente, pois temos que estar sempre atentos ao estilo e ao trabalho de cada autor e suas peculiaridades e, ah, não sabes, Tati, como eu gostaria que o trabalho de editor fosse deveras exigente e exigisse que tu cortasses os pulsos ou ao menos a língua fora, macaquinha treinada para fazer livros da moda, pombo-correio do apocalipse, entretanto não falta muito para que eu te mostre quem, de fato, faz personagens verdadeiros, quem constrói tramas maiores que a própria vida, dá teus sorrisinhos, sorri, minha ex-editora, enquanto eu trabalho como os grandes: dedicada e silenciosamente; e abro minha derradeira cerveja, desligo este aparelho de lobotomia, olho o relógio: quinze minutos para sair daqui, o tempo de uma Kaiser, quiçá um Epocler.

> **Testemunha: Estevan de Negreiros Ketzer**, 31 anos de idade, casado, psicanalista, residente na rua Doutor Schlomo, 19/39, Porto Alegre.

J: Boa noite, Doutor Ketzer. **T:** Boa noite. **J:** Por favor, confirme a sua atuação profissional. O senhor é psicólogo, confere? **T:** Psicanalista. **J:** Certo, psicanalista. E tratava o réu? Ele era seu paciente? **T:** De fato. **J:** E por quanto tempo, há quanto tempo o réu era seu paciente? **T:** Foi um período breve, insuficiente... Edmundo havia me procurado no final de 2011, não chegamos a privar de um ano de trabalho, dado o que se passou. **J:** Mas o senhor poderia traçar o quadro do réu, dar mais detalhes sobre sua condição? **T:** Gostaria de apenas fornecer as informações estritamente necessárias ao bom andamento da justiça, de modo algum desejo expor a intimidade de Edmundo. **J:** Entendo e, na medida do possível, desde que não haja conflitos com a justiça, doutor, seu desejo será respeitado. Mas é importante que o senhor nos diga, em linhas gerais, qual era o quadro do réu. **T:** Veja, Edmundo procurou-me, como a maioria dos pacientes o faz quando busca este tipo de tratamento, por um motivo superficial, veio até mim relatando o que ele mesmo conseguia perceber, queria resolver seu problema superficial. **J:** E o que era? **T:** Suas pulsões eróticas, o que ele relatava como fixação sexual por meninas adolescentes, como já foi dito aqui algumas vezes. **J:** E o senhor julga isso uma superficialidade? **T:** Quem julga aqui não sou eu. **J:** Doutor Ketzer, pergunto, por favor, se o senhor considera superficial, de menor monta, a fixação do réu por... **T:** Não, por favor, entenda. Edmundo procurou-me porque mantinha um comportamento que julgava errado e não conseguia, ainda assim, controlar. Como os outros pacientes, procurou tratamento por causa do sintoma aparente, daquilo que se manifesta, daquilo que ele consegue perceber. Da dor que sente. Do que está na superfície, está latente. É como quando você vai a um médico, querendo resolver uma dor de cabeça, por exemplo. Sua dor é de cabeça, mas descobre-se que o tratamento é para o estômago, o fígado, um dente inflamado. A dor de cabeça é só a maneira como o corpo sinaliza, assim como os sintomas que um paciente traz para mim. **J:** Entendo. Mas qual era o mal do paciente, então, se é que posso chamar assim? Como o senhor o diagnosticou? **T:** Era o que estávamos buscando descobrir. **J:** E? **T:** Estávamos investigando. **J:** O senhor não pode nos dizer nada sobre o quadro psíquico do réu? **T:** Sobre seu tratamento, de modo algum. Seria leviano. A senhora já fez tratamento psicanalítico? **J:** Doutor, isso não vem ao caso. Prossigamos. O réu dava indícios de ser uma pessoa atormentada ou violenta, perigosa? **T:** A senhora me desculpe, mas não vou me comprometer a este ponto. Se por um lado digo que Edmundo não apresentava características que lhe permitissem fazer o que fez, ora, dirão que a psicanálise é incompetente para sondar e compreender o humano. Se, por outro lado, digo que Edmundo manifestava características de um assassino, talvez queiram implicar-me no caso. Não me ofereça armadilhas. O importante é entendermos que, dentro de nós, todos trazemos impulsos violentos, assassinos mesmo, os quais elaboramos de diferentes modos. Somos feitos de luz e sombra. É impossível definir a priori quem será um assassino de fato. No caso de Edmundo, se é o que desejam saber, não, ele não apresentava traços psicóticos, tampouco esquizofrênicos, ou transtornos agudos de humor, casos nos quais podemos prever uma certa predisposição a atos violentos. Era, sim, um homem em grande sofrimento, mergulhado em culpa, em questões éticas, em discussões com sua própria ideia de eu por conta de sua libido divergente. **J:** Relate, por favor, a sua última conversa com o réu. **T:** Nossa conversa antes de ele ser preso? **J:** Isso. **T:** Certo. Edmundo me ligou no sábado à tarde, aparentemente estava na rua, em evidente desespero, em um quadro de ansiedade extrema, sofrendo um trauma maiúsculo em virtude do que havia vivido horas antes. Imagino que perambulasse, perdido. É possível, e trata-se apenas de uma hipótese, que ele só então tenha percebido o que de fato havia realizado na madrugada. Até então estivera em um estado de suspensão, acredito. **J:** Mas o que ele disse? **T:** De fato, ele gritava "Doutor, preciso de ajuda, doutor", afirmava que havia cometido uma loucura, gritava muito, até que o acalmei e ele revelou o que havia acontecido. "Matei ela", Edmundo falou. **J:** Ela quem? **T:** A jovem em questão, a Keyla. **J:** E o senhor? **T:** Veja bem, primeiro fiz mais algumas perguntas. Embora Edmundo não apresentasse um quadro alucinatório no seu histórico, era preciso perceber até que ponto ele estava de posse da realidade, e, então, percebendo a verdade da coisa, fui obrigado a dizer para ele que era muito grave o que tinha feito. Que, na condição de médico, eu poderia conversar com ele. Mas que, na condição de cidadão, teria que assumir meus deveres éticos... enfim. **J:** E isso quer dizer o quê? **T:** Que, naquele momento, eu poderia, na medida do possível, ouvi-lo, mas que não poderia tornar-me cúmplice de homicídio, ocultando a informação sob o segredo profissional. Era uma situação extrema. **J:** E o senhor fez o quê? **T:** Pedi a Edmundo que voltasse para sua casa, medida que eu julgava inócua àquela altura, mas ainda assim o fiz. E então informei a polícia do ocorrido. **J:** O senhor achava que ele poderia representar ameaça à sociedade naquele momento? **T:** Não, de modo algum. Apenas, perambulando a esmo, com o trauma ainda vivo, poderia ser perigoso para ele mesmo, perder-se. Mas não, sua questão era pontual. **J:** Certo. Passo a palavra à Defensoria. **D:** Agradeço mais uma vez, Meritíssima. Doutor Estevan de Negreiros Ketzer, talvez poucas pessoas aqui nesta casa, nesta cidade, nesta vida, conheçam tão bem a sofrida alma deste homem aqui sentado quanto o senhor, concorda? **T:** A alma eu não diria, mas, sim, ouvi bastante, não o suficiente, do sofrimento de Edmundo. **D:** Perdoe-me se não usei o termo correto. Mas é também por isso que o senhor aqui está, nesta noite quase madrugada, para iluminar-nos com seu conhecimento da mente humana. **T:** Espero poder ajudar. **D:** Edmundo é um homem normal? **T:** Depende do seu conceito de normalidade. **D:** Um sujeito que se encontrava apto ao convívio social, capaz de viver o dia a dia com urbanidade, civilidade, ser um cidadão produtivo para si e para a sociedade, o senhor me entende? **T:** Gostaria de saber se isso é mesmo importante para o caso. **D:** Julgo deveras importante, doutor, o senhor perceberá. **T:** Bem, veja, não quero emitir laudos sobre Edmundo, seria leviano, isto não me foi solicitado. Mas, como já disse, Edmundo passava por um momento de grande estresse. Isso é absoluta verdade. Muito por conta, na superfície, da percepção do fracasso de seu relacionamento com a sua companheira e, sobretudo, em função da consciência exacerbada que ele possuía sobre o confronto moral e ético que suas opções sexuais, que seus desejos, enfim, lhe impunham. Mas isso não lhe tirava a sociabilidade, demonstra o fato de haver procurado ajuda. Isso é sempre um sinal de posse de razão. Antes de qualquer coisa fez um pedido de ajuda bastante razoável. Ele percebeu seu sofrimento. **D:** Mas ele bebia. E também estava contraindo dívidas e mais dívidas. Não são demonstrativos de antissociabilidade? **T:** Veja, a questão das dívidas não chegamos a abordar no tratamento. Sobre isso não posso emitir juízos. A bebida, o que posso dizer, a bebida pode vir a ser um problema gravíssimo, todos sabemos. Mas não havia incapacitado Edmundo. Longe disso. É claro que esta talvez devesse vir a ser uma questão a ser trabalhada ao longo de seu tratamento... Mas ele demonstrava ter certa consciência do seu sofrimento e queria enfrentá-lo. **D:** Mas ainda sobre as dívidas contraídas com empréstimos pessoais, multas em atraso, aluguel... falando hipoteticamente, este não é um quadro de alguém que está desconectando-se da realidade? De certo modo, rasgando dinheiro, como diz o ditado? Dando as costas para as regras do convívio social? **T:** Por favor, não posso e não vou falar em hipóteses. **D:** Muito bem. Muitíssimo bem. Falemos de outra coisa: o senhor percebia um crescente no desespero de Edmundo? **T:** Posso dizer que sim. Às vezes evoluíamos, mas as questões práticas pressionavam-no cada vez mais. Isso por vezes o exasperava. Uma pena que tenha sido assim. **D:** É uma pena. Uma pena. Mas então nos últimos tempos ele estava muito mais tenso, muito mais raivoso. **T:** Não foi o que eu disse. As coisas não obedeciam a uma regra. **D:** E quando foi a última consulta? **T:** Três dias antes do ocorrido. **D:** Como ele estava, parecia prestes a fazer algo como acabou fazendo? Referiu-se à suposta gravidez da vítima? À chantagem? **T:** Não, não. Não deu nenhum indício maior, não tocou nestes temas. **D:** Então ele não lhe dizia tudo? **T:** E quem pode dizer o que é falar tudo?

Estávamos em progressão. **D:** Mas isso ele escondeu. Como uma bomba enterrada no seu peito. Uma bomba-relógio, não é mesmo? **T:** Já disse que não falarei sobre hipóteses. **D:** Muito bem. Não tenho mais perguntas. Obrigado, doutor, obrigado, Meritíssima. **J:** Dou a palavra à promotoria. Queira fazer o favor. **P:** Sim, Meritíssima. Obrigado. Doutor Estevan Ketzer, Doutor Estevan Ketzer. Diga-me apenas uma coisa. Então o réu não é louco? **T:** Promotor, louco, loucura é um conceito extremamente reducionista. Não vale a pena utilizá-lo. **P:** Perfeito. Mas se não podemos falar de loucura, podemos, sim, falar de razão. O réu, pelo que entendi, estava de posse da sua razão. **T:** Via de regra, sim. **P:** Não era um transtornado? **T:** É como eu já disse, Edmundo vinha se tratando para que encontrássemos as causas de suas obsessões e sofrimentos. Mas não se manifestava, ainda, nenhum quadro definitivo. Taxativo. **P:** Compreendo. Depois da última consulta, o senhor não pensou "Meu deus, é preciso manter esse homem longe da sociedade, num impulso, ele pode...", não? **T:** Já disse, essas coisas nem sempre são evidentes. Edmundo veio, como nas outras semanas, conversamos, investigamos algumas questões, mas nada de especial. **P:** Um homem com o raciocínio em funcionamento. Capaz de agendar compromissos, comparecer a eles, saber o que vai fazer amanhã, certo? **T:** Aparentemente, sim. **P:** Ok. Mudemos de assunto. O réu é um homem perigoso? **T:** É difícil dizer. Não fiz uma avaliação depois do ocorrido, não tive mais acesso a Edmundo. Não seria leviano a este ponto. **P:** O senhor tem mulher e filhos? **T:** O quê? **P:** Se o senhor é casado, tem filhos. **T:** Não sei aonde o senhor quer chegar com isso. **P:** Meritíssima, por favor, é importante que a testemunha responda, estou tentando compor um quadro para o júri,

é importante que o júri possua certas informações e...
J: Doutor Ketzer, se não se importar, responda ao promotor. **T**: Sim, sou casado e tenho uma filha pequena.
P: Agradeço sua resposta, Doutor. E então, nos diga. Deixaria sua esposa e sua filha a sós com Edmundo, numa sala? Num elevador? **T**: Ah, que é isso, me nego a responder esse tipo de coisa. **D**: Meritíssima, pela ordem, isso é baixo nível. **P**: Sem mais perguntas. Obrigado.

MEMÓRIA DESPISTADA, 16 DE SETEMBRO DE 2011

Se nunca foste homem de oferecer satisfações acerca da tua vida para quem quer que seja, se sempre escolheste teu caminho, mesmo com atalhos tortuosos — de que outro modo definir o tirar um curso de direito na ignóbil universidade federal como trilha para se chegar à provinciana capital —, então sabes com clareza, e se não o percebes és um pateta, um Pedro Bó, que o gesto de telefonares para tua companheira a fim de informá-la que vais comprar pão ou meter uma bala na cabeça, prestar qualquer tipo de relatório, é, no mínimo, Alô; e Babi também diz alô, porém com a voz entediada dos funcionários públicos e de modo maquinal indaga o que eu quero A esta hora, ela diz "a esta hora" e observo os ponteiros de meu relógio marcando um horário qualquer de meio de tarde,

como se houvesse horário
preestabelecido para cada querer,

e Edmundo responde à desnecessária pergunta, Ligo-te para avisar que terei de viajar ainda hoje, e ouço-a, com alguma ironia na voz, perguntar o que já foi respondido: quer ela saber Quando?, e Edmundo, tranquilo, reforça que Hoje mesmo; guardo silêncio, espero seu retruco, e ele vem, com algo de surpreendentemente sereno no tom de voz, Por quê, Para onde, Volta quando, ela carimba mansamente suas indagações, como se fora uma operação protocolar do seu burocrático emprego, dando-me tempo de sopesar qual das escusas elencadas será a mais exata em sua canalhice e, Hein?, ela traz-me de volta de meus pensamentos, Tô no trabalho, Ed, ela apressa-me como se seu trabalho fosse ajustar bombas atômicas, como se o mundo estivesse saindo de curso porque Babi não está trabalhando, carimbando, ah, inspiro, decido e Edmundo responde, Viajarei a trabalho e, A trabalho?, ela ceifa-me a frase com sua ansiedade e incredulidade, e mastigo alguns fonemas desprovidos de sentido para então dizer e fazer Edmundo explicar, como se eu devesse explicação a alguém, que um empresário de Santa Maria contratou-me para revisar discursos seus e que o sujeito, prepotente, é cheio de urgência — e é incrível estar moldando mais um personagem no mundo —, Ele exige trabalho presencial e por isso vou e, ela guilhotina minha frase asseverando que Mas tu nunca fez esse tipo de trabalho, praticamente corrigindo-me nesse seu permanente e frustrado exercício de um resto ralo de maternidade e, com um certo sorriso no rosto, mais uma vez explico-me, Edmundo explica-se: Necessito recompor o dinheiro que não tenho ganho com trabalhos editoriais, sinto-me um Pedro Bó acabrestado pela possessividade feminina e isto é bom, isto é muito bom, e ouço-a dizer-me Tu é que sabe, sim, eu é que sei, Babi, eis mais uma platitude tua, contudo eu esperava, em verdade, estar fustigando mais profundamente os humores de Babi com este lance espirituoso ao extremo, um ardil da mais alta categoria, entretanto ela não reage colericamente, que assim seja, evitar delongadas discussões protocolares de casais sem mais o que fazer a não ser ferirem-se também tem suas vantagens, e, por isso, acendo um relaxante Hilton, Tá fumando em casa?, ela metralha e finjo que não lhe escuto, ofereço outra informação, Edmundo diz, Babi: devo permanecer todo o final de semana fora de Porto Alegre, e assim retomo a narrativa, Mesmo?, ela indaga e é-me dificílimo valorar sua fala, há um quê de curiosidade, sim, porém eu nunca soube dar peso às palavras dela, ou ela é que é desprovida de tal competência, e vejo uma nuvem adensar-se e desfazer-se em aromas de nicotina defronte a meus olhos, Tá mas tu precisa de alguma coisa?, ela retoma a postura de mulher prática e bem-sucedida no funcionalismo público, respondo-lhe que Não, não, e dou uma baforada que ela deve inspirar do lado de lá da ligação, então prosseguimos, eu e Edmundo, Quiçá eu pouse em São Sepé se os hotéis de Santa Maria estiverem com preços muito aviltantes, e ela retruca-me, senhora dos saberes administrativo-domésticos, catedrática dos boletos, honoris causa em listas de supermercado, retruca que eu deveria haver previsto isso no meu fictício orçamento, apenas respondo-lhe que Esqueci, contudo ela parece não me haver escutado, prossegue em sua ladainha esquizofrênica, inflacionando a importância de seu trabalho, demonstrando sua habilidade em controlar uma vidinha oca, para, por fim, dizer-me que precisa trabalhar, e então me despeço e gostaria de poder observar tua expressão, Babi, ao desligar, saber o que pensas deste capítulo, que sentimentos se desenham em teu semblante, se somas A mais B, se constróis uma narrativa, ou se já estás a pensar na novela, em uma oferta do Renner, em teu mundinho miúdo e desprovido de interesse, porém deixo isto para outra oportunidade,

agora devo acrescentar um novo
coadjuvante a esta história,

pego as chaves, meu maço de Hilton, dirijo-me até a cozinha, averiguo se há algo na geladeira que me permita salvar alguns trocados, nada, nada além de alfaces, iogurtes e umas sopas esquálidas de Babi; na porta nada além de água, caixa de suco, nem uma mísera cerveja, volto para a sala, agarro o diário de Edmundo, quiçá aproveite para preencher algumas páginas durante o retiro cachoeirinhense, venho regozijando-me com a potência da linguagem deste meu monumental personagem, isto, somente isto, já daria um grande livro que certamente a planária da Tatiana Fagundes e sua turba de protozoários jamais compreenderiam, abro a porta de casa, vamos abastecer no Tinoco's,

, e peço mais uma saideira antes de pegar a estrada, a macacada já faz algaravia suficiente dentro de meu antro particular, Tinoco deposita a derradeira cerveja deste início de noite, os ruídos atingem um tom o qual me parece no nível ideal para surpreender os chulos com o saque do telefone, entretanto, antes, aguardo que este alcoólico anônimo honorário, o Funcionário-de-cartório, aproxime-se de mim com mais uma pérola do seu lastimável humor, parece um cusco manco trazendo na boca um gravetinho do seu anedotário desprezível, abana o rabinho e vai tentar falar, porém: touché, meu caro, saco meu telefone, suspendendo o movimento da língua viscosa na boca do bêbado, engole tua baba de bílis e cachaça e assiste com tua curiosidade patológica o personagem Edmundo ligar para Sérgio, o telefone chama, chama,

Chamada a cobrar: após o sinal diga o
seu nome e a cidade de onde está falando,

eu ouço, agora chega até meu ouvido o anunciado sinal: Edmundo Dornelles | Porto Alegre, eu digo, há um parêntese, um silêncio paira no ar, como se o equipamento ou o mongoloide do meu irmão demorassem a processar uma informação simplória, é possível que o idiotizado do Sérgio, capitalista selvagem de zoológico, esteja fazendo contas, avaliando a viabilidade de aceitar ou não um telefonema a cobrar, ora, imagina se eu, algum dia, desperdiçarei um centavo telefonando para o, e eis: como o esperado, uma falsa e ordinária empolgação, Mano a que devo essa honra?, diz meu irmão acéfalo provavelmente abrindo a gaita do seu chulo sorriso clareado em um dentista de Santa Maria, por que não põe logo dentes de ouro se a tua alegria é mesmo dizer quanto custou o tratamento para ti e para a porca da tua esposa, e ele prossegue no seu discursinho de jantar no Clube Comercial, que Espero que esteja tudo bem contigo porque pra ti me ligar assim, ah, o discurso de humanoide mediano, fui adotado, fui sequestrado, não há alternativa, dou-lhe alguns segundos de rédea solta, forço uma expiração um pouco mais evidente e, de acordo com meu planejamento, demonstrando gravidade na voz, interrompo seu teatrinho idiotizado, Mano: escuta, Edmundo diz-lhe, e o imbecil, feito um cão treinado, senta-se, silêncio, antes que me dê a patinha, falo e Edmundo prossegue, Sérgio: preciso de um favor, e é tal a severidade impressa em minha voz de Edmundo que o basbaque nem sequer faz seu tradicional chiste de indagar-me Quanto?; observo ao meu redor: alguns borrachos fitam-me, minha circunspeção é intensa e veraz, irreparável, retomo minha narrativa, Se Babi ligar para ti diz-lhe que estou em São Sepé contudo inventa uma desculpa para eu não atendê-la, e sorvo um longo gole da cerveja, esperando que o atrasado processe toda a informação dentro da letárgica imitação de cérebro que a genética lhe destinou e, Mano-maninho: tu tá aprontando, é?, ouriça-se todo o palerma com a antevisão de lama, fofocalhada, escrotice: ele é um porco, adora chafurdar, Sérgio: não posso te explicar agora, Edmundo diz e, incontinenti, respiro profunda e teatralmente, Mas conto contigo: vou passar o final de semana aí, entendeu?, mais um gole e ouço, Esse meu irmão: quem diria?, ele se rasga, e eu interrompo seu entusiasmo mundano e Edmundo indaga, Posso contar contigo?, e ele começa o seu tradicional e repugnante discurso sobre família, sobre sermos acima de tudo — e infeliz e inexplicavelmente eu acrescentaria — irmãos, sangue do mesmo sangue, fito mais uma vez meus urubus cachaceiros com seus copos na mão, interrompo o suíno vitorioso do outro lado da linha,

Obrigado; preciso desligar; adeus, Edmundo diz e ainda ouço uma despedida miseravelmente afetuosa cheia de baboseiras familiares, todavia agora próximos passos:

— passar no BIG
— comprar cervejas
— mantimentos,

e depois dirigir-me para, ao menos, uma lombada eletrônica de Cachoeirinha e tirar mais um retrato nesses lambe-lambes de trânsito que vêm registrando minha presença cotidiana em meu cenário narrativo; feita a prova documental, direto para o Motel Aconchego e submergir por três profundos dias Cachoeirinha abaixo, quiçá eu tenha de pernoitar na rua, ou dirigir uma madrugada inteira, entretanto aí gastarei combustível, não sei, penso nisso daqui a três, três horas e meia, quando deixar o motel, agora ergo-me, sinto o peso dos olhares pinguços sobre mim, não digo nada, Edmundo tampouco.

MEMÓRIA PERFUMOSA, 10 DE OUTUBRO DE 2011

E já fora mais do que o suficiente o teu gesto de adquirir o automóvel próprio, tanto fora que por esta eu não esperava: Babi, tu estás me saindo uma personagem melhor do que eu poderia criar. Leão, Herman, Joseph não te fariam melhor: a esta altura de nossa miséria, aceitaste o convite para sermos padrinhos de uma criança? Por que fizeste isto contigo, minha cara. Pois bem, prepara-te, e já deves haver preparado-te, perguntando-te por que não me deste um tiro quando decidiste isso, melhor madrinha viúva do que desamparada, e já são sete chamadas tuas não atendidas no meu telefone, oito mensagens, Onde tah eles jah chegaram?????, e enfileiras analfabeticamente interrogações como se isto aumentasse a potência de tuas fracas palavras, e estou aqui, Babi, na porta de nossa casa, Edmundo está chegando e ouço já as conversinhas comezinhas, a babação ignóbil ao redor do pequeno ídolo que só faz chorar e mamar, nem sequer recordo-me da primeira letra do nome do meu afilhado, meu filho postiço, mais uma nódoa para coçarmos até sangrar em nossas discussões, Babi, espalho um pouco deste Alma de Flores em meu cangote, preciso estar forte, o jogo de nervos ser-me-á insuportável, o peso dos teus olhares, os sorrisos constrangidos do casal, o qual não imagino porque ambiciona qualquer tipo de proximidade conosco, deves ser uma exímia colega de serviço, Babi, ah, o peso de suportar conversinhas de roda, ver-te embalando o nenê alheio, sim, estou com um suave hálito de álcool, creio que na medida para bons constrangimentos sociais, aguardo ou não aguardo mais uma chamada tua, encosto o ouvido na porta, eu bem poderia ter deixado isto para o batizado, porém não, a hora pode estar chegando, preciso engravidar nossa vida de provas, de motivos, de sugestões narrativas, que seja hoje, no jantar de oficialização da tua condição de mãe estepe, mãe de segunda mão, eis tua alegria rota e desbotada, insiro a chave na porta, escuto o silêncio fazer-se, restam apenas os grunhidos animalescos que um filhote de humano produz como todo e qualquer filhote e que, todavia, nossa espécie decide declarar como provas de inteligência, babam, espumam, gemem, se debatem e

Que criança mais inteligente,

que adultos mais ignóbeis, que adultos mais estupidificados, não há inteligência onde não há pensamento, torço o trinco, inalo meus odores, Hilton, perfume barato, um pouco de álcool, oh, o cafajeste, eles pensarão, o homem tormentoso de desejos incontroláveis, paixões pervertidas, um dia se revelará, ao fim do livro vocês perceberão, abro a porta e Edmundo é alvejado por olhares oblíquos municiados com reprovações moraloides aprendidas em revistas de classe média e manuais de etiqueta rococó, componho o melhor sorriso que me é possível, abro a boca e deixo Edmundo como que recitar

Boa noite / atrasei-me um pouco,

e avanço com Edmundo, e vejo Babi, com o bebê no colo, negar com um menear angustiado de cabeça, como a dizer-me que não, não será uma boa noite, e observo os Cumpadres, como estes chulos adoram autodenominar-se, coisa provinciana, e penso em Leão, ah, "Todas as famílias felizes se parecem, cada família infeliz é infeliz à sua maneira", pois me aproximo de Babi para Edmundo tentar abraçá-la com falsidade e hipocrisia e perfume barato, antes Edmundo cumprimenta o meu Cumpadre, abraça minha Cumadre, por Nietzsche, vejo o desprezo em seus olhares dissimulados e vibro, estremeço em meu íntimo, vamos, Cumpadres, vamos criar mais uma infelicidade muito nossa, vamos produzir mais uma infelicidade bastante original, e me abaixo para que Edmundo tente dar um beijo na desviante Babi, que me diz Cuidado com o bebê, e sei: começamos aqui mais um grande capítulo.

MEMÓRIA DIÁRIA, 15 DE OUTUBRO DE 2011

Sete e três da manhã, urge descobrir como ter acesso a este tabloide mais cedo do que isso, tenho tudo pronto no carro, as garrafas de gasolina, a embalagem do teste de gravidez, a lona no porta-malas, sim, já reviste tudo três vezes antes de estacionares o automóvel em frente à esta birosca, no entanto, acaso ela esteja hoje nestas páginas, pode já ser tarde demais, não há blitz às sete da manhã, os imbecis dos brigadianos creem, inocentemente, que bandidos, motoristas embriagados e demônios espreitam as cidades apenas na calada da madrugada; mal os primeiros raios da alvorada iluminam o céu, e eles, como crianças com medo do escuro, desativam o circo da segurança, estão salvos do mal; portanto preciso descobrir como ler este repugnante *Diário Gaúcho* ainda antes do alvorecer, posso perguntar ao Tinoco Cachoeirinhense, dono da espelunca, o qual,

pelo sorriso idiotizado, ou começa a
reconhecer Edmundo, ou está bêbado,

ou as duas coisas; peço-lhe não a informação desejada, não saberia como colocar a questão para este seboso basbaque, peço-lhe portanto uma dosezinha, ele sorri e, Para começar o dia, chefe, indaga-me, e ajo como se tal asneira houvesse passado abaixo do meu radar e acendo um bom Hilton, entenda o que quiser, meu caro anormal, entretanto talvez eu devesse ter sorrido, sorrir para que o Pedro Bó amortecido pela madrugada e pelo álcool desenvolvesse qualquer coisa parecida com confiança pelo novo cliente, para depois dizer--lhe onde se compra *Diário Gaúcho* às cinco da madrugada, ou antes, porém não sorri, sorrio outra hora, agora incendeio minha bílis, o conhaque inflama meu esôfago, atiça meu estômago, talvez uma coxinha, todavia preciso manter níveis perceptíveis de álcool para um eventual bafômetro, e se queres bafômetro, Edmundo, sê homem, pode ser hoje, por que não, abre logo e folheia esta cloaca da língua portuguesa, *O Mosqueteiro quer espetar o Porco e o Saci precisa domar o Leão!*, ah, poesia contemporânea, *Mulher Filé anima Gravataí hoje*, a penúria, a miséria, abro de uma vez o tabloide, não será na capa que encontrarei o que procuro, *A Voz das Ruas, Guerra Total*, esta página central deveria estar na *Playboy* ou no cartaz de algum cinema da Voluntários, me digam como é que arrogam-se o título de jornal e, aqui, Polícia:

Ônibus com sacoleiros de Alvorada é assaltado,

e que importância tem isto, sacoleiros de Alvorada, já chafurdavam na miséria, prosseguirão, ora, isto lá é notícia que mereça estampar páginas policiais, Jack, o Estripador, deve estar estripando-se, cortando os pulsos, e:

Criminosos rendem gerente e vigia e assaltam banco na capital,

eis um crime, entretanto não me interessa, preciso ser objetivo, não posso dar-me a luxos de desviar meu discernimento, que assaltem o Palácio Piratini e não oferecerei a menor atenção ao fato, ergo o dedo para o chulo do outro lado do balcão e, incontinenti, ele reabastece meu copo, e tenta puxar assunto, Hoje temos que meter eles pra entrar no G4, né, chefe?, lanço-lhe um olhar oblíquo e sincero, não faço a menor ideia do que ele quer dizer-me neste seu dialeto tupiniquinloide, meter eles, entrar aonde, Pedro Alvares Cabral não descobriu o Brasil por acaso, foi por azar mesmo, infortúnio, que infelicidade fundar uma terra que deu nisso, lanço um lacônico Pois é ao neto do Jeca Tatu e agradeço por aquela negra solicitar-lhe um café, assim posso ler que:

Homem é morto a tiros no bairro Morro Santana na capital,

e que *Vovó desconfia e desmascara golpe da raspadinha,* e nada, nada, nada, viro a página, *Horóscopo, Empregos, Clube dos Corações Solitários,* a vala comum da brasilianidade, não haverá morrido uma só menina em Cachoeirinha, um corpo desconhecido e insepulto?; poderia ligar para as delegacias, porém muito arriscado, não, calma, Edmundo, Fiódor não escreveu *Crime e castigo* em um só dia, excelente boutade, poderia anotar isto, todavia é melhor pagar a conta antes que o espirituoso bodegueiro complete seu avanço até esta esquina do balcão e queira oferecer-me mais um pouco das suas macaquices verbais, abandono uns mirréis sobre o balcão, faço-lhe um gesto demonstrando o pagamento, aceno com a cabeça, deixo para trás este asqueroso ambiente, quiçá amanhã o jornal chegue mais cedo, quiçá com melhores notícias para mim, quiçá eu plante uma melhor prova hoje, quiçá.

MEMÓRIA INCONSCIENTE, 8 DE NOVEMBRO DE 2011

Gostaria mesmo era de indagar ao meu bom doutor Estevan Ketzer o que pensa ele, por trás de seus óculos e suas barbas ruivas, o que pensa ele acerca dos artigos nono e décimo do Código de Ética Profissional do Psicólogo, como tu te posicionas frente ao que dispõem tais tópicos, meu caro sigmundizinho?; este assalto que praticas armado com a prerrogativa da manutenção da saúde mental da vítima, ou paciente, chama-me como quiseres, este teu assalto com hora marcada trar-me-á os benefícios os quais busco ou apenas encherá os teus já atopetados bolsos com meus sofridos cruzeiros e teus ouvidos burgueses de consultórios no Moinhos de Vento com excelentes ficções?, não obstante, é melhor estar aqui, aguardando o segundo achaque e, ai de mim, para o inferno todos, quando vencerem as parcelas do empréstimo, espero já haver encerrado tudo isto, tenho fôlego para uns meses, fiz bem tomando este dinheiro a crédito, obrigado, Portocred, e, portanto, melhor estar nesta sala de espera prestes a gastar mais uma babilônia com este palpiteiro institucionalizado do que defronte, que eu sei, a um padre, sim, livre de custos, porém pagando meus pecados com juros extorsivos, afinal os carolas não me denunciariam jamais — comungam de crimes semelhantes —, e este Doutor Estevan, já delineei sua personalidade, bastou-me o seu primeiro olhar oblíquo lançado à primeira revelação na semana passada, este caríssimo doutor

é vítima dos nossos tempos
politicamente corretos,

ah, e deixar aqui na recepção estas hediondas revistas anunciando capítulos de novela como se fossem fatos da vida, *Helena trai Vítor e perde tudo*, eis o suprassumo da estultice brasileira, não sabem patavinas do que se passa no país, porém compram notícias sobre *Enquete: quem está mais forte no BBB 11*, contudo congratulo-me por haver pesquisado o código de ética dos psicopalpiteiros, lance de gênio, Edmundo, é assim que se constrói um bom romance, encontrando a cena ideal e não pondo teu personagem de joelhos frente a uma batina silenciosa, confessando-se em vão; aqui no consultório preservas teus joelhos, sentas numa boa poltrona, e só faltava o Doutor Estevan oferecer-me um trago para estimular minhas palavras, entretanto, óbvio, evidente, se o fizesse quiçá eu não poderia contar com sua correção no momento decisivo, e já possuo clareza de que poderei contar com a atitude correta do meu caro Doutor: recordo-me do seu aperto de mão incisivo: os olhos verdes fitando-me com profundidade demasiada: a mise-en-scène de gestos e respirações a dizer-me Podes confiar em mim; e confio, Doutor Estevan, meu jovem psicanalouco cheirando a leite, prestes a encarar teu primeiro e dramático dilema ético, muito mais severo, muitíssimo além dos exercícios hipotéticos com casos de outrora estudados nos bancos acadêmicos, e por isso estou de volta, segunda consulta, doutor, poderás comprar mais um par de sapatos italianos, porque:

confio: não resistirás a fazer a coisa certa:

a coisa certa: casar, procriar, espalhar humanoides, assumir prestações, meter-se em um emprego fastidioso, calar a imaginação, anes-

tesiar as ideias embasbacando-se com reality shows e outras ine-
briantes penúrias dos nossos tempos, eis a coisa certa, eis onde o
bom romance deve cindir sua fenda e sacudir a ideia de realidade
e normalidade de vocês, eis o inacreditável que tornarei verossímil,

v e r o s s í m i l,

com o auxílio das notas tomadas por meu Estevan Ketzer, o qual
deve estar prestes a atender-me, e, certamente, meu caro Doutor,
confidenciaste à tua esposa, no jantar depois de nosso primeiro
encontro, acerca do pirado que se acomodou na poltrona cara do teu
consultório burguês e disse-te, cabisbaixo,

sou um homem doente,

e ao qual tu respondeste, seguindo teu script proforma, tal um imbecilizado atendente de serviços telefônicos, para ter calma, para falar-
-te dos motivos que o traziam à sala decorada com tapetes e livros e
outros rococós aferidores de seriedade e conforto intelectual; e sei,
meu caro Estevan, que, entre um gole e outro de vinho comprado
com o preço de uma consulta dos teus alucinados, narraste embasbacado que teu novo paciente — já gravaste o nome Edmundo? —, incontinenti, despejou-te uma torrente, um turbilhão de informações,
ele disse-te, Sou um homem doente porque sou obcecado e pervecti-
do; e também Durante anos consegui resguardar minha insaciedade
mas com o passar dos anos e com o envelhecer de minha esposa minha obsessão foi tornando-se incontrolável e, e tu, Doutor Estevan
Ketzer, mais uma vez pediste-me calma a Edmundo, e pediste-me
a Edmundo para explicar a obsessão; falaste que entre estas paredes

não havia certo ou errado, e esperei que me desses um leite quentinho e um cafuné com este teu papo aranha de não dói mais, contudo, eu não podia dizer-te nada disso e, portanto, teu novo paciente, hoje sem dúvida gravarás a ferro ardente na tua memória o nome Edmundo, apresentou escabrosas histórias para tua mentalidade burguesinha de nariz de cheirar peido, e o teu novo paciente te disse, curto e seco, incisivo como sói ocorrer com as frases fundamentais da literatura:

Estou aqui porque tenho um desejo
incontrolável por meninas,

e tu tiveste um desejo incontrolável, bem sei, meu caro Doutor Estevan, de não estar ali, de teres tirado engenharia na faculdade, pois eu vi tu te ajeitares na poltrona como se ela fora mobília de um faquir, eu vi tu te esforçares para fitar meus olhos asquerosos de Edmundo, para sustentares tua cumplicidade artificial, eu percebi que a caneta em tuas mãos tornava-se, a cada fonema escutado e grafado, um objeto repulsivo, pois tu antevias: a escória humana se desenharia à tua frente e, pelo teu código de ética, não poderias impedir-me, não poderias silenciar Edmundo, nada de frustraçõezinhas pequeno-burguesas com empregos e amores mal resolvidos, chega de assassinar a figura paterna, percebias: seria inevitável reveres teu saquinho de conselhos congelados prontos para ir ao micro-ondas, porque o mundo te pregara uma peça: um paciente sujo; e era o que eu fazia Edmundo dizer-te com o olhar enviesado enquanto interrompias-me para indagar a Edmundo, como quem grita por uma boia em meio ao naufrágio, O que quer dizer com meninas?; Meninas tipo de que idade?, querias saber quão fundo no esgoto terias de enfiar as mãos de unhas bem feitas para resgatar um membro honorário da escória que te contratava, meu caro e limpinho e loirinho Doutor Estevan, oh, chocavas-te tão cedo, em tão parcos minutos, e eu notava isso na frieza que tentavas transparecer, faltam cinco minutos para nos reencontrarmos, não tens secretária, deixas-me sozinho nesta meia-luz pretensamente aconchegante, aguardando-te e preparando as novas linhas dos nossos capítulos, pois que eu e Edmundo te dissemos que eram meninas adolescentes o objeto da luxúria e vi teu corpo relaxar, como se a palavra pedofilia em letras capitulares fosse erguida de teus ombros por um guindaste, Edmundo contou que seu mais recente sexo fora com uma guriazinha de dezesseis anos e procurei te trazer alívio frisando que havia sido consentido,

Não pratico violência para
obter prazer, Doutor,

a única violência é com minha alma, Edmundo te disse esta frase a qual já está registrada em meu diário de Edmundo, e eu fitava-te e reparava teu esforço freudiano para manter a naturalidade, como alguém apresentado para o filho deformado de um amigo, precisavas ser profissional e correto e civilizado, não é mesmo, não podias virar a cara, e eu fustiguei-te a imaginação, creio que até uma ereção tiveste quando Edmundo comparou, em uma viva e literária descrição, os corpos tenros e joviais de uma adolescente à flacidez dos quarenta anos de rodagem da minha companheira, e ouviste Edmundo contar como retira-se para a região metropolitana, para não ser reconhecido, de minha vida dupla de Edmundo, e imagino que tenhas pesado na tua frágil e inexata balancinha de valores morais o que é mais errado: fornicar com crianças ou com adolescentes, não são todas menores de idade, qual a fronteira da pedofilia: treze, catorze, quinze, dezoito anos, e observei teu rosto de bom moço, de são-bernardo dócil e obediente, e bem sei que, nos teus dezoito, vinte anos, evidentemente, deitaste-te com gurias de dezessete, dezesseis, quiçá defloraste uma debutante, e, no entanto, porque eras jovem e não um cinquentão machucado pelos anos como eu, ah, então, por Nietzsche, tudo bem, e eu controlava meu sorriso para Edmundo não parecer um louco diante da tua ingenuidade conceitual, do teu quiproquó moral, e foi quando, aliviado ou amedrontado, ou, por que não, curioso pelo que virá, disseste que nosso horário havia acabado e; a porta agora se abre, tu surges com um sorriso pretensa e babacamente paternal, eu me levanto e Edmundo diz, Meu caro Doutor Estevan, vejo-te sustentar o desenho nos lábios, demonstras que reassumiste a confiança que teu diploma concedeu-te e indagas, Edmundo?, para em seguida convidar-me a entrar, não consegui traduzir ainda teus olhos, todavia logo o farei, em cinco passos sentar-me-ei na poltrona, narrar-te--ei mais alguns fatos escatológicos, mais alguns tormentos de uma vida fictícia e, Como tem passado, Doutor?

MEMÓRIA ESCRITA, 10 DE DEZEMBRO DE 2011

, como envergonho-me disso tudo, de meus prazeres secretos, anormais e ignóbeis, obtidos na calada das noites terríveis de Cachoeirinha e arredores, sim, admito-o, sempre fora-me tortuoso ao extremo esta condição a qual o destino reservou-me como uma chaga no caráter, como uma tatuagem na alma, contudo agora, e cada vez mais, sinto-me encurralado por meus próprios desejos e por suas nefastas consequências. Eu deveria haver previsto, deveria haver evitado estes envolvimentos mais longos, contudo como resistir à pequena   e seus ingênuos prazeres, suas doces carícias de menina má? Sou um homem vil e torturado, necessito dar cabo desta relação, há outras meninas, posso voltar a pagar pela luxúria como tantas vezes o fiz, é mais seguro para todos, porém o meu pequeno demônio travestido de anjo revela-se, pressiona-me, cobra-me o que não posso dar a ela. Ontem, após as volúpias para as quais não possuo léxico suficiente,   disse-me com sua voz de menina e mulher que sou o homem da sua vida. E quando redargui, dizendo-lhe, como um pai e como um amante experiente, que ela era muito jovem para estas coisas, seus olhos foram tomados de uma fúria inédita, abraçou-me e cravando suas garras angelicais em meu torso nu disse que, se eu a deixar, fará escândalos, contará tudo, revelará a Babi o vampiro devorador de juventudes no qual tornei-me, disse "Sou capaz de uma loucura". Estremeci. Estremeço até agora, pois não tenho com quem dividir minhas tempestades do espírito, pois pude farejar verdade misturada aos cheiros de nosso sexo, de nossos corpos. Não sei *o que fazer, preciso encontrar uma solução definitiva para isso, com os menores danos possíveis. Oh, como seria bom para todos se, por acaso ou milagre, minha doce e venenosa   simplesmente sumisse. Mas como? Com um golpe de mágica? Preciso pensar. Babi está chegando, encerro estas notas por hoje.,*

gostaria de remeter as páginas deste
diário à chula da Tatiana Fagundes,

às editoras todas; tenho total ciência de estar registrando aqui uma linda peça da literatura, por meio destas páginas acerco-me dos grandes, ombreio com meus heróis, não me resta dúvida, porém contenho-me; observo meus borrachos, o Do-boné-da-Goodyear-e--bigode abre os braços e, arauto de coisa nenhuma, brada, Doutor: andava sumido, e sem saber qual Edmundo sou agora, aquiesço com um menear sutil de cabeça e um olhar duro, de quem não andava de férias ou visitando parentes, e, como era de se esperar, a morsa bêbada não contém suas bochechas flácidas, seus lábios pendentes e murchos de cachaça, e metralha-me perguntas, estes sujeitos deveriam fazer psicotécnico para obter o direito à fala, possuir um porte de fala, ele prossegue com seu rol de obviedades, quer saber onde estive, o que tenho feito, por onde andei, e, cercado de perguntas desqualificadas, sorvo um longo gole de minha cerveja, respiro o ar lipidinoso, e enfim, respondo, ou Edmundo responde, que Ninguém aqui tem cara de saber guardar um bom segredo, touché: vejo a chama da curiosidade brotar nos olhos baços de todos, prenuncia-se um incêndio de mais e mais perguntas tolas e rasteiras, desviarei, esquivarei como um hábil boxer, minando desconfianças nos solos áridos de suas mentes pueris, e, bem sei como arrematar, ando com saudade de contar-lhes um bom conto, farei isso e ficará tudo bem com minha macacada nesta minha agradável noite de folga.

MEMÓRIA RECUSADA, 23 DE DEZEMBRO DE 2011

Fosse eu um mau romancista ou destes autores de novelas e filmes abaixo da média medíocre — expressão a qual não é redundante apenas neste país de índios vestidos à norte-americana —, fosse eu um pseudocriador destas saladas de batata feitas para preencher os cochos mentais dos jegues que pastam indiferentes ao meu redor, e, ah, é evidente que acreditaria em ideias estapafúrdias e quiçá estivesse a buscar a solução mágica de um intercomunicador ligado à frequência da polícia, ou um rádio interceptador o qual instalaria em uma cabana escondida, QG mítico de onde eu, meu-personagem, não: eu, eu perpetraria meus planos, contudo, é como disse o grande Honoré: a infelicidade das grandes inteligências é compreender forçosamente todas as coisas, e isto vai para o bem e para o mal, portanto nem sequer iludo-me com arroubos de Steven Spielberg e Dias Gomes, minha construção verossímil é lenta e detalhada, acúmulo de minúcias, contudo, por Nietzsche, por vezes o desespero assola-me, e indago-me se haverá um dia, haverá uma madrugada em que o *Diário Gaúcho* trar-me-á uma boa notícia,

por que foste crivada de balas,
"Joyce Silveira, dezesseis anos,

encontrada próxima a Freeway", tua manchete era tão auspiciosa, "Corpo de adolescente encontrado", entretanto tiveste um mau assassino, Joyce, que fizeste, guria, para receber tantos disparos, e não é o medo de obter uma arma, com o empréstimo da Portocred, o qual eles mal sabem é uma doação, jamais pagá-los-ei, acionem-me quando estiver detido, todavia com o mecenato destes agiotas tenho meios financeiros para embrenhar-me no submundo, obter uma pistola, uma espingarda, não me dou a pudorezinhos; em nome de minha ficção, oh, sacrifico-me, sacrificar-me-ia, contudo, como adivinhar o calibre, finada Joyce?, eu teria de andar com o arsenal de um Rambo sempre em meu automóvel, escolhendo como um cirurgião o instrumento exato? E como Edmundo explicaria o resto do arsenal? E um eventual exame de balística?, ah, tivesses sido tu perfurada por instrumento cortante e pontiaguado, este clássico, o qual tanto pode ser uma faca, quanto uma tesoura, quanto um canivete, e ganharias uma narrativa mais nobre para teu melancólico desfecho;

e tu, Mariângella?, "dezessete anos,
corpo carbonizado",

poderias ter sido a mulher de minha vida, tinhas idade, circunstância, "a polícia não tem suspeitos", foste encontrada em área de gente pobre, não haveria investigação, contudo, por que tantos caracteres no teu nome, oh, estremeço até a medula ao lembrar da data em que te encontrei no jornaloide, em como quase joguei tudo em um abissal precipício por tua causa, preciso acender um bom Hilton para conter a palpitação que ainda hoje, dois meses depois, assoma meu peito, ao recordar: em frente ao boteco, tua manchete no jornalixo, li mais rápido do que deveria, ou tomado pela ansiedade de pingar o ponto final nesta minha narrativa, não refleti, tomei um forte trago e comecei a dirigir-me até a estrada Dom Jorge Dulcídio, e seus valões, local propício, de lá partiria em alta velocidade, estava prestes a ligar para a polícia, ordenando os próximos passos em minha mente, quando pronunciei teu nome pela décima, vigésima vez, como um piazote apaixonado e suspirante, e então percebi teu defeito: ou meu erro crasso: Mariângella:

teu nome:

oh, por Nietzsche, como confiar em estatísticas, tantas Marias, tantas Anas, tantas Kellys, Sheilas, Joanas, Brunas, Karinas, Karynas, Sophyas, incontáveis Carols, Hellens, eu contei, eu tabulei, eu comparei, a predominância dos nomes curtos sobre os demasiado longos, Mariângella, e, no entanto, tu surgiste-me carbonizada, e eu dirigia-me para a cena do crime, sujar minhas solas com, ah, o clímax, contudo parei o carro no acostamento, oh, a frustração que vejo agora em meu rosto refletido neste horrendo espelho de minha segunda casa a qual só traz Aconchego no nome, é a mesma ou maior que a do momento no qual abri o diário de Edmundo dentro do automóvel estacionado e ensaiei preencher com tuas exageradas doze letras as lacunas previstas — e ainda em branco hoje — para o nome de minha atormentada e púbere musa e, é evidente, Mariângella, desisti, eras a mulher perfeita, porém transformarias o diário em uma prova tipográfica de um destes maus romances os quais tanto revisei, pois ficaria tomado de rasuras, visíveis, um estagiário da polícia não admitiria este indício de autoria, se estivesses viva, Mariângella, acho que te estrangulava, guria, oh, infeliz de ti, com este nome miseravelmente barroco, e nem sei porque guardo estes recortes de jornal, provas de meu desespero, porque as rememoro nesta madrugada vazia, sobre este cetim chinês da cama onde não durmo, quiçá queira torturar-me, testar minha fé na ficção, Babi já passou uma semana na casa da mãe, e isto é um sinal, um sinal, e o tratamento vai bem, Doutor Estevan parece ter formigas no traseiro de tanto que se remexe ao ouvir Edmundo, e ontem aquele repulsivo bêbado local tentou agredir-me ao ouvir Edmundo afirmar que Não há guriazinhas como as de Cachoeirinha; e que Aqui o sexo é bom e barato, ah se não houvessem apartado, e semana passada o segurança de um colégio abordou-me, indagando, O senhor está esperando o seu filho, e no entanto,

este idiotizado do Elivelton;

incompetente assassino com quem espero eu venha a encontrar-me um dia, "Cris, quinze anos", este humanoide pré-civilizado, não foi capaz de abafar teus gritos antes de levar teu corpo morto para o matagal onde foste encontrada, "testemunhas relataram a briga do casal", ora, provavelmente este subsímio deste Elivelton é fumador de crack, puxador de fumo, cocainômano, resumo da penúria da gentalha, deixou-se levar por qualquer miudeza sanguínea sem estágio na razão, sem premeditação, um soco, o qual vira uma pancada desferida com o primeiro tacape que lhe vem à mão, um estrangulamento repleto de digitais e nem cogito por que desperdiçar minha ansiedade crescente com um debiloide desta laia, incapaz de salvar-se, incompetente para auxiliar-me, espero que te seviciem no cárcere, meu caro Elivelton, e, ah, Edmundo encerra esta tortura, quatro e quinze da manhã, calibra o sangue no teu álcool, isto, sorvo um longo gole da derradeira Glacial da madrugada, faltam doze minutos para abrir a distribuidora de jornais, em dez minutos chego lá, sorvo mais um longo gole, o que pensará Babi desta minha ausência às vésperas da véspera de Natal, Se não parar com isso vou embora, Ed, ela disse semana passada; pois se fores, Babi, quanto menos amor tiveres na hora derradeira, em minhas últimas páginas, creio melhor; já estás prenhe, ao menos de histórias, serás uma linda narradora, tomada de ódio e amargura, sei que serás, miro os Edmundos nos espelhos, contenho qualquer expressão, precisarei desenvolver este domínio, quem sabe hoje, quem sabe no começo desta noite, antes do fechamento da edição do *Diário Gaúcho*, a populacha extasiada, hormônios ignobilmente pululando por conta das promessas repetidas e sempre fracassadas de felicidade e esperanças no final do ano, por que não hoje, a choldra absorta no seu lodaçal irracional de paixões e dívidas para comprar presentes de Natal e perus e fios de ovos, quem sabe hoje a escumalha oferecer-me-á o capítulo decisivo da narrativa, sem o qual igualar-me-ei aos Hatouns, Tezzas, Tatianas Fagundes, Laubs, Honórios Silvestres, a gangue toda da literatura brasileira: não terei produzido nada. Jogo a latinha contra o espelho, vejo o seu resto escorrer sobre meu retorcido reflexo de Edmundo. Vou.

> **Testemunha: Gislaine Santos,** 39 anos de idade, solteira, vendedora, residente na rua Oscar Ildefonso, 386, Cachoeirinha.

J: Dona Gislaine, a senhora era o que da vítima? **T:** Mãe da Keyla, sim, senhora. **J:** E a senhora reconhece este homem? **T:** É o bandido desalmado, desgraçado que... **J:** Calma, minha senhora. Vou refazer a pergunta. Antes do inquérito, a senhora já havia visto este homem? **T:** Sim, senhora. **J:** Conte-nos como foi. **T:** Pois é. Ai, foi que eu tava naquele estado horrível, tava lá na casa aonde que eu e a pobrezinha da Keyla a gente morava, eu moro ainda lá mesmo, e eu tava amparada pela minha comadre, a Sonia, os vizinhos e tudo. Então foi que chamaram lá na rua, dizendo que tinha um amigo da Keyla querendo entrar, e eu mandei entrar, podia ser gente da rua, da escola. **J:** E então? **T:** Então me aparece o traste. **J:** O traste? Poderia ser mais específica, por favor? **T:** É, esse aí ó, esse aí que tá sentado aí, com a cara mais deslavada, me apareceu aquele dia também, na maior desfaçatez, foi entrando, todo licencioso e... **J:** Desculpe, o que a senhora quer dizer com licencioso? **T:** A senhora sabe, todo cheio das nove-horas, falando frase de novela, que "sinto muito, minha senhora", "meus pêsames por essa...", como é que ele dizia, essa... "dor profunda". E eu olhando esse velho me chamando de senhora, tinha idade pra vô da Keyla, amigo o quê? Mas só que eu tava muito abalada, não conseguia pensar em muita coisa naquela hora. **J:** Mas, então, a senhora lembra do que conversaram, chegaram a conversar ou ele só lhe deu os pêsames? **T:** Não, ele teve a cara de pau de me apertar a mão e dizer aquelas barbaridades de "Eu era muito amigo da sua pobre filha, que tragédia, infelizmente não poderei estar presente no sepultamento", ou no velório, ele era todo enrolão no jeito de falar. E aí veio o mais estranho. Disso eu me lembro bem. **J**: O que foi? **T**: Ele disse que era advogado, falou mal da polícia, que eram uns incompetentes e não iam dar bola para a morte de uma guria simples, mas que ele, advogado, ia me ajudar. Que, qualquer coisa, era pra eu avisar ele antes do que a polícia, que queria fazer justiça, ah, mas que baita... nem sei o que dizer. **J**: E a senhora disse alguma coisa para ele? **T**: Eu? Acho que perguntei de onde conhecia a Keylinha, acho que cheguei a. **J**: E ele? **T**: Alguma coisa que era uma longa história, que outro dia me visitava pra me contar, mas que gostava da Keyla e não sei o quê, que eu tinha que avisar ele, mas eu também, Doutora, tava assim fora de mim com tudo que tinha acontecido, não fazia nem um dia que... não tinha nem enterrado a pobrezinha, e não gosto nem de... **J**: A senhora consegue prosseguir ou prefere fazer uma pausa? **T**: Consigo, consigo... **J**: Certo. Mas e depois, falaram mais alguma coisa? **T**: Acho que devo ter agradecido, nessa hora a gente agradece todo mundo. Eu só agradecia e chorava, mas, ainda assim, sabe, quando que o bandido foi embora acho que me deu uma serenidade, ou uma iluminação, e eu fiquei pensando que esse aí era velho pra ser meu amigo, que dirá da minha filha, que deus a tenha, e a pulga me ficou mesmo atrás da orelha. Mas tava tão abalada que... **J**: E foi rápido assim ou ocorreu mais algum fato? **T**: Acho que sim, acho que nem dez minutos. Ah, não. Antes, primeiro, ele perguntou se podia

265

falar "em particular" comigo, mas eu disse "Moço, não faz eu me mexer", não conseguia sair do sofá, era uma dor assim que, a nossa filha ir antes de nós, nenhuma mãe merece uma desgraça dessas e... **J**: A senhora tem certeza de que não quer fazer uma pausa? **T**: Não, não. Eu... é... então, ele disse que ia então falar rápido, aí falou isso de ajudar a prender "os facínoras", ele disse bem assim, me perguntou se eu desconfiava de alguém, se eu sabia da Keyla andar com más companhias e essas coisas, tava me sondando, a senhora vê? **J**: E a senhora sabia se Keyla andava em más companhias? **T**: Isso é difícil de dizer nessa idade, a pobre era uma baita guria, tava trabalhando de manhã, era um bico, mas era honesto, cuidando das guria da Elisabeth quando ela, a Elisabeth, ia faxinar. Daí tirava uns troquinho, de tarde tava tentando terminar o colégio e, pronto, de noite, às vezes chegava mais tarde, às vezes não, dezessete anos, a gente sabe como é essa idade, eu falava pra ela se cuidar, pra não fazer que nem eu, que engravidei assim, de boba, e... Claro, depois a minha filha era uma bênção, mas, assim, né, pegar nenê tão cedo complica os planos e tudo. **J**: Mas e as companhias? **T**: Então, não sei. Ela não me contava. Gostava das festas com as amigas que eu conhecia, às vezes pousava fora, sabia de ouvir que ela tinha os rolos dela por aí, mas quem não tem nessa idade? **J**: E sobre o réu, mais alguma coisa? **T**: Não. Só que daí, no domingo, depois do enterro, o Miro, que é um amigo, teve a luz, né? Ele disse, "Olha, Gis, esse malandro aí que veio ontem, não sei não", me convenceu e a gente foi lá na DP onde que tinha feito o B.O. da Keyla e tal, e aí falei que tinha uma coisa estranha,

falei o nome, expliquei ele assim fisicamente, mas aí
parece que já tinham pegado o traste tentando fugir.
J: Certo. Muito obrigado, dona Gislaine. A senhora
quer um copo d'água ou um intervalo antes que eu passe
a palavra à Defensoria?

MEMÓRIA DOLORIDA, 7 DE JANEIRO DE 2012

Chego em casa, ou será Edmundo, ou seremos os dois, chegamos em trajes mínimos, chegar em casa trajando tão somente cuecas, que imagem desastrosa, ao menos é o domicílio de um recém-desquitado e, ai de mim, sinto o olho inchado, o gosto a sangue volteia pela língua, pelos lábios, pelo céu da boca, um vizinho alcoviteiro poderia supor e certamente o fez se enxergou-me — e todos os alcoviteiros sempre enxergam tudo — que sou membro da laia: mais um abjeto sub-humano, em alas de despedida de casado, despencado na gandaia, besta liberta do cativeiro matrimonial e, o olho lateja, abro o congelador, busco gelo e, não há gelo,

admito: tu fazes-me falta, Babi,

e empino uma boa dose e como o conhaque arde em meus beiços, anseio, ao menos, que higienize minhas feridas e minhas escaras, as do corpo e as da alma, mais um gole ardido: a máquina neuronal parece voltar a funcionar: jogo-me no sofá, doem as costelas, não sei se das pancadas, se deste código civil que retiro do assento e jogo no chão, jogo também estes papéis, jogo um copo, quase partiu-se, aspiro profundamente o ar e não sei se mereço respirar, se mereço seguir esta vã existência: quase ponho tudo — tudo o quê, tudo o que venho tentando construir para minha desforra — a perder, como foste fazer isso, meu Edmundo?, por Nietzsche, acreditavas acaso haver tido uma ideia?, em absoluto, nada de ideias, o que fiz, fizeste, foi emitir sim um atestado indiscutível de jeguice, assinaste em três vias tua equiparação com todos eles, ias afundando-te no pântano da tua afobação, contudo, oh, contudo, glória ao infalível sangue brasileiro, este podre mocotó que corre nas veias dos meus compatridiotas é mais forte até que a estultice máxima à qual me entregava sofregamente: bendito crioulo animalesco o qual surgiu à minha vista; salve asqueroso cúmplice ruivo e ferruginoso escondido por trás de uma máscara de acne e pus e que golpeou-me nem bem o negrão começara a falar; louvo-os; exalto--os; devo-lhes a minha salvação, a esperança de que a minha história não morreu, não nasceu morta, tento acender um Hilton, não há lugar da boca onde não doa, e agradeço por isso: todas estas pancadas: os canalhas sórdidos não me ofereceram chance ou tempo de descrever--lhes minha proposta, de anunciar porque eu fora até aquela vila pútrida, e bem pensei, ao surgir o crioulo à minha frente, és tu, aceitarás meu jogo, todavia, Fiódor, Leão, Joseph estavam comigo: fui agredido covardemente quando preparava-me para rasgar cada página escrita com minha própria vida; porém a nobre selvageria do negroide e do alemoide bola de pus não ofereceu um segundo à minha estupidez: mal percebi o tição avantajado, mal discerni-lhe o biótipo do criminoso contumaz, negociador da própria mãe, o soco lateral do monte de espinhas surpreendeu-me e, se isto ocorresse agora, acho que sorriria, se meus lábios não evitassem a dor do movimento, sorriria debochando de mim mesmo, indagar-me-ia: o que pretendias dizer-lhes antes do golpe, Edmundo?,

Por favor: pago-lhes para esfaquearem e carbonizarem uma jovem qualquer na faixa de quinze, dezesseis anos, cujo nome possua no máximo sete caracteres, aceitam?, oh, vês a ignomínia para a qual conduzias-te desenfreadamente?, entretanto, eles corrigiram-te, levaram-te roupas, dignidade, míseros trocados, sangue e o principal: levaram-te esta ideia hedionda e depois merecidamente jogaram-te de cuecas na sarjeta imunda por onde chapinhaste, arrastaste-te como o irracional rastejante que foras até então, até retomares o senso de localização e reencontrares o teu automóvel o qual já não era teu nem de ninguém, pois não tinhas mais as chaves e precisarei de um chaveiro e de um guincho e não há posição sem dor neste sofá, nesta vida, ergo-me, quiçá um Dôrico, alguma coisa anestésica, bebo mais um ardido gole e, naquela zona da cidade, tomar um táxi de cuecas deve ser mais fácil, os atormentados motoristas devem pensar algo como:

de cuecas, é lucro,

pois não há onde esconder uma arma para assaltá-los; só isso explica o fato de um automóvel haver parado ao meu sinal e aceitado conduzir-me até aqui, desprezo a hipótese da solidariedade, quando muito releve a possibilidade do sarcasmo, o desejo humano de humilhar o próximo, embora não haja nada mais distante neste mundo, nada mais inverossímil do que me considerar um próximo daquele abutre motorizado, ao qual tive de convencer da desnecessidade de prestar queixa ou

Registrar o B.O.,

estes choferes adoram autoafirmar-se demonstrando domínio do jargão policial, porém eu disse-lhe, não: Edmundo disse-lhe, O cara estava no direito dele; Eu estava comendo a namoradinha dele, e vi a magia realizar-se: pelas frestas dos bifes de fígado nos quais minhas pálpebras transformaram-se, vislumbrei no retrovisor do táxi o brilho do sorriso pútrido do comedor de carniça e, ah, esvaneceu-se o aspirante a policial civil, esqueceu-se o B.O, lavrar queixas: ele só queria agora bicar na carniça dos detalhes sórdidos da penúria alheia para depois fofocalhar a outros passageiros, Então tava guampeando o magrão?, ele indagou-me destilando veneno pelas frinchas da boca, e eu dei-lhe, e como, detalhes aos borbotões, apesar do corpo moído até a medula, do latejar incontrolável dos ossos, apesar de tudo, meu cérebro reaqueceu, encerrou seu inexplicável alheamento o qual só posso atribuir ao peso dos dias passados, a tensão entre minha ficção e a histeria de mulher abandonando o lar de Babi, minha grande leitora, quase uma suicida do jovem Werther, mal sabe ela que nada aconteceu e tudo aconteceu, porém minhas engrenagens mentais reazeitaram-se e construí um conto digno de nota para o idiotizado socado atrás do volante entre crucifixos, santinhos e figas penduricalhados no painel os quais só denotavam o canalha que ele era, requisitando proteção para todos os lados, só faltava uma vela acesa naquele painel feito altar, e aquela cara de pastel murcho de quem deveria ter-me remunerado pela corrida, o tanto de história e vida que lhe dei, porém não: fez questão de subir até aqui à porta de casa, quiçá rindo de meu traseiro velho só de cuecas, aguardou-me na soleira certamente divisando os detalhes mais espúrios de minha morada para acrescentar ao seu anedotário infame, esperou até que eu encontrasse seus quinhões, urubu disfarçado de gente, todavia melhor assim:

quanto mais traumático
este episódio, melhor,

mas como não percebi ao sair de casa no fim de tarde, empinando meu conhaque no Tinoco's para aquecer minha coragem — ou minha estupidez —, como não discerni que macularia minha ficção, destroçaria minha trama, acaso conseguisse levar a cabo a infantil e iludida encomenda de um assassínio?, houvesse um espaço livre nesta minha repugnante cara inchada a qual investigo no espelho em busca de um canto onde meter um cigarro entre os beiços destroçados e a estapearia, mereço cada uma de minhas chagas, mereço-as todas, para aprender a ter contenção, açoda-te, Edmundo, e farás como todos os outros do teu tempo; não queres ombrear com os grandes?; acalma teu espírito, leva teu ímpeto no cabresto, dá um jeito de acender este Hilton, medita, toma um Epocler, ferve tua bílis, todavia arrefece teu cérebro e pensa na melhor história a contar amanhã aos chulos do Tinoco's que montarão uma arquibancada para assistir às tuas escaras; pensa onde este guisado de gente no qual te tornaste deve desfilar amanhã para espalhar melhores indícios do suplício de Edmundo, reflete: como dar ainda mais vida ao Edmundo criado do que ao Edmundo vivido. Acalma-te, a hora vai chegar. Há de chegar.

MEMÓRIA INESQUECÍVEL, 11 DE AGOSTO DE 2012

E já nem sei há quanto tempo não pego uma parca revisão de um ainda mais parco livro seja ele de má literatura dita adulta, seja de péssima literatura infantil, e desde que a Portocred e a BV entraram em meu script, defeco e ando para as editoras e seu pusilânime plano de sufocar-me com seus arremedos narrativos, não me oferecem trabalho; não lhes peço; muito obrigado por evitarem-me o desprazer de cozinhar e afogar lentamente meus neurônios no banho-maria dos seus livros mornos, todavia agora flagro-me pensando em alguns dos tantos textos que revisei destes escribinhas inflacionados à categoria de escritores; minha vida vai parecendo um asqueroso elogio para seus intentos tão ambiciosos quanto as aspirações de uma formiga; é tamanho o tédio e a desilusão os quais me assolam que poderia encontrar Joel Silva Castro, quiçá Edgard Pellegrini Neto, Silviano Santiago, Davi Baldi, Ricardo Kroeff, Cristiano Cabeda, Eduardo Boaventura, que sei eu, ai de mim recordar ainda estes nomes todos, poderia acercar-me de qualquer um destes bafejados pela sorte e não pelo talento, e dizer-lhes:

> Parabéns: conseguiram: seu
> exercício mimético está perfeito;

pois não?, se estes ignóbeis e seu séquito de leitores-zumbis contentam-se com a masturbação em frente ao espelho que é reproduzir a própria vida no papel, tenho de dar-lhes o braço a torcer: o tédio de minha existência só se compara ao tédio da revisão destas incensadas — e pena que não incineradas pela chama dos incensos — obras, e sei da qualidade do posto de combustível onde estou por este termômetro em brasa: acendo um poderoso Hilton junto à bomba de gasolina, dou uma lenta baforada, e o frentista só falta pedir-me um cigarro, porém, felizmente para ele, não o faz, pois não lhe daria, vá trabalhar, ou vá pedir um empréstimo, canalha; só eu sei da dor de garantir meu farnel diário de boa nicotina e o que não sei, não desconfio mais, é o porquê desta rotina, sustentar este comportamento, trocar de posto de combustível a cada vazia madrugada, sou como o jogador que perde a cada lance e vê aí a força, o agora-vai que o empurra para o despenhadeiro da bancarrota, se já perdi tanto, eis a hora de ganhar, todavia aqui estão,

duas garrafas de gasolina,

provavelmente adulterada, gasolina fictícia para o motor de minha emperrada ficção, ainda divirto-me com bons chistes os quais só eu tenho como alcançar o sentido, são quatro litros, termino meu cigarro, lanço a derradeira baforada, vejo a nuvem formar-se defronte a mim, nebulosa como meu horizonte, não importa: adentro meu automóvel, não sem antes ver-me no espelho do insulfilm do vidro, minha face mal-ajambrada, acúmulo de frustrações, cicatrizes e anos, inventário de uma herança a qual ninguém quer e ninguém terá, nem mesmo minha inventada amante; acomodo-me no banco, enfio a chave na ignição e o idiotizado do Sérgio veio trazer a mãe para exames e, tubarãozinho de São Sepé, não se aguentou, Mano por que não troca esse carro, ah, que ele avalia bem o automóvel, Te consigo condições de pai pra filho embora sejamos irmãos, sorriu o abostado, o bastardo, vive insinuando que sou falido e quer morder-me um financiamento, Caim capitalista, eis tua missão de vida: atolar colonos falidos e teu irmão falido em quarenta e oito incestuosas prestações de pai para filho, que se dane o Sérgio, diz que a mãe segue firme e forte, que siga, também serás leitora de minhas histórias e dou a partida; deixo o posto no retrovisor, tomo a Manoel Inácio à direita e próxima parada: ZGraph, mais uma vez lá, sou o ateu mais cheio de fé o qual já pisou neste mundo despido de sentido, só assim posso persistir, não há sinaleiras para bloquear meu avanço; piso no acelerador; não há carros a esta hora, e vamos comprar mais um *Diário Gaúcho*, meu horóscopo particular camuflado nas notícias da página policial deste subtabloide, horóscopo há mais de ano anunciando-me:

hoje terás um dia insignificante,

observo as garrafas plásticas cheias de combustível no banco do carona, cada litro de gasolina é como se fosse um original enviado a Tatiana Fagundes — a idiotizada está lançando seu segundo livro, vi no Orkut —, a Luiz Schwarcz, imperador das letras brasileiras, a Pinheiro Machado, qualquer um deles, cada litro é mais um esforço inútil, vã esperança, rua Sapucaia do Sul, é melhor entrar aqui à direita, Sapucaia em Cachoeirinha, um prêmio Nobel para o autor do nome desta rua, e, veja só, aquele casalzinho se encoxando no muro, às quatro da madrugada, ah, diminuo a rotação, a velocidade, devagar, devagar, vãs esperanças: como far-me-ia feliz que tu, delinquentezinho de araque com teu bonezinho fosforescente, estas calças largas de palhaço, este capuz pendendo sobre tuas costas enquanto imprensas uma iludida adolescente contra o muro de sei lá quem, como gostaria que, em vez deste arretinho de coelho apressado e descontrolado, que arrastasses tua rapariguinha para, para, vê um terreno baldio logo ali, é só pulares a cerca, por que não fazes isto, arrasta-a para lá, ela está desesperada neste cio primevo, vai, estrangula-a no mato, dá-me este acaso, todavia não,

controlo apenas um personagem
nesta história: Edmundo,

deixo os pombinhos, ou melhor, coelhinhos, melhor ainda: ratinhos para trás; em breve terão reproduzido cinco, seis, dessa hedionda espécie, alimentando as fileiras do exército do armagedon, os quatro milhões de papeleiros do apocalipse, mais ignóbeis superlotando um mundo desgraçado, quiçá os encontrarei, ou os beneficiários do testamento das vossas misérias, em um semáforo, ranhentos, esqueléticos, asquerosos, pedindo-me moedas, dar-lhes-ei meu insulfilm em resposta, pede moeda para teu pai, para a tua mãe, os quais não controlam suas carnes, fornicam em muros, em esquinas, feito cães vadios, porém sem canis para recolhê-los, vaciná-los, convertê-los em imundo sabão; espécie degenerada; é duro ser o autor de um personagem só, jogado à deriva no meio deste cenário de humanoides, e, ainda assim, não posso negar que sou um tanto vencedor, apesar, apesar de, ah, não posso olvidar meus crédulos borrachos de estimação cada vez averiguando-me com mais curiosidade em seus olhares leitosos e dissimulados; o desenho do medo e da desconfiança na face do vigia do colégio Dyonélio Machado; a desilusão de Babi, estão todos vivendo uma ficção mais viva que a idolatrada realidade, ah, por Nietzsche, pertencesse eu à canalha que forma a nata azeda da literatura tupinicoide e registrava este meu percurso em papel, e dizia

Ficcionalizei fatos de minha
existência atormentada,

e essas bancas de feira disfarçadas de editoras abririam sofregamente suas pernas, pulsando, ovulando por mais uma naba de fácil venda, fácil digestão, chuchu literário, ah, "escritor narra a história real sobre como", eis o que eles erguem nos mais altos pedestais das letras, porém, ah, porém,

não contem comigo, bando
de platelmintos, e,

cazzo: sinal vermelho: já possuo multas que cheguem, poderia cancelar a habilitação de toda a população do Rio Grande do Sul com meu espólio no Detran, contudo sei que nesta região da triste Cachoeirinha jamais alguém multar-me-ia, para tanto, quisesse eu uma multa a esta hora e, abrindo o sinal, dirigir-me-ia para a General Flores da Cunha, ou a BR-290, Eleonor Pascoal; Blitz? Ah, aceleraria para a Flores da Cunha também, quiçá avenida das Indústrias e; e de que me adianta toda esta ciência, todo este preparo narrativo, um romance escrito demoradamente, dois, três anos, já nem sei, todos os indícios plantados para reconstruírem-se na mente dos meus privilegiados leitores?, falta a faísca decisiva, capaz de acender este rastilho o qual produzirá múltiplas explosões para a frente e para trás, como uma frase de Fiódor, de Leão, de, sinal verde: acreditar, crer, ligar o rádio: quem sabe; quem sabe escutar no vazio das madrugadas radiofônicas a história a qual me falta, haverá, acaso, uma emissora que transmita boletins policiais às quatro e dezessete desta madrugada chuvosa de agosto?, aumento o volume, uma voz de taquara rachada fervorosa de excitação brada E tu quer encontrar Jesus para largar as drogas, meu filho?, não deixa de ser um crime isto, todavia longe do que preciso; música besta; propaganda; propaganda; este chiado; música abobalhada; marchinha de carnaval com este frio, é impensável o que vai pela azeitona mental de quem trabalha em rádio a essa hora, devem ser escravos, só podem ser escravos, acorrentados a aparelhos radiofônicos e; Então você sente muita falta do Matias e quer mandar essa músi; troco de estação, vejo novamente gotas caindo no para-brisa, estivesse eu em um mau livro escrito por um mau autor, ou seja, quase todos, e este limpador de para-brisa o qual ligo agora surgir-me-ia na condição ignóbil de um sinal, negação, chove e para desde não sei que horas, como encontrarei um corpo carbonizado hoje e, por Nietzsche, devia ter entrado naquela rua, acho que era a Saldanha Marinho, ah, para os diabos, dou uma rezinha: a essa hora tudo pode, e Babi foi buscar o sofá, deve estar babando nele agora, adormecida pelo conto de ninar de mais um filme basbaque e imperdível, idiotizada, ela que pagou o sofá, muito bem, leva teu sofá, e leva teus comentariozinhos patéticos de mulher traída, ah, isto sim jubilou-me, Que casa arrumada, Ed, quantas, quais ficções desenrolaram-se na tua pequena coleção de neurônios ao ver a casa bem cuidada de um novo solteiro, quiçá sentiu perfumes femininos imaginários e mal sabe a infeliz: foi por tua causa, pobre Babi, que arrumei o cenário do apartamento, ora, se chegasses e visses meus papéis, código civil, o mapa de Cachoeirinha aberto no chão, vestígios de minha narração à vista, bem poderias comprometer toda a trama, pois faça bom uso do teu sofá "com chaise longue", minha ex-qualquer-coisa, e aí está ela, ZGraph Distribuidora LTDA., aí está, desligo o rádio, manobro junto às camionetas de distribuição, vislumbro alguns motoqueiros, cato as moedas, merecia um cartão fidelidade do *Diário Gaúcho*, como o do Motel Aconchego, devo ser o único ser humano pensante e funcionalmente alfabetizado o qual compra este embrulho de peixe diariamente, corro para abrigar-me da chuva, quase escorrego, protejo-me sob a marquise, aproximo-me sorrateiro de um dos entregadores, peço um exemplar, penso que ele reconheceu-me, não é impossível, são muitos, porém venho demasiadamente aqui, espero que não, com esta cara de puxador de fumo não deve guardar fisionomias, ele entrega-me o exemplar, deixo a balbúrdia dos carregadores e outras mulas bípedes para trás, retomo um posto solitário sob a marquise, miro a chuva fina caindo, um Hilton, não, antes um Epocler, vasculho o bolso, encontro, arranco a tampa com lacre e tudo, tomo de um gole só o líquido espesso, aguardo o começo da pororoca de azedumes, a azia contra o licor medicinal, a bílis versus os estratos, ah, agora folhear este insulto impresso, provavelmente encarar um traseiro feminino na capa, algumas asneiras sobre futebol **e**

UM FIO DE ESPERANÇA,

ah, se esta manchete fora escrita por minha pena, ah, Tatiana Fagundes arrotaria com seu hálito de esperma de escritor famoso: i n v e r o s s í m i l, porém, se a manchete fora escrita em um livro baseado em minha vida, ah, esplêndido, genial, como adoram proferir este adjetivo para tudo e qualquer coisa, um programa cafajeste no televisor: genial; uma cerveja gelada: genial; um chiste qualquer: genial; uma josta de uma promoção de um varejo qualquer: genial e; não; todavia, não me apego a estas asneiras, sentimentalismos, esoterismos de mentes as quais fogem à razão, agarram-se em ferrolhos nos seu microlabirintos mentais para desobrigarem-se de pensar, meu jogo é outro, e: *Colégio cercado de lixão*; *Grêmio busca xerifão*; *Bolívar o retorno*; **e** nem sei por que perscruto esta capa ignóbil, o que procuro não merece manchete, se acaso merecer algum destaque, já não será o que busco, portanto vamos ao meu horóscopo pessoal: a página policial: conferir as três quatro más notícias — para mim — de hoje:

Polícia Civil apreende maconha e armas no Rubem Berta,

e qual a importância disso, nem sequer há escândalo para fervilhar as ervilhas que habitam as caixas cranianas das tênias as quais passeiam os olhos por estas páginas dementes, **e,**

Homem preso por maus-tratos a criança,

provavelmente o sujeito se passou na palmada, quem nunca tomou uma boa cintada de um homem em desespero perante a bobagem de haver posto um filho no mundo, isto é fruto dessas psicologices de criar com afeto, diálogo, dialogar com um filhote de símio, onde já se viu, dialogar com um bugiozinho, é por isto que, ah, por Nietzsche, isto não é um jornal, é a transcrição de uma conversa de cortiço, e,

Corpo carbonizado é encontrado em,

falta-me o ar, nem sei por que miro ao meu redor, como se alguém vigiasse este momento, não consigo fixar o olhar na página, sou uma criança com medo de abrir o embrulho de Natal e encontrar um par de meias, miro minhas mãos trêmulas, a página treme junto, busco o ar, não, não é hora de acender o cigarro, acendo um Hilton, ah, a ardência na traqueia, a nicotina invade-me e: Cor-po-car-bo-ni--za-do-é-en-con-tra-do-em-Ca-cho-ei-ri-nha, praticamente reviso a manchete e, porém, quando se deu isso, preciso ler, sinto um estremecimento percorrer-me o corpo, eriçar-me a espinha, o que fazer? Termina de ler, termina de ler, Edmundo, mas não aqui, necessito de privacidade, corro para o automóvel, protejo o jornaleco sob a camisa como se fora uma barra de plutônio, e é, é radioativo, pode contaminar toda uma cidade, preciso confirmar e, cazzo, esta luz interna sempre pifada, o telefone, o telefone iluminará minha leitura *Uma adolescente*, um começo mais perfeito e exato que "Chamai--me Ismael" e *corpo parcialmente carbonizado*, é perfeito demais, *por volta das 22h desta sexta-feira*; só não posso sofrer um mal súbito assolado por agonia e ansiedade, tanto tempo esperando esta notícia e aí está ela e esta palpitação, respiro, respiro, respiro, uma baforada mais, abro o vidro, a chuva entra, fecho o vidro *e a chuva teria impedido que o corpo fosse totalmente consumido pelas ch*; terreno nas imediações da avenida Fernando Ferrari, próximo à avenida Caí, sei, sei bem onde é, e; e *Keyla dos Santos Sampaio, dezessete anos*, dezessete, dezessete, tivesses, minha jovem, um ano mais, quiçá meses a mais e não serias tu, serás tu, Ka, E, Ípsilon, Ele, A, cinco letras, seis era melhor, porém isto se arranja, é o menos complicado e *moradora do bairro Jardinópolis; Ainda não há hipóteses ou suspeitos*, contudo haverá, primeiro despejar uma destas garrafas, porém não aqui, melhor não ser visto nesta ação, melhor ainda: ir ao bar equilibrar a quantidade de álcool no sangue: embebedar-se para assassinar, eis um qualificador, eu sei, estou preparado, anos em busca de minha grande história, tudo encaixar-se-á até para a chula da Tatiana Fagundes, quando souberes, minha cara, pensarás, oh, como a vida real supera a ficção, porém: não há nada de real aqui, minha cara, e é isto: dou a partida, dezessete para as cinco, ainda haverá blitz, sim, horário perfeito para abordar filhinhos de papai drogados, os seus traficantes, esta choldra que circula pelas madrugadas e respiro, respiro, tomar um trago, quiçá reler o jornal antes de qualquer coisa para ter certeza e reler também na frente do público do bar, não: chegar demonstrando nervosismo, perguntar se, por acaso, a polícia passou por lá e, para onde estou indo?, Edmundo precisa revisitar a cena do nosso crime, isto, dobro, aqui, em direção à avenida Fernando Ferrari, ainda haverá policiais por lá, não creio, contudo, melhor se houvesse, o clássico criminoso retornando à cena do, não haverá, o mundo não será tão justo, coletaram meia dúzia de provas burocráticas e foram-se embora em quinze minutos, sei bem como se dá, vou apenas caminhar um pouco, impregnar-me e aos meus calçados, sim, que chuva bem-vinda, não havia contado com ela, entretanto o acaso mostra-se um narrador tão consistente quanto Fiódor, Hermann, com esta chuva haverá barro, houve um corpo semicarbonizado, vamos por estas ruazinhas vicinais, as avenidas pego depois, pego o telefone, sim, o número da delegacia, disco: não será preciso representar uma voz nervosa, difícil seria demonstrar calma em uma hora imensa como essa, atenderam; Boa noite, Edmundo diz e recebo a resposta do policial que agora faz uma pergunta e, penso rápido, Sou estagiário aqui do *Diário Gaúcho*, faço Edmundo dizer, e um silêncio aquiescente do lado de lá, contudo pergunta-me por uma Mariana?, e que sei eu quem diabos será está ignóbil, Mariana está doente, Edmundo improvisa e ouço mais um silêncio aquiescente, perfeito, Edmundo segue falando, falo, ele diz, Por acaso já tem suspeitos para o caso Keyla dos Santos Sampaio, e o policial indaga meu nome; Edmundo diz-lhe que é Juliano, e prossegue, dizendo que Sou novo na redação e, do lado de lá, o outro volta a falar da Mariana, deve ser uma deplorável jornalisteca a qual escamba o corpo ainda jovem por notícias ofertadas pelos idiotizados da corporação, não tenho corpo para oferecer-te, meu caro, portanto Edmundo informa-te que começou ontem, que é minha, dele, primeira consulta, primeiro plantão, e afasto o rosto do telefone para respirar, quase bato nesta moto ignóbil, o policial pergunta-me o nome de novo, eu e Edmundo repetimos-lhe, e ele diz que não há nada de novo e isto é bom, sem suspeitos ou flagrantes, isto é ótimo, e ele prossegue, rato solitário, devia estar vendo uma revista pornográfica na madrugada protocolar de um policial de gabinete, quer assunto, exibir-se para o estagiário, ele diz que Tu vai aprender com o tempo magrão que dificilmente essas coisas dão história, e prossegue que Isso é caso miúdo, todavia ainda insisto e faço Edmundo indagar, Então não há suspeitos mesmo, e ele diz-nos que não e nem haverá e é como eu pensava: polícia preguiçosa, leniente, fosse com a filha de um de vocês ou de um deputado e a roda estaria girando: todas as baratas tontas batendo coturno atrás de um suspeito ou de um inocente para meter-lhe um tiro na fronte e declarar que ele reagiu, mas a minha Keyla, Ke-y-la, não merece tamanha distinção, uma miseravelzinha sem biografia, nada que tempere o sangue aguado o qual rasteja pelas veias da briosa, da civil, e ele pergunta Por que quer saber desse caso?, e o que responder-lhe, não sei o que responder, e Edmundo precisa ser rápido e diz que Estava checando as notícias da última edição e ouço do lado de lá um lacônico, Sei; Edmundo agradece-lhe, estou perto da cena do crime, suponho, deixei a avenida Caí, desligo o telefone, dentro de uma hora volto a ligar e depois ligo de novo, e quem sabe mais uma vez até que tu percebas algum comportamento estranho, mesmo tu, meu caro pé de porco e cabeça de jegue, só um débil mental para escolher a profissão de policial na qual ou é-se incompetente, ou vive-se em risco para proteger a canalha desse país, não creio que haja um psicotécnico sério para esta seleção e; observo, eis, ali está ele, à minha direita, o exuberante matagal da avenida Fernando Ferrari, quantos corpos já ali foram abandonados, berço esplêndido de mortes anônimas e, à minha esquerda, algumas casinhas, ótimo, quiçá alguma populacha já em pé, mastigando pão seco para "ir pro serviço", "pegar no batente", entre o mato e as casas: um canteiro, é aqui que estaciono: desligo o automóvel; esta chuva já cumpriu seu papel, poderia amainar, para o automóvel ser mais visível, Edmundo bate a porta com força, com alarma, tranco a porta, Edmundo dá as costas para a pista, embrenho-nos no mato, sinto o barro agarrar-se à sola de meus sapatos como a ficção grudando-se, fundindo-se à realidade.

> **Réu: Edmundo Dornelles**, 54 anos de idade, solteiro, profissional liberal, residente na avenida Farrapos 874/82, Porto Alegre, estando atualmente recolhido no Presídio Central, em Porto Alegre.

J: Passo a palavra à Defensoria Pública. O réu é seu. **D:** Obrigado, Meritíssima. Vamos lá. Edmundo, Edmundo, no que é que você se meteu, hein? **R:** Isto é, de fato, uma pergunta? **D:** É. Não. De certo modo, vamos colocar do seguinte modo: o senhor tinha noção das consequências que o aguardavam? **R:** Evidente que não. Meu caro, deixe-me dizer, é deveras constrangedor encontrar-me na posição em que estou, admitir o que vou admitir, todavia creio que não me encontrava na posse das minhas melhores faculdades da razão. **D:** Naquela noite? **R:** Naquela noite evidentemente. Quiçá em outros momentos daquela época tenebrosa de minha vida. **D:** Edmundo, de que é que você se lembra daquela madrugada? **R:** Oh, é ainda tudo extremamente caótico em minha memória, confesso que tenho pesadelos, sonhos maus, com tudo o que se passou. Eu estava muito pressionado. Refletindo agora, penso que minha vida estava desordenada e sombria até a selvageria. Torturavam-me todos os fatos pregressos e o imbróglio no qual estava metido até o pescoço com a jovem... Por culpa minha, também, confesso. No entanto, quiçá desesperado com a repugnância vil e atroz na qual via-me imerso não só em virtude do que viria a se desencadear, entretanto também de toda uma trajetória pregressa, bebi um pouco além da conta e da medida antes do encontro derradeiro... Quisera eu haver possuído maior controle sobre minhas escuras forças, no entanto precisava encontrar... encontrar Keyla e desfazer nosso torpe e mal-ajambrado conto de amor. De uma vez por todas. Aquela história exigia um fim, no entanto... **D:** No entanto? **R:** As coisas não saíram como eu planejara. Oh, que triste espetáculo vos ofereço. Ah, como eu quisera que tudo fora fruto de minhas ficções, todavia foi assim... **D:** Edmundo, vejo que você está ainda fortemente tocado pelo fato e... **R:** Meu caro, o senhor não poderia pensar de outra forma... **D:** Mas, por favor, complete sua narrativa. **R:** Sim, narrarei: havia marcado o encontro com ela... E encontrei Keyla naquela definitiva noite. Não desconfiava das arapucas as quais o destino espalharia em nosso caminho. Presas do destino... Estava de peito aberto. Esperava, de fato, com boa arguição e parcimônia, além da oferta de uma honesta vantagem financeira para ela, demovê-la de seus precoces instintos maternos, de suas pressões matrimoniais. **D:** Mas de onde você tiraria dinheiro para convencê-la a... De onde você... **R:** Podes perguntar, de onde eu tiraria recursos para "interromper a gravidez"? Sim, meu caro, podes dizer com todas as letras. Sei que soarei torpe, vil, contudo, que destino melhor teria uma criança neste mundo cruel, berço e lar das piores vicissitudes, uma criança feita moeda, indesejada por mim, negociada pela menina sua mãe... era o melhor a ser feito, estava disposto a tudo, a chafurdar na miséria, vender o que tinha e o que não tinha, contrair novos empréstimos e dívidas, para determinar o ponto final da turbulenta narrativa da qual eu me tornara personagem... **D:** Se endividaria mais? **R:** Endividar-me-ia. Faria o que fosse preciso, meu caro. Seria melhor para todos, mas, oh, me lembro como se fora hoje... um calafrio percorre-me a espinha, ai de mim, o olhar zombeteiro que outrora seduzira-me então voltara-se contra mim. Ela zombava de minhas ofertas, ria desaforada, exigia garantias, casamentos e, sim, eu bebera, sou doente, compulsivo pelo álcool, que posso eu fazer? Havia todo um turbilhão em minha mente. A cada negativa, a cada sarcasmo da menina... a senhora, dona Gislaine deve sabê-lo, recordar da personalidade marcante de Keyla, uma garota a qual sabia ter sua força, sua peremptória presença, não é mesmo? Ela contra-argumentava cada postulado meu, oh, que espírito demoníaco enchendo-me de trevas... **A** angústia, feito enxofre, fervilhava dentro de mim, surgia-me um anseio histérico de contradições e contrastes e eu... e eu... **D:** Você? **R:** Em um gesto impensado, feito um pai em desespero frente ao filho incontrolável, agredi a pobre coitada... Um impulso febril e descontrolado. E ela, oh, ela, ela riu, riu de mim, senhora de minha vida, disse que se eu a espancasse melhor seria, pois assim denunciar-me-ia por abusar e espancar uma jovem menor de idade, e a raiva, sim, a raiva embriagava-me. A minha vista nublou, e foi aí então que creio, oh, creio que eu então... **D:** Então? **R:** Devo haver-lhe desferido nova agressão corpórea... e convulsivamente, diante da tibieza de minha força física, um golpe atrás do outro, besta compulsiva eu tornara-me, até alcançar... oh... os golpes mortais. Nem sei bem de que modo, de que jeito, é uma trama terrível, nem o mais brilhante e malévolo escritor urdiria tal intricada teia... que trauma ignominioso este o qual me assola dia e noite. Impede-me de rever os momentos fatais. **D:** Não se lembra dos golpes? **R:** A ponto de descrevê-los, de explicar-me? Quisera eu explicar-me aos senhores e à minha pobre e mortal consciência... No entanto, de modo algum. Apenas lapsos revestidos de pura confusão. Minha memória retorna somente após uma breve ou longa elipse, com a cena hedionda. Eu achava-me de pé diante dela, abatido, humilhado, repulsivamente envergonhado, sem saber onde estava o meu norte, sem discernir certo de errado, realidade de ficção, é a única justificativa a qual posso oferecer-vos para a decisão a qual tomei. Por inextricáveis e labirínticos caminhos de minha mente, cri que seria menor o sofrimento se a pequena Keyla desaparecesse como um anjo, como uma visão miraculosa... quem explica o que se passa na mente humana numa hora dessa? Indago-me até hoje... **D**: Refere-se a qual decisão especificamente? **R**: Ah, meu caro, como qual decisão? O raciocínio atormentado o qual assolou-me, se é que posso chamar raciocínio, e, feito possessão diabólica, não me abandonou até a visão infernal... **D**: Poderia ser mais explícito? **R**: Mais explícito ainda? Oh, queres ouvir a ignomínia retumbar de minha boca? A visão infernal das chamas, a indigna despedida que eu oferecera ao corpo da alma a qual, creio... amei. **D**: Você estava consciente do que fazia quando queimou o corpo de Keyla? **R**: Creio que não... Que ser humano digno de assim ser considerado o faz deliberadamente? Estava sob a ditadura do medo, acossado pelo pânico, entorpecido de horror e fúria. **D**: E por que fugir, Edmundo? **R**: Meu caro, ponha-se em meu lugar, mas não, não o fará... Quem aqui tem essa faculdade, a de viver tão intensamente a dor alheia a ponto de sofrê-la? Quisera que fossem capazes... e então poderiam... eu sentia que trazia o subsolo em minha alma. Tornei-me patético, um espasmo estava a ponto de apertar-me a garganta, o coração me batia como nunca batera. Havia de fato motivo para me perturbar. Busquei meu irmão, meu psicanalista, busquei em minha alma e não encontrei apoio, via-me nesta condição na qual me encontro... Ter de explicar-lhes o inexplicável... Exilar-me-ia voluntariamente da sociedade...

não sei. Um homem como eu no sistema penitenciário... o que será de mim? Como tenho sofrido naquela cela a qual vocês, poetas sádicos, adjetivam de especial. **D**: Está arrependido? **R**: Com todas as forças que restaram-me nesta minha repugnante existência. Peço perdão à Keyla, a todos, peço que, de algum modo, compreendam, eu buscava o belo e o sublime o qual perdemos ao longo dos anos, porém deparei-me com as trevas. Quis escapar ao destino inexorável pedindo o empréstimo da juventude alheia e fui punido como um grego... ah se eu soubesse. **D**: Percebo todo o seu sofrimento. Se pudesse voltar no tempo e planejar sua vida, premeditar seus gestos, faria diferente? **R**: Oh, desviaria cada passo em direção a um caminho melhor... **D**: Sem mais perguntas, Meritíssima. **J**: Obrigado, doutor. Passo a palavra à Promotoria. **P**: Muito obrigado, Meritíssima. Estava ansioso por este momento, seu Edmundo. **R**: Não me diga. **P**: Ah, digo sim, e mais, começo perguntando-lhe se o seu envolvimento com Keyla foi um caso isolado na sua vida. **R**: Desculpe, ainda estou um pouco abalado... tem sido uma catarse violenta, todavia, veja, tenho mais de cinquenta anos, é evidente que meu relacionamento com a menina não foi meu primeiro relacionamento amoroso. **P**: Desculpe, acho que não fui claro. O senhor já se envolveu com outras menores de idade? **R**: Quero lembrar ao doutor que eu possuo formação em ciências jurídicas... portanto sou capaz de perceber vossos ardis. Crês mesmo que eu necessite responder a esta pergunta? **P**: Seu Edmundo, já avançamos muito neste evento. Estamos todos cansados, vamos tornar isto mais fácil e transparente para todos. O senhor tem o direito de não responder. Mas eu também posso referir aos jurados as folhas quarenta e cinco e quarenta e seis do inquérito com o seu histórico de navegação por sites de pedofilia na internet bem como as revistas encontradas no seu domicílio, ou a folha sessenta e seis na qual consta o boletim de ocorrência registrado a partir da queixa do porteiro da Escola Municipal Dyonélio Machado, no qual ele queixava-se à polícia de sua frequente e suspeita presença em frente à instituição e... **R:** Sempre quis saber qual era o crime de ficar ali estacionado e... **P:** Então o senhor admite que... **R:** Não admito nada. Quero saber pelo que estou sendo julgado aqui hoje? Por usar a internet? Por estacionar o carro perto de paranoicos? Qual a acusação, promotor? **P:** Seu Edmundo, colabore. O senhor sabe muito bem quais as acusações. Posso relê-las caso não esteja lembrado, mas, já que o senhor diz conhecer os caminhos da lei, deve estar ciente de que estamos tentando reconstruir a narrativa dos fatos, a sua narrativa e... **R:** A minha narrativa... **P:** Mudemos a pergunta. O senhor e seu defensor, meu esforçado e dedicado colega, Doutor Vladimir Bica, esforçaram-se por demonstrar que o senhor não se encontrava de posse da razão no momento da barbárie, desculpe, não encontro melhor palavra. **R:** Não precisa se desculpar, a falta de vocabulário é sua... **P:** Meritíssima, peço que oriente o acusado no sentido de evitar ironias e permitir-me conduzir a oitiva de maneira producente. **J:** Peço ao acusado que limite-se a ouvir as perguntas e respondê-las. **R:** Meritíssima, desculpe-me, mas sinto-me jogado à fogueira, em plena inquisição, estou tentando desmascarar os ardis travestidos de justiça que aqui... **J:** Seu Edmundo, o senhor está tendo um julgamento justo, respeitando todas as fases processuais. Caso porte-se de modo honesto, responda às perguntas com sinceridade, lembrando do seu juramento, asseguro-lhe que a justiça, seja lá qual for o resultado, será feita. Portanto, limite-se às respostas. **P:** Posso prosseguir? **R:** (Fez que sim com a cabeça). **P:** O senhor estava fora de controle no momento do fato? **R:** Sim. **P:** Não planejava matar Keyla dos Santos Sampaio e ocultar seu cadáver? **R:** De modo algum. **P:** Então poderia explicar a mim, ao júri, à sociedade, àquela pobre mãe que ali chora copiosamente a perda prematura da sua filha amada, poderia explicar por que é que o senhor adquiriu quatro litros de gasolina no posto Cotumbi em Cachoeirinha, alguns instantes antes do fato, de acordo com as notas de compra registradas na folha cento e setenta e dois do inquérito? **R:** Eu estava de carro, e carros, caso o senhor não saiba, meu caro, são movidos a gasolina. **P:** São movidos a gasolina em garrafas? Porque foram encontradas com o senhor duas garrafas de dois litros, uma quase repleta de combustível, a outra totalmente esvaziada. Por que portar gasolina em garrafas, senhor Edmundo? **R:** Sou um homem precavido. Costumo andar com um pouco de combustível reserva. **P:** O que é contra a lei, caso o senhor não saiba. **R:** Denuncia-me por isso, então. **P:** Ora, seu Edmundo, eu bem o faria, acaso não houvesse uma questão mais séria para esclarecermos agora. Então o senhor está dizendo que era por acaso que estava com quatro litros de gasolina, em garrafas PET, no dia em que matou e tentou incinerar o corpo de Keyla dos Santos Sampaio? **R:** Eu sei que a vida pode soar inverossímil, todavia assim foi. **P:** Muito bem, inverossímil, muito bem. E o senhor e a vítima costumavam se encontrar em terrenos baldios, em matagais? **R:** Não. **P:** Então explique mais esta inverossimilhança. Por que, justo nessa noite, foram para um local ermo? **R:** Oh, não quero exigir que ninguém se apiede da minha desgraçada condição. Mas peço que considerem, eu era um homem falido, moral e financeiramente, dominado pela tirania dos empréstimos e juros abusivos. Não podia dar-me ao luxo de despender meus parcos recursos em busca de privacidade, tampouco poderia expor-me ao risco de ser visto em público em uma discussão cujas consequências não poderia prever. Meu intento era justo alcançar a solução mais pacífica e discreta e... onde um homem paupérrimo poder-se-ia refugiar, meu caro, senão nas margens, na periferia da cidade? **P:** Quem responde aqui é o senhor. Então premeditou levar Keyla para um lugar fora do alcance de outras pessoas? **R:** Já disse: procurei um lugar onde pudéssemos privar de toda a discrição para um momento deveras urgente. **P:** E se não era para assassinar Keyla, qual era o seu propósito? **R:** Penso já haver respondido isso para meu advogado de defesa. **P:** Mas eu gostaria de ouvir de novo, em detalhes, por que e para que conduzir a jovem de dezessete anos, Keyla dos Santos Sampaio, para um matagal ermo, à noite? **R:** Oh, como tortura-me reviver cada um destes momentos, contudo o faço. É dolorido para minha alma narrar esta história que às vezes parece-me um pesadelo ou um romance terrível... ai de mim... Keyla havia iludido-se quanto aos horizontes os quais nosso envolvimento poderia oferecer-lhe... confesso, dei asas aos seus sonhos, estava envaidecido com a miragem de conquistar, eu, um velho, conquistar uma jovem tão formosa. Éramos dois iludidos e assim eu viveria eternamente enquanto nossa chama flamejasse. Porém, a chama de Keyla era avivada a presentes, pequenos confortos os quais tornavam-se difíceis para mim ofertar-lhe, continuei a tentar, contudo ela, vendo que o fim quiçá anunciava-se, a priori, ameaçou destruir meu relacionamento com Babi. O que, à época, inquietou-me, transtornou-me... Todavia eu e Babi nos afastamos e quis eu crer que esta separação fora, de certo modo, um bálsamo para meus tormentos, pois Keyla, oh, Keyla, perderia seu trunfo, seu poder de chantagem. No entanto, manhosa, ela surge com a gravidez, ameaça levar-me à polícia, exigia-me então que me unisse a ela, que fosse seu homem, e, quiçá, em tempos anteriores, em um arroubo eu o fizesse... Porém já não cria mais no seu amor por mim, eu não passava de um velho iludido e chantageado e... **P:** Sim, sim. Mas e na noite em questão, o que o senhor pretendia, conduzindo Keyla para o matagal? **R:** Já relatei. Demovê-la de suas intenções de maternidade e matrimônio. **P:** Queria dar um susto nela, mostrar que estava disposto a tudo, levando-a para um cenário de horror? Provocar-lhe um aborto por estresse? **R:** Queria conversar, apelar para a lógica, oferecer-lhe vantagens financeiras que poderiam provocar minha ruína, entretanto protegeriam minha moral... **P:** O senhor tem filhos de outros relacionamentos? **R:** Não. **P:** E nunca desejou a paternidade? **R:** Não vejo no que enxovalhar meu passado possa trazer de... **P:** Desculpe, seu Edmundo, mas sua ex-companheira, dona Bárbara, relatou em juízo o seu comportamento quando ela sofreu um aborto durante o relacionamento de vocês. O senhor tem algum problema com a situação de paternidade? **R:** Ah, meu caro, que vilania. Eram situações diferentes e... **P:** Eram relacionamentos nos quais o senhor dizia investir afeto e amor. No entanto já ouvi aqui que o senhor despreza a ideia de colocar crianças no mundo. **R:** Ter filhos é uma estultice sem tamanho e... oh, desculpe, eu... **P:** E vale qualquer artifício para evitar esta "estultice"? **R:** Nego-me a responder. **P:** Está no seu direito. **R:** (Fez que sim com a cabeça). **P:** Mas Keyla não estava grávida, o senhor sabe? **R:** Vim a saber mais tarde, infelizmente... **P:** Levando-se em consideração que o senhor acreditou no que a jovem lhe disse, confiou que ela esperava um filho seu, quer dizer que o senhor não se prevenia, não usava contraceptivos, não se protegia e nem a protegia de doenças, é isso? **R:** A sua pergunta já traz a resposta, meu caro. **P:** Mas eu preciso ouvir a sua resposta. **R:** Não, não usava preservativos. **P:** Por quê? Não tinha medo dos riscos, levar doenças de uma parceira a outra? **R:** Eu já praticamente não mantinha mais relações com Babi e... oh, isto é repulsivo, o senhor quer mesmo que eu esmiúce os meandros de minha vida erótica? Que penúria, que miséria... Quer que eu explicite meus desejos e minhas vicissitudes carnais? **P:** Quero só entender como um homem capaz de matar uma menor de idade por conta da paternidade não se prevenia e colocava muito mais questões em risco. **R:** Meu caro, tenho dificuldades de obter prazer com o uso de tais dispositivos. **P:** E era isso o que o senhor queria com Keyla? Usá-la para obter prazer a despeito das consequências até o momento em que ela se tornasse descartável? Como de fato se tornou? Envolver irresponsavelmente uma jovem no seu jogo de sedução e hedonismo? **R:** Oh, eu procurei ajuda, eu procurei, ai, que tormento sem fim, eu não queria, porém ela forçou-me, peço perdão. **P:** Forçou a quê? A matá-la? A planejar seu assassinato? **R:** Por favor, prefiro não responder. **P:** O senhor tem sua prerrogativa, porém oferece ao júri o direito de interpretar suas escolhas. Não quer dizer nada? **R:** (Ficou em silêncio). **P:** Meritíssima, encerro por aqui. Nada mais a perguntar ao réu.

Memória Quase Presente, 7 de Fevereiro de 2013

9h13

Tempos ignóbeis: eis o cenário onde a justiça se proclama, quiçá devessem proibir nesta republiqueta qualquer um destes etéreos filmes norte-americanos os quais se passam em tribunais repletos de pompa, circunstância e pretensa dignidade, imagem que é o exato avesso desta repartição pública remendada para receber julgamentos, onde Edmundo se encontra agora, nesta cadeira para a qual a palavra desconfortável seria um elogio desmesurado, nem os velhos decrépitos e miseráveis desprovidos de sorte que entregam papéis em saídas de banheiros masculinos sentam em condições tão desagradáveis, oh, a justiça não prega o direito universal de defesa, meus caros?, por que então o réu já começa a ser punido neste suplício em forma de assento?, um dia aboletado nesta falência da indústria moveleira e o suspeito confessa tudo, que esquartejou a mãe, que sequestrou o bispo, que fornicou com a irmã, por Nietzsche, aqui já percebemos a decadência da justiça na Tupiniquinlândia, não é sequer preciso observar estes idiotizados destes maçons, com suas patéticas fantasias pretas, como se fosse preciso uma roupa especial para raciocinar e ordenar discursos lógicos e persuasivos. E eles todos se cumprimentam, sorrisos, salamaleques, hipocrisia medieval, creem-se numa corte parisiense do século dezoito, e, no entanto, basbaques,

estão em Cachoeirinha,

no paleolítico estado do Rio Grande do Sul, na sub-república do Brasil, não há disfarce, não há bizantino ritual, não há mise-en-scène ou léxico gasto e pedante que escondam a estupidez na qual vocês todos estão mergulhados até a caspa, arrogando-se o título de posse, o usucapião da verdade, e agora o lambe-botas concursado pede que fiquemos em pé, ao menos um alívio para minhas torturadas vértebras, fiquemos em pé, pois vai entrar a Meritíssima, mas que entre logo, que entre, com todo o seu mérito, seja lá qual for.

18h26

e, São verdadeiras estas acusações?, a juíza, no seu modo protocolarmente burocrático, indaga-me a Edmundo, ela, do alto do seu troninho, eis um sonho de anão: ser juiz, olhar de cima física e metaforicamente tudo e todos, mirar a balança de cima, erguendo a venda a qual eles fingem usar e surpreendo-a: Edmundo fita-a diretamente nos olhos, de modo peremptório, como a devolver-lhe a pergunta, então, minha cara magistrada, queres saber se "São verdadeiras as acusações", ah, minha senhora, vens julgar-me e dás-me a prova escarrada do crime de lesa-pátria que é o fracasso educacional de nossa republiqueta: milhões falham no vestibular; milhões tropeçam no obstáculo da prova da OAB; milhões se embretam nos concursos; e tu, de trás destes teus óculos, com tuas delicadas joias de mulher elegante, magistrada a qual galgou o topo da cadeia do pedantismo, não és capaz de efetuar uma simples construção frasal eficiente que te devolva a resposta indubitável, não, tu, exemplo para as futuras gerações, mulher de sucesso e conhecimentos, arrotas uma frase tola e frágil como se fora o fino caviar da gramática, minha cara, e baixo a cabeça e Edmundo mira meus pés para eu não rir de desprezo, porque eu poderia humilhar-te agora, simplesmente respondendo de fato a pergunta que propões, ora, se são verdadeiras as acusações, parece-me evidente que são verdadeiras as acusações, não estão aí registradas nos autos, não ganharam existência em forma de papel e dados de computador, ora, ninguém nega, todos aqui sabem que elas existem, todos aqui estão por causa das acusações, minha senhora estúpida, é claro que as acusações são verdadeiras, e a ansiosa, quiçá de TPM, ou nos calores da menopausa, ou preocupada com a telenovela, interrompe meus pensamentos, perguntando-me se o réu, eu, Edmundo, pode responder, e claro que posso, meu caríssimo platelminto, porém poderias haver proferido a pergunta correta, clara e límpida:

É verdade que o senhor cometeu
os crimes de que é acusado?,

pronto, era isto que desejavas perguntar-me, eu sei que era isto, não queres discutir se é verdade que existe acusação, se ela é verdadeira, sua anormal de nível superior a qual não percebe a fragilidade da sua frase dúbia, e preciso, agora, conter o orgulho, ao erguer a cabeça e fitar os olhos dela, Edmundo não pode e não deve, já neste instante, ao primeiro relance, surgir feito um doente mental, um sociopata explícito à vista de todos, Edmundo não pode rir, nem deve demonstrar excessiva frieza, portanto: tomo o ar como estes basbaques aqui presentes aprenderam no cinema e nas novelas que se deve fazer em uma hora como essa, e, resignado, cruzando minhas mãos, Edmundo redargui para a bodosa juíza, vaidosa Miss Justiça, a qual, tola, quer saber se minha ficção é realidade:

22h34

; tu me encaras com estes teus olhos esbugalhados de quem de fato viu um monstro, monstro, como apodaste-me a Edmundo há instantes, neste teu discurso o qual deveria ser proibido para diabéticos de tão açucarado e melodramático, eu vejo estes teus cabelos brilhosos, empalhados a gel, passaste mais tempo moldando tua imagem do que te preparando para meu julgamento de Edmundo, tenho certeza disso e, no entanto, mesmo agora, ao ver-te caminhar com teus passos ensaiados de ator do Bailei na Curva, ainda assim poderia fazer uma absurda confissão neste julgamento:

Abraçar-te-ia, meu ingênuo e
entusiasmado promotor,

abraçar-te-ia, e agradecer-te-ia, meu corvo mauricinho, poucos gênios tiveram tão exata leitura na história das letras, dizes tudo o que eu planejei, decupas meu romance como se tudo isto não fora um julgamento, mas uma retardada prova numa débil mental aula de literatura do ginásio e, oh, quase perco-me em pensamentos, não percebo mais estas pérolas que joga aos porcos, o que é mesmo que estás a dizer, corvo ensebado, ah, dizes que as acusações são Apenas a ponta de um iceberg de uma vida de consciente desrespeito pela sociedade, pela família e pela condição humana, e fazes uma expressão de alívio como se te livrasses de uma prisão de ventre, que bom que és promotor e não ator, se bem que as coisas se pareçam, se confundam, meu iluminado imbecil, e agora levas as tuas mãos às costas em mais um gesto de péssimo Tarcísio Meira que és e enfileira perguntas retóricas, por Nietzsche, Aristóteles provoca um terremoto na Grécia neste exato instante de tanto que deve se remexer no túmulo, abalado com tua arte retórica, meu corvo envernizado, ouço-te, O réu alega que estava fora de controle porque a menina afirmou carregar o sangue do seu sangue?, e prossegues na tua resenha colegial acerca do meu romance, É assim que um cidadão de bem reage contra o ser humano que carrega no ventre a sagrada semente da vida?, não sei qual é a tortura maior, tua pretensa genialidade ou esta agressiva cadeira, punição prévia aos acusados, aumentas teu tom de voz, apoias-te perto da mãe de Keyla para fazer-lhe chorar mais uma vez, esta tua cena é mais nauseante que os ovos servidos no Tinoco, ah, meus manguaços de estimação, queria que aqui estivessem todos, além daquele outro que testemunhou, se aqui estivessem, macacos bêbados, sei que, assim como o promotor, vocês, meus simpáticos nematelmintos, também gozariam com esta narrativa, vibrariam agora que o homem da lei, justiceiro implacável, apontou-me seu dedo inquisidor para Edmundo e pede ao júri para que reflitam sobre os fatos, ah, os fatos, que fatos, porque, como é que tu dizes, meu corvo besuntado, dizes que só esperas uma coisa do júri e sustentas esta tua patética pausa dramática para a história da representação, e repetes, Só espero uma coisa dos senhores; enquanto tomas teu ar, imagino, oh, o que esperas deles, meu originalíssimo magistrado, que dancem uma polca, que recitem *Crime e castigo*, que completem um raciocínio, não, atenção, vais revelar tua expectativa, Espero que os senhores façam justiça, oh, não, não me diga, seu escroque intelectual, é isto mesmo que esperas deles, é esta expectativa tola e ingênua que te faz estampar todo este orgulho nas tuas bochechas de guri acarinhado por tias gordas e frígidas, se eu pudesse erguer-me dessa cadeira de faquir e cochichar no teu ouvido, dir-te-ia, enquanto tu flamulas o processo no ar, relatando o que chamas de fatos e eu chamo de a maior ficção de todos os tempos, dir-te-ia que, ao pedires jus-ti-ça, foste quase original, quase inovador, não houvesse sido tu o sujeito de número dez milhões e um a proferir essa frase de efeito duvidoso, Só espero que façam justiça, e eu esperava mais até de ti, corvo escovado, não precisavas renovar a retórica jurídica, é visível que não podes, entretanto, ai de mim, segues à risca o teu manual de ordinário concursado, começas a cuspir adjetivos sobre a minha torpeza de Edmundo, sem saber que me elogias, miro a mãe de Keyla, quiçá sinta-se vingada, vejo Babi desprezando-me, desprezando Edmundo, correste rapidamente atrás de um outro macho para teres um ferrolho na vida, hein, Babi, dás as mãos a ele, já perdeste um filho deste idiotizado enfatiotado ou desististe disso, talvez assim, sem histerias, Babi, tu que não tens coragem de me encarar Edmundo, tu que leste mais indícios do que eu criei, oh, que desejo insano de ver-me longe de ti, atrás das grades, talvez curada da tua histeria maternal possas assistir novelas e reality shows e tomar vinhozinhos com este chuchu o qual agora abraça-te, fingindo-se de homem protetor, todos fingem aqui viver um mundo real e mal sabem os personagens que são, apaixonados pelos fatos reais, ah, seria de uma beleza sublime se a idiotizada da Tatiana estivesse aqui, ah, Tatiana, acaso ainda lembras de mim, lembras daquele nosso encontro na bacaníssima Feira do Livro de Porto Alegre, e agora meu corvo vaselinado faz de mim um homem quase feliz, se é que felicidade existe,

Peço aos senhores jurados a
condenação à pena máxima,

e prossegue na sua cantilena de homem de bem, Lembrem que ele planejou tudo e matou esta menina acreditando estar matando ela e a vida que trazia no ventre, ai de mim, se eu pudesse falar com este homem, dir-lhe-ia, és um péssimo promotor, mas foste um excelente leitor, deixo-o discursar, suar sob os holofotes do tribunal de Cachoeirinha como se no Teatro Municipal, vomite suas asneiras, confirme minha narrativa, meu anormal, muitíssimo obrigado e,

23h44

: e prossegue o meu esforçado defensor público, esse mau crítico literário, tentando desqualificar cada uma das cenas que construí, ah, por baixo dessa toga que, oh, desculpem-me, excelências, todavia essas togas já não impõem respeito desde priscas eras, fantasia boba e anacrônica, ficaria muito bem em uma baile de carnaval, ao lado de um marmanjo trôpego de fraldas, chocalho e mamadeira cheia de uísque e de uma lascívia e permissiva enfermeira, entretanto querer impor respeito e seriedade porque veste um pano preto mal-arranjado, desconfortável, ora, é por isso que os tribunais não têm espelhos, por que, por que fantasiar-se para fazer justiça, fatiota e gravata não bastam?, não, não bastam, e o meu mau crítico e péssimo advogado foge do meu campo de visão e, ai de mim, sinto um estremecimento, ele pousa suas mãos sobre meus ombros de Edmundo, está paternal e pateticamente por trás de mim e de Edmundo, quer provocar pena, compaixão nos idiotizados do júri, estes sete anões da inteligência, humanoides desprezíveis, não fora tão bem urdida minha narrativa e quiçá estes mentecaptos alimentados a TV Globo e *Zero Hora* caíssem na péssima leitura que meu adevogaloide conseguiu fazer, a qual ele deve repetir, automatamente, em vinte e sete de cada dez casos de homicídio que assume, acreditando, no seu Alzheimer juvenil, ter tido uma originalíssima ideia, lá vai ele,

Peço que lembrem que Edmundo estava
sob domínio de forte emoção,

e agora, com o seu olhar compungido de cafajeste que volta dizendo que não faz mais, dirige-se aos ordinários que me julgam a Edmundo e, ah, que senso espetacular de justiça, meu caro, dizes aos estrupícios que não pedirá a absolvição de Edmundo e que. Não sou louco nem nada para pedir uma coisa dessas, oh, o baixo nível intelectual da justiça brasileira é deprimente, estes chulos maugistrados ostentam menos arsenal semântico do que os escritorzitos idiolatrados, idioletrados, pela basbaque da Tatiana Fagundes, meu adevogaloide fala como um adolescente retardado enchendo as tripas de cheeseburgers norte-americanos, "Eu não sou louco de", ora, louco é quem te diplomou, que país inviável, país rico é país sem brasileiros, coço-me, debato-me para não erguer-me da cadeira de faquir na qual torturam-me como se a confissão já não fora feita, oh, por Nietzsche, mas tenho de me controlar para não me erguer e pôr um fim a esta penúria de ideias, retórica e argumentos a qual me fere até a medula, contudo acalma-te, Edmundo, ah, precisava era de um bom Hilton, um Epocler para ferver a minha bílis e deixar este teatrinho primário correr por si, e, estivessem todos aqui fantasiados de bichinhos, florezinhas, solzinhos e estrelinhas e recitando versinhos, dava no mesmo, seria igual a esta patética fantasia de carnaval veneziano e estes argumentos sofríveis até no Tinoco's em fim de expediente etílico o qual, entretanto, ora, mas o que ouço agora?, é como se uma orquestra invadisse um destes miseráveis pagodes ou bailes da populacha da vila; eis que, no meio deste lodo verborrágico, a sinfonia da perfeita composição frasal preenche o ar, meu adevogaloide, como para que se redimir perante a mim — e ao mundo —, recita trechos do diário do meu Edmundo, do Edmundo que todos estes ineptos veem em mim, do meu ficcional Edmundo, oh,

"minha alma sangra num
misto de ódio e paixão",

ele recita e indaga à sua provinciana plateia de asnos esclerosados, sinalizando cada sílaba tônica, Este trecho é ou não é o retrato de um homem desesperado e em profundo sofrimento, e, obrigado, adevogaloide, isto é o verdadeiro Nobel, arrastai-vos, ignominiosos jabutis das letras brasileiras, jamais tereis tamanho reconhecimento, a enferrujada e defasada máquina do estado, da sociedade, discute linha a linha minha criação como se fora mais importante do que a própria vida, e é, ah, Babi, olha só um pouquinho nos meus olhos, mulher amargurada, e diz-me, agora, quem é o inútil, fala, aí, com teu macho de fachada, quem produz histórias as quais não te interessam mais do que os folhetins televisivos, eis a estrondosa desforra do verdadeiro artista, este caderno o qual o mau crítico e deficiente adevogaloide folheia em busca de provas, ah, quiçá um dia publicá-lo ou então editar este volume que agora ele folheia, o inquérito, o processo de Edmundo, eis meu romance maior aí nas tuas mãos, Páginas setenta e um e setenta e dois, ele solicita, releem fervorosamente, todavia, não, jamais poderei dar corpo à minha obra, entretanto, ah, por Nietzsche, que queres também, Edmundo, receber loas desta grande APAE, deste bando de atrasados mentais que se julgam teus contemporâneos, eles também não saúdam Honoré, Fiódor, Leão, não os leem, não te lerão, mas tua história está entranhada nas vísceras deles, eles choram, sofrem, latem, rosnam, esses animais, por tua causa, contenta-te, Edmundo, mas, ah, e é comovente o esforço que o mau crítico e acéfalo advogado, este latifundiário mental, faz para desqualificar minha história com suas tolas interpretações de romance água com açúcar, porém olho a meritíssima que me pune a Edmundo, incontinenti, com seu duro olhar de Miss Justiça, miro os sete anões da inteligência, miro o público, provavelmente a parentalha de Keyla, um ou outro ambicioso e repugnante estudante de direito que emulará este mau teatro no futuro, e agora miro aquele anormal de óculos e camiseta listrada, tomando notas, quiçá seja um jornalista ou um desses escritores postiços, implantes literários, os quais se gabam de fazer pesquisas em tribunais, hospitais, manicômios porque não possuem a força viva da imaginação a empurrar-lhes a pena, precisam copiar a vida em vez de criar alternativas, copia, plagia-me, escrotor, e miro todos e vejo o fracasso do meu adevogaloide, ele quase rasteja para o júri, Punam este homem que ele o merece, brada, nesta humildade pouco convincente de quem acha que toda lâmpada é holofote, Mas não com crime qualificado pois ele já sofreu e sofre demais, ele quer desqualificar minha história e sei que não logrará sucesso, és como um autor apócrifo do Quixote, meu caro, queres pegar carona, reinventar uma brilhante ficção, mas ela é mais sólida que as cordilheiras, mais viva e pulsante que qualquer miocárdio, no peito de qualquer humanoide aqui presente, esforça-te, esfalfa-te, porém não lograrás êxito, e ele segue em suas apelações finais e, oh, toca-me o ombro de Edmundo novamente, quer demonstrar afeto e cumplicidade com o facínora arrependido, e vejo suas mãos suadas, repugna perceber sua ansiedade, sei que não é por mim, não é por Edmundo, não é pela justiça, não é por aquela mulher deplorável chorando a tragédia da filha que ficcionalizei — é possível que minha narrativa haja envernizado com um pouco de dignidade a vil existência desta caterva de chulos, desdentados, remelentos, choramingões — e não é por essa gentalha ordinária,

É por ti: mau crítico e bodoso advogado,

eu sei que é por ti que fazes este escarcéu, bem sei: tu; o lírico promotor com suas opacas pérolas, oh, "ceifou deste plano uma jovem no desabrochar da vida"; a feministaloide da juíza ovulando para punir um macho deflorador de virgenzinhas; todos vocês ansiosos não por justiça, ah, todos aqui, ansiosos nas suas vaidades sequiosas por exibir quem é o sumo proprietário da verdade, isso sim, quem é o mais capaz de convencer, oh, adevogaloide rasteiro: arrotas fatos, verdades, realidades, e, no fundo, apenas produzes uma rala ficção, não penses, não consideres a hipótese de ombrear comigo, meu caro, é patente teu déficit de alimento, jamais leste Herman, Joseph, Erico, por Nietzsche, acabas de dizer que A justiça tem que endurecer mas sem perder a ternura jamais, e quero dar-te voz de prisão, contudo calo-me, eis o preço da grande ficção;

23h59

) e a pateta da patética justiceira, do alto da sua torre de fórmica ou qualquer que seja o material vagabundo da mesa donde ela acha que preside alguma coisa, não presides nem sequer teus óvulos, incapaz de conter esse teu mau humor, esse teu risinho repulsivo com o qual lançaste o chiste É quase meia-noite: parece que este julgamento ficou para amanhã, e conquistas meia dúzia de falsos sorrisos, falsos como tudo aqui, a justiça é a maior das ficções, versões e interpretações de uma história que eu criei, não percebes, cadelinha adestrada para martelar e ficar comportadamente sentada, tesa, durante horas, fingindo-te de imperatriz de coisa nenhuma e, agora, vaidosa, ajeitas os cabelos, anuncia por gestos que vais te pronunciar, nada mais medieval do que um julgamento, o circo do salamaleque desenfreado e Convido os senhores jurados à sala especial para deliberarem a sentença, tens certeza, Miss Justiça, tens certeza de que os convida para deliberar, desde que pisei nesta arena, Edmundo já está julgado, eu sei, esta corja que perdeu a novela, o sono, para seguir na assistência, seguir exumando o que há de podre na alma alheia, veio apenas aplaudir o que todo mundo já sabe, a santa inquisição, punam-se os homens maus, na falta de uma cadeira elétrica neste país covarde, punam mantendo-o sentado neste objeto o qual imita uma cadeira nos seus piores defeitos, ora, deliberar, já está deliberado, minha cara, todos já o sabemos e Dez minutinhos de intervalo para as partes, ela diz, frases e ritos bem decorados, e és uma das pessoas mais bem pagas da Tupiniquinlândia, não admira que tantos atrasados mentais sacrifiquem a vida por um emprego destes, basta ser um macaquinho treinado, um papagaio raivoso, e viver os luxos desta monarquia fantasiada de republiqueta, respubliqueta, rés pública, rés, bando de gado, estes jurados, já de pé, indo decidir o final glorioso de meu romance, se acaso tropeçarem, ficam de quatro e não levantam mais, vão mugir, latir, pastar, e sentir-se-ão mais felizes, livres da obrigação de se fingirem racionais, lá vão os sete em filinha como se estivessem no primário de onde não deveriam ter saído, gostaria de erguer-me e sugerir a ideia aos maugisrados, já que não temos prisão perpétua, por que não criam o primário perpétuo, deixem estes mongoloides cortando e colando papelzinho a vida inteira, o ar seria tão mais respirável, ah, um bom Hilton agora, carburando meu oxigênio, minha vida por uma bituca, e lá vão os sete jurados, os sete anões da inteligência com seus intelectos nanicos, geneticamente atrofiados, só com um QI fracionado no nível dos doze-avos alguém pode oferecer-se, voluntariamente, como estes sete nematelmintos o fizeram, para integrar a lista de jurados do tribunal do júri, garanto que os meus sete imbecis, os quais vão deixando a sala em passinhos comportados, também são mesários nas eleições e orgulham-se, lá como aqui, por "cumprir meu dever de cidadão", ou são tão somente mentecaptos puro-sangue, fofoqueiros, vira-latas das vidas alheias, focinhando vinte e quatro horas por algo que possam julgar e condenar no comportamento que espelha o seu, vieram salivando por me jogar na fogueira, entretanto também sequiosos por escutarem-me proferir confissões hediondas, por verem Babi quiçá ter um faniquito patético de mulher traída, por flagrarem a mãe de Keyla dissolver-se em lágrimas aprendidas nos manuais de telenovela, qualquer migalha de vida que possam salpicar durante vossos tristes jantares e evitardes assim, nos dias que não são de festa da justiça, o silêncio aterrador e o oco insistente que reina nas vossas cabeçorras, e o pânico da abstinência de estímulos sonoros e visuais externos que vos arranque do torpor rotineiro, atormenta-vos a iminência da falta de assunto a qual vos obrigaria a um pensamento próprio que não o mero juízo moraloide acerca do assassino da pobre adolescente, do sofrimento da mãe, ah, lá se vai o último anão da inteligência, e todos devem sentir-se injustiçados agora, castrados de seus celulares, sem poderem fotografar-me, incapazes de espalhar em tempo real, como gostam de soluçar os basbaques, em tempo real, minha torpe imagem mundinhos afora, estão aleijados sem suas maquininhas exibicionistas onde poderiam agora, já, narrar seus feitos de justiceiros, paladinos dos bons costumes, mostrar via telinhas como condenarão este homem vil, como justiçarão Edmundo inapelavelmente baseados no bom-senso das suas cabecinhas cheias de ideias alheias, recalques e preconceitos embutidos nessa lobotomia diária que eles julgam ser o auge do conhecimento:

conectar-se, informar-se,

vocês estão é se formando, parvos, estão em uma forma, com Ô, fechado, porquinhos estultos sendo assadinhos, prontos para serem cada vez mais deglutidos e excretados pelo sistema, vocês que se julgam pessoas boas, como se isso houvesse, não passam de cachorrinhos bem treinados, que vibram as colinhas com biscrocks virtuais, e já se foram todos, já devem estar conjeturando se crucificam-me ou jogam Edmundo aos leões, porque é um horror o que aquele homem fez, e lá vem o brigadiano conduzir-me para o isolamento de Edmundo, talvez eu lhe peça um cigarro, talvez ele mande-me calar a boca.

00h37

; e é como se ela houvera recebido um prêmio, Agradeço às partes, aos profissionais desta casa, ela, a bodosa juíza, esquizofrênica meritíssima, esquece que está no Tribunal do Júri de Cachoeirinha e pensa estar na cerimônia do Oscar, melhor atriz, melhor direção, não sei que estatueta a Miss Justiça pensa estar na iminência de receber e estiveste maquiando-te para o momento fulcral enquanto os sete anões da inteligência fofoqueavam seus votos contra o meu Edmundo?, respiras fundo e olhas ao redor do ambiente, o que procuras, a câmera certa para exibires tua honestidade, teu bom-senso, tua feministice, ah, esta mulher dá-me engulhos no estômago, humanoide investida de autoridade, sofres da síndrome de burocrata, é ofertar a mínima possibilidade de sim ou não a um brasileiro, que o indigente, ser inviável, já sente o peso da coroa, já ergue o cetro da razão suprema e passa a cuspir regras, nãos, exercita sua tirania, é isso que és, minha cara, com esta tua feição compungida de pessoa de bem, não passas de uma arrogante porteira de presídio, e agora agradeces aos Senhores do Júri pela dedicação e senso de comunidade pois este foi um julgamento muito difícil para todos nós, ah, por que difícil, minha cara,

por que a meritíssima perdeu
a novela para ficar aqui?,

por que teu marido, se é que o tens, está esperando a janta até agora, ora, julgamento difícil, ora, todos vieram sabendo no que ia dar, menos o idiotizado e vaidoso do meu adevogaloide, o qual mira a Miss Justiça como se fora um eleito, cheio de dever cumprido, egocêntrico, vieste hoje pela manhã me dizer a Edmundo que estavas confiante, Vou conseguir diminuir tua pena, meu velho, disseste, crendo-te o próprio filho de Aristóteles com Virgílio e, no entanto, agora estás aí com esta cara de terceiro lugar no pódio, de que o importante é competir, perdeste, meu caro, eu venci, a basbaque da imperatriz aí certamente, na sua ignomínia, arrotará obviedades, que a justiça venceu, ou a sociedade ou outra fastidiosa imagem que ela consiga repetir, nem preciso ouvir a sentença, encaro os sete anões da inteligência, agora tudo está decidido, que pensem que Edmundo é louco e meneio a cabeça dele na direção dos insones na plateia, seguem aí assistindo seu reality show pessoal, é paredão que vocês dizem, não é, seus anormais?, gostariam de mandar Edmundo ao paredão, fuzilado, eliminado da sociedade, sei que sim e miro este sujeito, pardo, barba por fazer, serás tu, meu caro, serás tu o algoz de Keyla na inverossímil vida real, a Miss Justiça segue no seu preâmbulo e um estremecimento percorre-me a espinha: serás tu, miro-te e percebo o medo assolar-me, oh, tu existes em algum lugar, quiçá aqui, como queria um bom Hilton agora, se fores tu, queres agradecer-me por livrar tua cara hedionda deste circo ao qual exponho Edmundo, por permitir que tua sanha selvagem prossiga impune, é isto que anseias?, por que mataste a guria, por um coito, por quê; ou, agora que nossos olhares se encontram e desvio o meu para a chorosa mãe de Keyla, ou queres ameaçar-me, queres chantagear-me, queres vantagem para não desfazer a minha arquitetura perfeita, queres agir como um péssimo crítico e dizer que na vida real não foi assim, oh, que tortura, espero que caias bêbado num valão e te afogues na tua própria calamidade, desejo-te um câncer explosivo para que só exista minha ficção, miro-te de novo, serás tu, viverei acossado pela dúvida, não sê descoberto, não erres mais, meu caro, deixa-me seguir minha silenciosa glória e, Passo à leitura da sentença, a Miss Justiça anuncia, ah, gostaria de levar a mão ao peito, palpitação descontrolada, estou à beira de uma síncope, por favor, por favor, se já resisti a todo este lodo de humanidade por mais de cinquenta anos, não posso cair duro agora, preciso ouvir a crítica final, ah, jornalistas, façam esta história rodar o mundo, chegar aos olhos da idiotizada da Tatiana Fagundes, quererá, Ta-ti, que eu escreva um romance baseado em minha vida real, quererá?, pois negar-me-ei, caríssima editora da maior casa editorial do Brasil, e é como num sarau, a Miss Justiça, voz falsamente embargada por uma emoção tola de maus filmes norte-americanos, lê

Edmundo Dornelles
qualificado nos autos
regularmente processado
nesta Comarca e,

e lanço um olhar oblíquo à assistência, creio que Babi chora e não posso vislumbrar um motivo mínimo para esta cena, todavia não importa o que a Miss Justiça leia daqui para a frente, mesmo que, por um aborto jurídico, dos quais a Tupiniquinlândia sempre é capaz, Edmundo venha a ser absolvido, está aí, já está registrado, vocês chegaram até aqui por minhas mãos, v e r o s s i m i l h a n ç a, peça, peçam, Tatiana, Luiz Schwarcz, Pinheiro Machado, Anibal Tamandaré, vocês e suas fabriquetas de papel higiênico impresso, peçam ao abostado do Ricardo Lísias, a Janine Maia, Hatoum, Carolina Bensimon, Daniel sei lá o quê, peçam-lhes que façam isso, obras que mudem a vida, peçam a eles, peçam e vejam no que vai dar, não, não pedirão, sei: jamais pedirão, pois isto dar-lhes-ia, a todos, trabalho e, é agora:

Foi realizado o julgamento pelo Tribunal do Júri;
os Senhores Jurados, ao votarem os quesitos em relação ao réu
Edmundo Dornelles;
referentemente ao crime de homicídio,

e ela lê, linha por linha, como num ditado escolar, esta espera é mais torturante que esta cadeira, o horror, o horror, então os jurados, miro-os novamente, percebo, nos seus olhos baços de gado puro sangue nacional, o desejo de prisão e de morte para mim, para Edmundo, Edmundo ces't moi, pois é um assassino frio e cruel que os encara e, se me condenaram Edmundo, ignóbeis, quiçá o tenham feito em defesa própria, temerosos de uma implacável vingança que Edmundo,

Por sete votos
reconheceram
a materialidade
do fato
bem como
reconhecem
a autoria

por Nietzsche, re-co-nhe-cem a au-to-ri-a, quero sorrir, meu corpo todo quer sorrir, todavia é-me vedado este direito, a autoria, contraio todos os músculos da face para evitar dar provas de minha conquista, autoria, sem sorrisos, quiçá tamanho esforço, contraindo mandíbula e lábios, desenhe uma máscara monstruosa, abominável, assustadora, a face de Edmundo para meus crédulos leitores, autoria, ah, acaso eu contasse a história desta história para vocês, seus chulos, meus brilhantes asnos, não conseguiriam compreendê-la, vossos neurônios não possuem braços para abarcar tamanha construção, miro-vos, tentando sustentar meu autocontrole, vejo medo, vejo alívio, estrupícios de alma vingada, mal sabem de quem é a estrondosa desforra que aqui se dá;

Por seis votos contra um
foi negada a tese da defesa de crime motivado por forte emoção
e por seis votos a um
foi reconhecida a qualificadora do motivo torpe,

mas o quê, volto a encarar os sete anões da inteligência, haverá entre vocês, digam-me, um ainda mais rasteiro do que os outros, alguém que chapinha na lama profunda do mais baixo intelecto já registrado, não me contenho e percebo que, incontinenti, meneio negativamente a cabeça, Edmundo, este homem desprezível acaba de dizer que não com sua cabeça, e os símios amestrados do poder judiciário devem crer que meu involuntário movimento traduz a contrariedade de Edmundo, condenado, contudo, minha cara escumalha, não: não: não; e indago-me, qual de vocês, se não todos, representa este símbolo nacional, o analfabeto funcional; quem aí não percebeu a correta leitura da narrativa, e a Miss Justiça diz que, por seis a um, reconhecem a premeditação, entretanto, não, alguém não reconhece, o que Edmundo poderia ter feito para que tu percebesses, retardado mor, a premeditação de cada detalhe desta história, foram quatro anos de preparo, de escrupulosa engenharia de fatos e agora tu, um qualquer, não sei porque creio que seja este branquelo esquálido, careca, semblante adoecido de vegetariano macrobiotico, um covarde, o qual não me olha nos olhos, ou esta gorda suada e emperiquitada, como se estivera numa festa de batizado, esperando empadas e rissoles, deves ter gordura entre as células nervosas, teu encéfalo é uma pasta de banha incapaz de produzir sinapses, foste tu, gorda, ou tu, moribundo aidético ignorante e, oh, ai de mim, deixei de observar o restante da condenação de Edmundo e isto não será repetido, por Nietzsche, será que terei acesso ao registro impresso do que aqui se passa, do que aqui se passou, quero uma cópia dos registros, do meu verdadeiro romance, o qual não irá para as livrarias, quiçá um dia se acaso eu, todavia não, a história é essa e,

Declaro o réu Edmundo Dornelles incurso nas sanções do artigo,

e vejo o gozo emergir na face do meu corvo envernizado, miro meu patético adevogaloide, o qual tem como meta de vida diminuir o castigo de criminosos os quais não mereciam menos do que a cadeira elétrica, até onde vai tua vaidade incontrolável, adevogaloide, então Edmundo não assumiu todo o crime, então as testemunhas não construíram toda a história, porém tu,ególatra, pivete mauricinho mimado, ensejavas comprovar estares acima da verdade, que és capaz de convencer a tudo e a todos, cavoucar Interpretações e espaços na lei, foi assim que me disseste a Edmundo durante nossa entrevista, oferecer castigos brandos ou liberdade prematura a facínoras como Edmundo, observo-te e, canalha que és, arrotador de justiça e outras palavras vazias, evita-me, fracassaste, vais espancar tua esposa, cheirar cocaína, empalar travestis para apaziguar tua vergonha, não te sintas assim, és mau escritor, não havia como destruíres meu registro, e a Miss Justiça agora exibe sua desnecessária retórica, justifica vírgula mal colocada por vírgula mal colocada o castigo que imporá a Edmundo, como se não bastasse assumir que tratar-se-á, no fundo, pura e simplesmente de recalque, galgaste uma posição de homem na justiça para impor um matriarcado ofendido e vingativo, tua leitura, em verdade, não me importa, a justificação da pena não importa, todos sabemos que projetas tuas ansiedades sobre meu texto, bodosa meritíssima, e mais pareces agora uma ginasial aplicada resenhando minha narrativa, fazendo um resuminho para ganhar tua notinha dez,

pôs fim à vida de uma jovem menor de idade
com todo o futuro pela frente
agiu de forma dissimulada da sua real intenção
demonstrando desprezo pelos valores da família, da vida
e ludibriou em um caso sórdido a jovem Keyla dos Santos Sampaio
arquitetou inescrupulosamente o homicídio da vítima quando

e-me impossível registrar todas as preciosidades proferidas por esta anta de nível superior, gostaria de poder tomar notas, indagarei, indagarei ao adevogaloide se, porventura, tenho direito a uma cópia de minha obra, quero reler tais sentenças, sopesar cada frase e,

acreditou na sua impunidade ao tentar incinerar o corpo da vítima
reconhecidas as qualificadoras do motivo torpe,
da premeditação e da ludibriação
pena base: dezesseis anos de reclusão

1h17

: e ela disse que Lanço o nome do réu no rol dos culpados; e eles aplaudiram; e sinto a mão do brigadiano empurrando-me; empurras Edmundo, meu caro; e o calor asqueroso dessa noite gruda a camisa empapada nas minhas costas a cada empurrão; vejo a viatura; é para lá que eu; um bom Hilton; não sou um homem mau; Edmundo é; Edmundo c'est moi; disseste que lança no rol dos culpados, entretanto lanças meu nome no panteão dos grandes autores; algum dia alguém saberá; sim; quem; não será possível; lançaste meu nome; não a minha pessoa, minha cara; a de Edmundo; tua justiça é ficção, minha ficção; dezenove anos e quantos meses; sou empurrado; os policiais me odeiam, odeiam Edmundo; Babi beijou seu homem, minha mãe chorou, Sérgio a abraçou e me desprezou Edmundo com o olhar; é impossível subir nesta cachorreira deste camburão fétido com os braços assim algemados; Entra: filha da puta, ele empurra-me, e agora, Tatiana; empurrando-me desse jeito vou quebrar, torcer o braço de Edmundo, um safanão na nuca; cheiro sórdido da podridão da macacada deste mundo; bato a cabeça no teto desta masmorra sobre rodas; acocorado; miro o ódio impresso no olhar do brigadiano; Fecha esta merda e leva este pau no cu, ele grita; para onde vou; será que se pode fazer ponto final aqui mesmo; terá ponto final, e qual o título, qual o; e; a ignição; motor; carro em movimento;

a história acabou a história?

NÃO FALTAM AGRADECIMENTOS

Para a Jajá, não apenas por estas páginas, mas por todos os dias, por não me deixar só quando me deixa sozinho escrevendo, por fazer de qualquer lugar a minha casa.

Para minha família (Seu Pujol, dona Regina, Tina, Rafa e Luiza) que entende meus motivos para desaparecer tantas vezes.

Para meu pai, que, em agosto de 2011, disse: Cara, tu tem idade pra mudar de vida mais umas duas vezes.

Para Ricardo Barberena, padrinho do Edmundo.

Para Ricardo Lísias, pelo entusiasmo desde a primeira leitura.

Para Luis Antonio de Assis Brasil, pela leitura, pelo incentivo sincero.

Para a Mari Teixeira, por insistir nos meus livros e achar que sou um bom negócio.

Para o grupo do Kralik, que conheceu o Edmundo desde o berço.

Para Carlos Andreazza, predestinado a receber essa bronca.

Para meus consultores jurídicos: Guilherme Bica; seu ilustre pai, Doutor Bica Machado Filho; Doutor Vladimir Antunez Bertiz (ou Vladimas); e o Juiz Felipe Keunecke de Oliveira.

Para Camila Doval, primeira revisora.

Para Antônio, Tony, o Xerxenesky, por ceder os direitos de uso de "platelminto" e me lembrar de Orson Welles.

Para o Doutor Estevan Ketzer, pelas sugestões de leituras, diagnósticos e bom humor.

Para Carlos André Moreira, pelo balaio de resenhas (um dia mostro o que produzi com elas).

Para Ricardo Soletti, gênio (nem imagina que roubei a frase "Esse aí, se tropeçar, sai pastando o rodapé").

Para toda a Faculdade de Letras da PUCRS (Kiefer, que sempre me quis lá, Professora Regina, todos) por me permitirem fazer esse livro num mestrado em Escrita Criativa.

Este livro foi composto na tipologia Warnock
Pro Regular, em corpo 11,5/16, e impresso em
papel off-white no Sistema Cameron da
Divisão Gráfica da Distribuidora Record.